国民阅读经典

蒙田随笔

〔法〕蒙田 著

马振聘 译

中华书局

图书在版编目（CIP）数据

蒙田随笔/（法）蒙田著;马振聘译. —北京:中华书局,2018.11
（2022.1重印）
（国民阅读经典）
ISBN 978-7-101-13425-4

Ⅰ.蒙… Ⅱ.①蒙…②马… Ⅲ.随笔-作品集-法国-中世纪
Ⅳ.I565.63

中国版本图书馆 CIP 数据核字（2018）第 209810 号

书　　名	蒙田随笔
著　　者	〔法〕蒙　田
译　　者	马振聘
丛 书 名	国民阅读经典
责任编辑	申作宏　马　燕
出版发行	中华书局
	（北京市丰台区太平桥西里 38 号　100073）
	http://www.zhbc.com.cn
	E-mail:zhbc@zhbc.com.cn
印　　刷	北京市白帆印务有限公司
版　　次	2018 年 11 月北京第 1 版
	2022 年 1 月北京第 2 次印刷
规　　格	开本/880×1230 毫米　1/32
	印张 9¾　插页 2　字数 250 千字
印　　数	6001-9000 册
国际书号	ISBN 978-7-101-13425-4
定　　价	34.00 元

出版说明

在二十一世纪的当代中国，国民的阅读生活中最迫切的事情是什么？我们的回答是：阅读经典！

在承担着国民基础知识体系构建的中国基础教育被功利和应试扭曲了的今天，我们要阅读经典；当数字化、网络化带来的"信息爆炸"占领人们的头脑、占用人们的时间时，我们要阅读经典；当中华民族迈向和平崛起、民族复兴的伟大征程时，我们更要阅读经典。

经典是我们知识体系的根基，是精神世界的家园，是走向未来的起点。这就是我们编选这套《国民阅读经典》丛书的缘起，也因此决定了这套丛书的几个特点：

首先，入选的经典是指古今中外人文社科领域的名著。世界的眼光、历史的观点和中国的根基，是我们编选这套丛书的三个基本的立足点。

第二，入选的经典，不是指某时某地某一专业领域之内的重要著作，而是指历经岁月的淘洗、汇聚人类最重要的精神创造和知识积累的基础名著，都是人人应读、必读和常读的名著。

第三，入选的经典，我们坚持优中选优的原则，尽量选择最好的版本，选择最好的注本或译本。

我们真诚地希望，这套经典丛书能够进入你的生活，相伴你的左右。

中华书局编辑部

二〇一八年五月

目录

正常的人可成痴子。"

人在自然环境中都会遭到种种不测，使原本的期望生命戛然中断……让人活到年高力衰，然后寿终正寝……这种死亡其实在人生中极为罕见。

从古史中很难找出十来个人，他们一生的行为是有恒专一的。有恒专一却是智慧的主要目的。

历史学家的作品我读来更加顺心；他们叙述有趣，深思熟虑，一般说来，我要了解的人物，在历史书中比在其他地方表现得更生动、更完整，他们的性格思想粗勒细勾，各具形状；面对威胁和意外时，内心活动复杂多变。

人类的一种普遍义务，不但对于有生命有感情的动物，并且对树木花草都要有爱惜之情。我们对人要讲正义，对其他需要爱护和珍惜的生物要爱护和珍惜。

一个不愉快的念头留在心间，我觉得改变它比克服它更快见效。我不能让它从相反的方面去想，至少从较好的方面去想。变换着想法总能起一种减轻、化解和驱散的作用。

大家看得到底的欲望是来自自然的，在我们面前躲闪、让我们追赶不上的欲望是来自我们的。钱财的贫乏易治，而心灵的贫乏则不可治。

心灵的伟大不是往上与往前，而是知道自立与自律。心灵认为会合适就是伟大，喜爱中庸胜过卓越显出它的高超。最美最合理的事莫过于正正当当做人，最深刻的学问是知道自然地过好这一生；最险恶的疾病是漠视自身的存在。

如何让感情转移目标

　　我们中间有一位贵族，风湿症生得厉害，医生敦促他完全戒掉吃咸肉的习惯，他常常嬉皮笑脸回答说，当病痛剧烈折磨他时，他就要找个出气筒，怪声大叫，一会儿责怪咸香肠，一会诅咒牛舌头和火腿，骂得愈凶愈感到轻松。说明白了，正像我们举手要出击，若是打空了，就会弄痛自己。也像要看到美景，就不能把目光茫茫落在空中，停在适当距离才会逮住目标。

　　　　若没有森林屏障，

　　　　　　风势就会减弱，消散在空中。

　　　　　　　　　　　　　　　　　——卢卡努

　　心灵在激动和摇摆时也是如此，若没有依托，也会迷失方向；应该给心灵提供目标，让它聚精会神，决不旁骛。普鲁塔克说到那些拿猿猴、小狗当宠物的人，因为他们的爱心得不到正常的发泄，与其让它枯萎，还不如寄托在庸俗无聊的东西上。我们看到当心灵内热情冲动时用在一件虚假臆想的东西上——即使连自己也不敢相信——也胜过毫无对象的好。

动物也是这样，被石头和铁器伤了以后，会对着它们狂怒，也会露出牙齿狠咬疼痛的部位以示报复，

> 帕诺尼的熊变得更加凶猛，
> 当它被利比亚猎人的梭镖击中，
> 矛头捅入伤口满地打滚，
> 团团追逐在身下躲闪的那根铁尖。

> ——卢卡努

当不幸降临到我们身上，什么原因我们编不出来？当我们需要发泄时，不管有理无理，什么东西不能责怪？当一颗不幸的流弹击毙了你心爱的兄弟，你不用拉扯你金黄的头发，狠命捶打你白皙的胸脯，因为有罪的不是它们，该怪的是别的。李维谈到罗马军队在西班牙失去两位亲兄弟大将军时说："所有的人都痛哭流涕，猛捶脑袋。"这是习俗。哲学家皮翁说到那位国王因悲伤而揪头发，不是风趣地问："那人认为秃头可以减轻悲伤了么？"谁没见过有人赌输了钱要报复，把纸牌嚼碎咽下肚里，

把一组骰子吞了下去？泽尔士一世鞭打赫勒斯旁海峡，用镣铐锁住，对它百般辱骂，并向阿托斯山下挑战书。居鲁士渡金努斯河心惊胆战，把全军将士折腾了好几天，来向这条河流报仇。卡里古拉皇帝把一幢非常漂亮的房屋毁了，因为他的母亲高兴他这么做。

我在年轻时听人说，邻近一位国王曾挨了上帝一顿鞭打，发誓要报仇，下令老百姓十年不祷告，不提上帝，只要他在位就不相信上帝。通过这则故事，他们要说的不是国王的愚蠢，而是民族固有的自豪感。恶习从来不是孤立的，但是这些行为说实在的是愚昧无知，更多的还是妄自尊大。

奥古斯都·恺撒在海面上遇到暴风雨袭击，决心要向海神尼普顿挑战，在罗马竞技场比赛时把海神像从诸神像中撤下，以示报复。在这件事上，他比前面几位将领更不可原谅；但是跟他后来做的事相比，又较可原谅。昆蒂里厄斯·瓦鲁斯在日耳曼一仗打败后，他气愤绝望，用头撞墙，大叫："瓦鲁斯，把我的士兵还我！"因为这些人超越一切疯狂，尤其还亵渎神明，向上帝或向命运之神发难，仿佛他们有耳朵听到我们的攻击似的，比如色雷斯人，当天空打雷或闪电，就向天空射箭，进行巨人的报复，用射箭叫上帝就范。然而正如普鲁塔克作品中一位古代诗人说的：

不该对事情发火，

它们是不会理会的。

但是对自己的精神错乱，我们从来都是骂得不够多。

论懒散

  正如我们看到一些闲地要是肥沃富饶，就会长满千百种无益的野草；若要加以利用，就必须翻地播种，才能对我们有用。正如我们看到妇女独自就会生育一堆不成形的葡萄胎，若要培育新一代优秀人才，必须接受外来的播种。思想也是如此。如果不让思想集中在某一事物上，不加指引，无所约束，就会漫无目的地迷失在幻象的旷野中。

   犹如水在铜盆里发颤，
   把白日与明月反射，
   空气中亮晶晶，
   光芒直逼房间的吊顶。

——维吉尔

骚动中产生的无非是疯狂与空想：

如同病人的乱梦

充满颠倒的幻象

——贺拉斯

灵魂没有既定的目标，就会迷失方向；因为犹如大家所说的，到处都在也即是到处不在，

马克西默斯，到处居住也即无处居住。

——马提雅尔

最近我退隐在家，尽量摆脱杂务，不管闲事，躲着人安度余生。我以为最让我的精神受惠的是无所事事，养气敛情，全由自己。原本希望这样会更加轻松自在，哪里知道随着时间心境愈来愈沉重，愈颓唐。我觉得

无所事事会胡思乱想。

——卢卡努

它反而如脱缰之马，带给自己的烦恼，超过专心做事时一百

倍；脑海中的念头怪诞不经，层出不穷，既不连贯也无头绪；为了安然观察这些想法的荒谬诡异，开始把它们记录在案，以备日后看着自感羞愧。

论坚定

决心和坚定的法则，并不是说在能力范围内不应该进行自我保护，避开威胁我们的坏事和麻烦，也不是不用怕它们突然降临我们头上。相反地，任何光明正大保护自己不受侵犯的手段不仅是允许的，还应该予以赞扬的。讲究坚定，主要是耐性忍受那些对之无可奈何的不幸，从而利用身体的灵活，挥舞手中的武器，若能保护自己不受袭击，都是好的。

许多好战的民族在战斗中还把逃跑作为主要的战略战术，把背朝向敌人其实要比把脸朝向敌人更加危险。

土耳其人还多少保留了这种做法。

柏拉图笔下的苏格拉底就嘲笑拉凯斯，把"坚定"定义为"面对敌人坚守阵地"。他说："这样说来，走出阵地打击他们就是怯懦了吗？"他还引用荷马如何颂扬埃涅阿斯的逃跑战术。后来拉凯斯改正错误，同意斯基泰士兵，最后在骑兵中都采用这个战术；苏格拉底又向他提出斯巴达步兵的例子，斯巴达这个民族尤其擅长守住阵地战斗，在争夺普拉提亚那天，攻不破波斯人的方阵，用计把兵力分散往后退，同时放出风声要全面撤兵，诱使对方走出方阵前来追赶。用这样的方法，他们才赢得了胜利。

谈到斯基泰人，有人说大流士要去征服他们时，多次斥责他们的国王见到他总是向后退，避免争锋。安达蒂尔苏斯——这是他自称——对此回答说，这既非怕他，也不是怕其他活人，但是这是他的民族行军的方式，他们没有耕地，没有城市，没有房屋需要保卫，不用担心敌人加以利用；如果他真的急于跟他打仗，那就叫他走近来看看他们祖先的葬身之地，他也可以对他们聊上几句。

然而在炮战时，人正处在大炮射程之内，这在战争进行时常有的事，让他在炮弹落地开花前躲躲闪闪就不妥当了，炮弹的威力与速度使我们无法避开。但是还是有不少士兵或者举手，或者低头来躲，这不免引起同伴的嗤笑。

查理五世入侵普罗旺斯向我们进攻时，瓜斯特侯爵去阿尔城侦察，他挨着一座风车靠近去，露出身子正被德·博纳瓦和驻阿让的司法总管两位大人发现，他们正在竞技场的舞台上散步。他们把侯爵指给炮兵指挥德·维利埃大人看，他立即转过长炮，要不是侯爵看到有人装弹药，滚在地上，想必身上要中弹了。

同样好几年前，洛伦佐·德·美第奇，乌尔比诺公爵，卡特琳·德·美第奇王太后的父亲，围困意大利要塞蒙多尔夫，人称维卡利亚的土地，看见有人正在给一座瞄准他的大炮点火，扑倒在地帮了他的大忙。不然这枚炮弹不只是在他头上擦过，而是打中他的腹部。

说实在的，我不相信这些动作是有理智支配的，事实那么突然，您怎么评断瞄准的高低呢？还不如相信惊慌中靠命运帮忙，因为下一次同样的动作会让他们躲过炮弹或挨上炮弹。

如果没有一点预料时枪声突然在耳边响起，我禁不住会发抖；我见过比我勇敢得多的人也会这样。

即使斯多葛派人也不认为他们贤人的灵魂能够承受最初突如其来的幻影怪象，认为他们听到比如说晴天霹雳或者坍塌巨响，会吓得脸色苍白、肢体抽筋，这都是生理本能。其他激情也是如此，只要他的理智安全无损，他的判断不受任何打击和影响，不被痛苦和惊吓所压倒。对于不是贤人来说，第一种反应是一样的，第二种反应则有所不同了。因为激情留下的印象对他来说不是停留在表面，而是深入内心，毒害和腐蚀他的理智。他根据主观经验进行判断，难以摆脱。从这位斯多葛贤人的这句话可以充分理解他的心态：

> 他心坚如钢铁，热泪依然流。
>
> ——维吉尔

这位逍遥派贤人不缺乏激情，但是他会加以节制。

论害怕

> 我恐惧，毛骨悚然，说不出一句话。
>
> ——维吉尔

我不是个所谓的博物学家，不清楚害怕是通过什么途径影响我们的。但是这确是个奇异的情欲，据医生说，没有另一种情欲更会使我们的判断失常。确实，我看见过许多人因恐惧而失去理性；情绪发作时，连最沉得住气的人，也会心慌意乱，惊恐万状。

且不说普通人，令他们害怕的一会儿是老祖宗披了裹尸布从坟墓里走了出来，一会儿是出现了狼人、精灵、怪物。按理说，当兵的应该浑身是胆吧，但是多少次他们不是害怕得把羊群当成了铁骑兵？把芦苇秆子当成执铁杆长矛的军人？把朋友当成敌人？把白十字当成红十字？

当德·波旁殿下攻打罗马时，守卫在圣彼得镇的一名旗手，一听到警报吓得丢了魂，从废墟的墙洞里冲出城外，手擎军旗，直奔敌人而去，还以为自己正朝着城里跑哩。德·波旁殿下的队伍以为是城里人往城外冲，排开阵势来截住他，旗手一见才恍然大悟，扭转头往回跑，再从原墙洞钻进去，刚才已深入战场三百多步远了。

当圣波德莱昂从我们手里被德·布尔伯爵和杜·勒殿下夺走时，朱伊尔司令官的旗手就没有那么幸运了，他吓得魂飞魄散，带了军旗钻城墙的炮眼到了城外，被攻城者粉身碎骨。在这同一次围城中，还值得一提的是一名贵族突然吓破了胆，全身冰冷直挺挺倒下死在垛口上，肌肤上无一处受伤。

有时会一群人集体受惊。在日耳曼的尼库（德鲁苏）跟德国人的一次交锋中，双方大军惊恐之下逃上两条相反的道路，都朝着敌军过来的方向跑去。

恐惧有时会使我们脚跟插上翅膀，如前面两个例子；有时又会使我们脚背钉上钉子，动弹不得，犹如史书上记载的泰奥菲洛斯皇帝，他在一场输给亚加雷纳人的战役中，简直是吓呆了，竟想不到要逃跑："惊慌得连逃命也害怕！"（昆图斯·库提尤斯）

直至他军队中的一位主将马尼埃尔来拉扯他，才把他像从沉睡中摇醒，对他说："您若不跟着我，我会把您杀了；您毁了生命，也比您当了俘虏再毁了帝国的好。"

恐惧使我们丧失勇气去尽责任与捍卫荣誉，然而，恐惧也会显出它最后的力量，使我们在它的驱使下，奋不顾身地显示出勇气。在罗马输给迦太基的第一场激战中，森普罗尼乌斯执政官指挥的一万名步兵惊慌失措，不知道往哪里狼狈逃命，反而往对方的大军冲了过去，奋力突破，杀了大量迦太基人，原本是一次耻辱的逃亡，却像一场辉煌的胜利，叫敌人付出了同样的代价。因而我最害怕的是害怕。

因此，害怕的危害超过其他一切不幸事件。

庞培和他的朋友在船上，目睹他的士兵遭到可怕的屠杀，还有什么感情比义愤填膺更强烈的呢？可是埃及船只正开始在向他们靠近，他们害怕得气也透不过来，据史书记载，他们赶快催促水手加快划桨逃命，一直划到了蒂尔才放下心，回想起他们遭受的损失，不由号啕大哭，热泪纵横，原来都被那种更强烈的感情压抑在心里了。

　　　　害怕夺去心中一切勇气。

——西塞罗

在战斗中挂彩的人，即使受伤未愈，出血不止，也可以在第二天再送上战场。但是对敌人胆战心惊的人，千万不能让他们面对面。深怕失去财产、被流放、被压制的人，终日忧心忡忡生活，食不甘味，夜不成寐；同样处在这个情景，穷人、流放者和奴隶会经常跟其他人一样高高兴兴过日子。多少人忍受不了惊恐的阵阵袭击而上吊、投河、跳崖，岂不是在跟我们说害怕比死亡还要折磨人，还难以忍受吗？

希腊人还知道另一种恐惧，不是理性失误而导致的，而是据他们说没有什么明显的理由，是来自上天的冲动。往往是整个民族和整个军队都惊呆了。就像给迦太基带来绝望哀伤的那种恐惧。到处鬼哭狼嗥。居民从家里夺门而去，如同听到了警报，相互苦斗厮杀，仿佛是敌人来占领他们的城市了。嘈杂混乱一片；最后用祷告和献祭才平息了神的愤怒。他们称这种恐惧为中了魔邪。

探讨哲学就是学习死亡

西塞罗说，探讨哲学不是别的，只是准备死亡。尤因探讨与静观可以说是让我们的灵魂脱离肉体而独自行动，有点儿像在学习与模拟死亡；或者也可以说，人类的一切智慧与推理归根结蒂，就是要我们学习不怕死亡。

说实在的，理智不是在冷嘲热讽，就是把目标定在我们的满足上。理智的工作，总的是要人活得好，要我们如《圣经》所说的"终身喜乐行善"。世上人人都是这种看法，尽管表达形式各有不同，快乐是我们的目标；不是这样的看法一出笼就被排斥，若有人说什么他的目的是让我们受苦受难，那谁会去听呢？

在这方面，哲学宗派之间的分歧只表现在口头上。"别去听那些美妙的妖言。"（塞涅卡）在这么一个神圣的学科中不应该有那么多的顽固与恶言。某人不论扮演什么角色，扮演的总是他自己。他们不论说什么，即使谈到美德，瞄准的最终目标也是感官享乐。他们听到这个词那么反感，而我偏要在他们耳边说个不休。如果这个词意味着最强的欢乐与极度的满足，那时美德的介入才胜过其他东西的介入。这种感官享乐不论如何纵情胡闹，粗野强健，也只是更加享乐而已。我们还不如称为欢乐，更容易接受，更温和自然，而不是曾用的"精力"一词。

另一种感官享乐——若也可用这个好名词的话——较为庸俗，也是应该相提并论的，但并不更占优势。我觉得它不像美德那样不包含放肆与邪念。除了感受更短暂、更流动、毫无新鲜感，它还有它的熬夜、挨饿、辛苦和血与汗；此外还有各种各样的情感折磨，然后再有这种沉重的满足，这无异于一种受罪了。

我们还大错特错地认为，这些磨难可以成为温情的刺激物与调味品，好像大自然中的万物相生相克；也不要说当我们转向美德时，同样的障碍与困难会压倒它，使它变得严峻、不可接近；而在美德介入的情况下，会使这种神圣完美的欢乐更高尚、更兴奋、更昂扬，要胜过低级的享乐许多。

一个人权衡他的所失与所得，不知道美德的温馨与作用，当然是不配认识这种欢乐的。有人劝导我们说美德的追求艰辛曲折，美德的享受则是愉快的，这岂不是在对我们说它不会令人快乐吗？因为哪个人曾有法子获得过它呢？最成功的人也只是做到向往它，接近它，而没有获得过它。

但是那些人错了，要知道追求我们所认识的任何乐趣，这本身就是乐趣；行动包含的乐趣，存在于我们眼前的美好目标，因为这是与大部分激情共生共灭的。在美德中闪闪发光的愉悦福乐，自有千百条渠道小路，引导你进入第一条入口，直至最后一道墙。那时美德的主要好处是对死亡的蔑视，这样使人的一生过得恬然安逸，让我们专注于愉悦的享受，不如此，其他一切享乐都会黯然无光。

这说明为什么一切规则都集中和汇合在这个主题上。虽则那些规则也一致认为要蔑视痛苦、贫困和其他隶属于人生的遭遇，这在关心的程度上不一样，因为有的遭遇不是必然发生的（许多人一生中没有经历过贫困，有的还不曾有过疼痛的病患，如音乐师色诺菲吕斯，他活了一百零六岁，身体一直良好），还可以在万不得已时轻生把烦恼一了百了。但是死亡本身则是不可避免的。

> 人人都被推向同一个方向，
> 我们的命运在缸里转动，
> 迟早会从里面跃出，
> 上了船
> 带往不归路。

——贺拉斯

因而，要是死亡使我们害怕，这就成了一个说不完的痛苦话题，而又不能使心情舒解一丝一毫。死亡从哪儿都可以向我们袭击；我们就会不停地左右窥视，像进了一座疑阵以防不测："这就像永世悬在坦塔罗斯头上的岩石。"① （西塞罗）我们的法院经常把罪犯送到案发地点处决，一路上押着他们经过漂亮的房子，让他们拣好吃的吃个痛快，

> ……西西里岛的盛宴
> 也引不起他的馋涎。
> 鸟语与琴声
> 都不能使他入眠。
>
> ——贺拉斯

不妨想一想，他们能够高兴起来吗？游街的最终意图昭然若揭，就不会败坏他们领受这一切恩典的兴致？

> 他打听道路，他掐算日子，
> 走了多少还剩下多少，
> 想到眼前的极刑痛不欲生。
>
> ——克洛迪安

---

① 据希腊神话，他把儿子剁成碎块祭神，触怒主神宙斯，罚他永世置于随时会砸落的岩石下。

我们生涯的终点是死亡，我们必须注视的是这个结局；假若它使我们害怕，怎么可能走前一步而又不发愁呢？凡人的药方是把它置之脑后。只是愚蠢透顶，才会这么懵然无知！真是把马笼头套在了驴子尾巴上。

因为他决定了往回走。

——卢克莱修

他经常跌入陷阱也就不足为奇了。这让我们这些人一说到死亡就害怕，大多数人像听到魔鬼的名字一样划十字。由于遗嘱中必然提到这件事，就别指望在医生给他们宣读终审判决以前，他们会动手立遗嘱。在痛苦与惊慌之间，他们会以怎样清晰的判断力，给你凑合出一份遗嘱，只有天知道了。

由于这个词听在他们的耳朵里太刺激，这个声音对他们又像不吉利，罗马人学会了用婉转的说法来减弱或冲淡它的含意。不说：他死了，他停止了生命；只说：他活过了。只要是"活"，即使过去式也感到安慰。我们的"故人某某"就是从他们那里借来的。

说到这里，是不是像俗语说的，时间就是金钱？我生于一五三三年二月的最后一天，是按现行的以正月为一年之始的年历来说的①。恰好十五天前刚过了三十九岁，至少还可以活那么久；

---

① 原先以复活节为一年之始。

可是急着去考虑那么远的事不是发疯吗。但怎么说呢，年轻人与老年人同样都会抛下生命。刚刚进来的人照样可以随即离去。再衰老的人，只要还看到玛土撒拉①走在前面，都相信自己的身子还可以撑上二十年。

再说，你这个可怜的傻瓜，谁给你规定了寿限啦？你这是根据医生的胡说八道。还不如瞧一瞧事实与经验吧。按照事物的常规，你活到今天已是鸿运高照了。你已超过了常人的寿数。为了证明这一点，算一算你的朋友中间有多少人在你这个年龄以前已经谢世，肯定比达到你的年龄的人要多。再来列一张表，记上一生中名声显赫的人，我敢打赌在三十五岁前死的要比在这以后死的多。把耶稣—基督作为人类的楷模，也是十分理智与虔诚的，因为耶稣在三十三岁就结束了人生。亚历山大是最伟大的凡人，也是在这岁数去世的。

死亡又有多少种袭击方式？

> 时时刻刻需要提防危险，
> 人是难以预料的。
>
> ——贺拉斯

且不说发高烧和胸膜炎病人。谁想到一位布列塔尼公爵会在

---

① 《圣经·旧约》中人物，据说活了九百六十九岁。

人群中挤死？我的邻居克莱芒五世教皇进入里昂也是这样。你没看到我们的一位国王在比武游戏中被误伤丧了命吗？他的一位祖先竟会被一头公猪撞死？埃斯库罗斯眼看一幢房子要坍塌，徒然躲到空地上，有一只苍鹰飞过空中，从爪子里跌下一块乌龟壳，把他砸死了。还有人被一颗葡萄核梗死；一位皇帝在梳头时被梳子划破头皮而死；埃米利乌斯·李必达脚绊在门槛上；奥菲迪乌斯进议院时撞上了大门。还有死于女人大腿间的有教士科内利乌斯·加吕，罗马巡逻队长蒂日利努斯，曼图亚侯爵吉·德·贡萨格的儿子吕多维可。

更糟糕的例子是柏拉图派哲学家斯珀西普斯和我们的一位教皇。可怜的伯比乌斯法官给诉讼一方八天期限，自己却突然得病，没有活到那个时候。凯乌斯·朱利乌斯是医生，在给病人上眼药膏时，死神来给他闭上了眼睛。我还该说一说我自己的弟弟，圣马丁步兵司令，年二十三岁，早已显出大胆勇敢，打网球时球击中他左耳上方，表面看不出挫伤和破裂，他甚至没有坐下来休息。但是五六小时后，他死于这次球击引起的中风。

这些都是发生在我们眼前的例子，稀松平常，怎么还能够不去想到死亡呢？每时每刻不觉得死神在卡我们的脖子呢？

你们或许会对我说，既然不管怎样总是要来的，大家就不用去操这份心了吧？我同意这个看法；若有什么方法可以躲过死亡的袭击，即使是藏在一张牛皮底下，我也不是个会退缩回避的人。因为我只要过得自在就够了；我尽量给自己往最好方面去做，至于荣耀与表率则不在我的考虑之内。

> 我宁可被人看成傻子与呆子，
> 只要我的古怪令我痛快，叫我开心，
> 也不去当个聪明人愤愤不平。
>
> ——贺拉斯

以为这样就能做到了，这也是妄想。他们来了，他们去了，他们骑马，他们跳舞，闭口不谈死亡。这一切多么美好。毫不注意，毫不防范，当死亡降临到他们身上，或者他们的妻儿朋友身上，则悲痛欲绝，抢天呼地，愤怒失望！你们几曾见过如此萎靡、恍惚，混乱！我们必须及早防范。在一个明白人的头脑里，对待死亡时却像动物似的混混沌沌，我认为这是要不得的，也会让我们付出沉重的代价。如果死亡是个可以躲开的敌人，我建议大家不妨拿起胆小鬼的武器。但是既然它是不可避免的，既然退缩求饶和勇敢面对，它都是要把你抓走的，

> 他对逃跑中的壮汉穷追不舍，
> 也不放过胆怯的后生

露出的腿弯与背脊。

——贺拉斯

既然没有铁甲保护你，

躲在盔甲下也是枉然，
死神会让他露出后缩的脑袋。

——普罗佩提乌斯

　　我们必须学习挺身而出，面对着它进行斗争。为了打落它的气势，我们必须采取逆常规而行的办法。不要把死亡看成是一件意外事，要看成是一件常事，习惯它，脑子里常常想到它。时时刻刻让它以各种各样的面目出现在我们的想象中。马匹惊跳，瓦片坠落，针轻轻一刺，立即想到："要是这就是死亡呢？"这时候我们要坚强，要努力。

　　欢天喜地的时候，总是想到我们的生存状态，不要纵情而忘乎所以，记得多少回乐极会生悲，死亡会骤然而至。埃及人设宴，席间在上好菜时，叫人抬上一具干尸，作为对宴客的警告。

　　照亮你的每一天都当作最后一天，

探讨哲学就是学习死亡 | 23

赞美它带来的恩惠与意外的时间。

——贺拉斯

死亡在哪里等着我们是很不确定的，那就随时恭候它。事前考虑死亡也是事前考虑自由。谁学习了死亡，谁也学习了不被奴役。死亡的学问使我们超越任何束缚与强制。一个人明白了失去生命不是坏事，那么生命对他也就不存在坏事了。可怜的马其顿国王当了波勒斯·伊米利厄斯的俘虏，差人求他不要把他带到凯旋仪式上，伊米利厄斯答复说："让他向自己求情吧。"

其实，在一切事情上，天公若不助一臂之力，手段与心计都很难施展。我本性并不忧郁，但爱好空想。从小对什么事都没像对死亡想得那么多，即使在放荡的岁月也是这样。

年少风流，青春欢悦。

——卡图鲁斯

在女儿堆里寻欢作乐时，有人以为我站在一旁醋性大发，或者抱着希望拿不定主意，其实我在想着今已不知是谁的那个人，他就在几天前突然发高烧一命呜呼了；当他离开这样一次盛会时，满脑子是闲情、爱欲和好时光，像我一样，耳边也响着同样的话：

好时光即将消逝，消逝后再不回来。

——卢克莱修

　　这个想法不会比其他事情更叫我皱眉头。最初想到这类事不可能没有感触。但是日子一久，翻来覆去想多了，无疑也就习以为常了，否则我会终日提心吊胆；因为从来没有人会那么舍弃生命，没有人会那么不计较寿命的长短。直到今天为止，我一直精力充沛，极少生病，健康既没有使我对生命的期望增大，疾病也没有使我对生命的期望减少。我觉得自己每分钟都在逃过一劫。我不停地对自己唱："另一天会发生的事，今天也会发生。"

　　说真的，意外与危险并不使我们更靠近死亡。如果我们想到，即使没有这桩好像威胁着我们的最大事件，还有成千上万桩其他事件悬在我们头上，我们就会明白，不论精力充沛还是高烧难退，在海上还是在家里，战场上还是休息中，死亡离我们都一样近。"谁都不比谁更脆弱，也不比谁对明天更有把握。"（塞涅卡）

　　去世前我有事要做，即使只需一小时就可完成，我也不敢说一定有时间去做完。日前有人翻阅我的记事册，发现一份备忘录，列上我在死后要做的事。我对他实实在在说，那时离家才一里路地，还精神十足，心情愉快，匆匆把这些事记了下来，因为没把握一定能够回得到家。我这个人脑子随时随地在想东西，随即把它们记在心里，时刻作好充分准备；当死亡突然降临，对我也不算是突如其来的新鲜事。

应该随时穿好鞋子，准备上路，尤其要注意和做到的是这事只与自己有关。

　　短短的一生内何必计划成堆？

——贺拉斯

不算上这件事我们已经够忙碌的了。有一个人抱怨死亡，只是因为死亡使他功亏一篑，没有打完一场漂亮的胜仗；另一个人自思自叹，没把女儿出嫁或孩子教育安排好就会撒手人寰；这人舍不得抛下妻子，那人离不开儿子，这都是人生的主要乐趣。

我现在——感谢上帝——处于这样的状态下，可以应召离开，对什么事都毫无牵挂，虽然对人生尚有依恋，失去它会感到哀伤。我正在给自己松绑，已跟大家告别了一半，除了对自己以外。没有人对离开世界作了那么干脆与充分的准备，那么彻底摆脱一切，如同我正在做的一样。

　　可怜啊可怜，他们说，只要一个凶日
　　会掳走我在世上的全部财富！

——卢克莱修

而建筑师说：

> 工程未完成，前功尽弃，
> 墙头砌到一半，摇摇欲坠。
>
> ——维吉尔

凡事不必筹备过于长期的规划，至少对于看不到其完成的事也保持热诚。我们生来是为了行动：

> 当我死，但愿正在工作时。
>
> ——奥维德

我愿意大家行动，大家尽量延长生命的功能，死神来时我正在园子里种菜，不在乎它，更不在乎园子还没种完。我看见过一个人死去，他到了人生关头，不停地埋怨命运割断了他手中的历史之线，他还只写到我们的第十五或第十六位国王。

> 谁也不能说，对财物的留恋
> 不会在你的残骸中也存在。
>
> ——卢克莱修

应该摆脱这些庸俗有害的心态。正因为如此，坟墓盖在教堂附近，在城市里人来人往最多的地方，据利库尔戈斯说，这是让男女老少不要看到死人而发毛，不断看见骸骨、坟墓和送灵，提醒着我们什么是人的处境：

> 古代用杀人给宴会助兴，
> 让武士相互残杀，
> 身子跌倒在酒杯上，
> 鲜血洒满宴席。
>
> ——西流斯·伊塔利库斯

埃及人在宴会结束后，给宾客展示一张死神的巨像，举像的人对着他们大叫："喝吧，玩吧，死后你就是这个样。"因而我也养成了习惯，不但心里老惦念着死，嘴边也叨念着死，干什么都没那么乐意地去打听人的死亡，他们那时说过些什么，脸上表情怎么样，神态如何；读史书时也最注意这方面的章节。

我的书里充斥着这些例子，也可看出我对这些材料情有独钟。如果我编书，就要出一部集子，评论形形色色的死亡。教人如何死亡，也是在教人如何生活。

狄凯阿科斯编了一部题目类似的书，但内容不同，不很实用。

有人跟我说，事实远远超出想象，当人到了那个地步，剑法再高明也有失手时。让他们去说吧，事前考虑必定大有裨益。再说，脸不变色心不动，从容前赴，难道不算本领吗？

况且，大自然会伸出援助之手，给我们勇气。如果是暴卒，我们来不及害怕。若情况相反，我发觉随着病情的进展，也自然而然对生命日益蔑视。我发现身体有病时比身体健康时更易下决心去死。尤其我并不眷恋人生的欢乐，理由是我已开始失去享受的乐趣，对死亡也看得不如以前那么害怕。这使我希望做到离生愈远，离死愈近，也愈容易实行生与死的交替。

我在许多情况下试验过恺撒的说法；事物远看时常比近看显得大。我发觉自己健康时要比生病时更怕死亡。当我高高兴兴时，欢乐与力量使我把生与死的状态看得明显地不成比例，成倍夸大烦恼以及它们造成的心理压力，我真的有病缠身时从来不至于如此。我希望死亡来时也是这样好心态。

让我们看一看日常身受的变化与衰退，也好比是大自然悄悄让我们在不知不觉中衰败凋零。往日青春年少的活力，在一位老人身上还留下多少？

唉，老人身上还剩下多少生命。

——马克西米努斯

恺撒有一名卫兵，神情憔悴，在街上向他走来，要求他批准自己去寻死。恺撒看他失魂落魄的样子，风趣地回答："你居然以为自己在活着。"谁要是猝然消失，我相信我们谁都难以忍受。但是我们被它牵着手，从一条感觉不出的斜坡上，慢慢地一步步滑入这种惨境，再与之相适应。所以当青春在我们身内消逝时，我们不觉得震动。虽然从本质与实情来说，青春消逝也是一种死亡，要比郁郁而死，要比寿终正寝更加严酷的死亡。尤其从恶活到不活这个跳跃不是很沉重，还比不得从青春欢乐的人生跌入痛苦艰难的境地。

佝偻的身材背不起重担，心灵也是如此。必须让心灵开朗飞扬，才能顶住这个死敌的压力。因为心灵害怕时就永远不会安宁。一旦心灵安宁了，它就可以自豪地说，焦虑、恐惧、甚至微不足道的烦恼不足以干扰它。这差不多超越了我们人类的处境。

> 坚如磐石的心动摇不了，
> 无论是暴君威逼的目光，
> 亚得里亚海上肆虐的风暴，
> 还是朱庇特的霹雳掌。
>
> ——贺拉斯

心灵就成了情欲与贪婪的主宰，匮乏、羞耻、贫困和其他一切厄运的主宰。谁能够就应去获得这种心灵优势。这才是至高无上的自由，给我们养成浩气去取笑武力与不公，嘲弄监牢与铁链：

> 我叫你带上手铐脚镣，
>
> 交给一个恶吏看管，——神会来救我的。
>
> ——你是说：我会死的，以死来一了百了？

——贺拉斯

在我们的宗教中，人最可靠的基础就是蔑视生命。不光是理智的推理要我们这样去做：有一件东西失去后不可能后悔，我们又为什么害怕失去呢？还因为我们受到那么多死亡方式的威胁，害怕一切方式还不如忍受一种方式而少受些痛苦吗？

既然死亡是不可避免的，什么时候来也就不管它了吧？当苏格拉底听人说："三十僭主已经判了你死刑。"他回答："自然法则也会轮上他们的。"

走在摆脱一切苦难的旅程上难过起来，这是何等的愚蠢！

一切事物随我们诞生而诞生，同样，一切事物随我们死亡而死亡。为一百年后我们不会活着的一切哭泣，犹如为一百年前我们不曾活过的一切哭泣，都是一样傻。死亡是另一种生命的开始。正如我们当年哭闹着到来，正如我们艰难地走进这个生命，正如我们进去时换下了以前的面纱。

凡事仅有一次，也就无所谓痛苦。有什么理由为瞬息的事去担那么长久的忧？活得短与活得长在死亡面前都一样。对于不复存在的东西，长与短也不存在。亚里士多德说，希帕尼斯河上有些小动物只能活上一天。上午八点钟死的属于青春夭折，下午五点钟死的属于寿终正寝。把这段时间的幸与不幸斤斤计较，我们中间谁见了不会嘲笑？我们最长与最短的生命，若与永恒相比，或者跟山川、星辰、树木甚至某些动物相比，也是同样可笑。

但是大自然逼迫我们走上这条路。它说：你们怎么来到也就怎么走出这个世界。从死到生这条路你们走时不热情也不害怕，从生到死你们也这样去走。你们的死亡是宇宙秩序中的一个组成部分；地球生命中的一刹那，

　　世人之间传递生命，
　　就像赛跑手交接火炬。

——卢克莱修

事物这样紧密安排，我能为你作出任何改变吗？这是你诞生的条件，死亡也是你的一部分；你这是在躲避自己。你享受的人生对生与对死均是有份的。你诞生的第一天引导你走向死，也同样引导你走向生。

第一时刻提供生命，同时也侵蚀生命。

——塞涅卡

诞生时开始了死亡，根源中包含了终结。

——马尼利乌斯

你生活的一切，是从生命那里窃取的；你活着是对生命的侵害。你一生中不断营造的是死亡。当你在生命中，你也是在死亡中。当你不再活着时，你的死亡也过去了。

因此，你若更喜欢如此，在活过了以后再死吧。可是在生活中你是个垂死的人，垂死的人要比已死的人遭受死亡的冲击更严酷，更强烈，更本质。

你若得到过人生的好处，享尽了欢乐，那就心满意足地走吧。

为何不像酒足饭饱的宾客离开人生宴席？

——卢克莱修

你若不曾欢度人生，它对你没有用处，失去它又有什么要紧的呢？你留下又做什么用呢？

必然要失去的时间，一事无成的时间，

又何必苦苦去延长呢？

——卢克莱修

生命本身既不好也不坏：按照你给它什么位子才会有好坏之分。你若生活了一天，也就一切都看见了。一天与天天是相同的。没有其他的光，也没有其他的暗。这个太阳，这个月亮，这些星星，这样的排列，跟你的祖先欣赏到的一样，也将让你的后代同样欣赏。

> 你的祖先看到的不是别的，
> 你的后代也不会看到其他。

——马尼利乌斯

再差的话，我的喜剧里每一幕的演员搭配与剧情变化也都在一年内轮转一遍。如果你注意到我的四季更替，这四季包含了尘世的童年、青年、壮年和老年。它完成它的工作，没有其他奥妙，只是周而复始，永无止境。

> 我们绕着我们永远待着的圈子在转。

——卢克莱修

一年四季环绕着自己的足迹转动。

——维吉尔

我决不会故意给你设计其他的新消遣。

我不能给你有什么创新，
新的游戏同老的游戏一样。

——卢克莱修

你给别人让出位子，犹如别人曾给你让出位子。

平等是公正的主要组成部分。人人逃脱不了的地方你也逃脱不了了，这能怨谁吗？不管你活着还是不活，你不能把你死的时间减少一二。这一切都是徒劳的，你在你害怕的这个状态里依然待得这么长，犹如你在喂奶时死去也一样，

你就是称心如意活了几世纪，
死亡还是千秋万代存在下去。

——卢克莱修

我将妥善安排你，不让你有任何怨言，

你知道吧，死亡不会让
另一个你活下来，站在
你的尸体前哭泣。

——卢克莱修

也不让你留恋你那么难舍的生命，

无人会想起他一己的生命，
我们也不会悼念自身伤心。

——卢克莱修

死比无还不值得害怕，还有什么比无更少的吗。

在我们看来死亡代表失去，
但已经是无，还能失去什么呢。

——卢克莱修

这跟你在生时与死时都无关；生时，因为你还存在；死时，因为你不再存在。

谁都不会在寿数已尽前去世。你死后留下的时间，正如你生前过去的时间，都不是你的，跟你无关。

从前天长地久的时间，

对我们已了无影踪。

——卢克莱修

你的生命不论在何地结束，总是整个儿留在了那里。生命的价值不在于岁月长短，而在于如何度过。有的人寿命很长，但内容很少；当你活着的时候要提防这一点。你活得是否有意义，这取决于你的意愿，不是岁数多少。你不停往那儿走的地方，你可曾想过会走不到吗？何况条条道路都是有尽头的。

如果有人相伴可以给你安慰，世界不正是跟你并肩而行吗？

你的生命结束，万物跟随你死亡。

——卢克莱修

不是一切都随着你摇晃而摇晃吗？哪有什么不跟着你一起衰老的呢？成千上万的人、动物、其他生灵都在你死亡的一刻死亡：

白天接着黑夜，黑夜接着白天，

不会不听到

葬礼上的哭丧声

与婴儿的呱呱声响成一片。

——卢克莱修

既然身后无路，倒退又有什么用？你见过不少人很乐意死去，借此结束了莫大的苦难。但是不乐意死去的，你曾经见过吗？有的事你没亲自经历过，也没通过别人体验过，就加以谴责，岂不是太天真了吗？你为什么要抱怨我和命运？我们错待你了吗？是你控制我们，还是我们控制你？你虽说年纪还不大，生命已经到了尽头。人小与人大都是一个完整的人。人及其生命都不是以尺子来丈量的。萨图恩是掌管时间与生命的神，儿子喀戎听了他介绍不死的条件后，断然拒绝永生。

"你可以想象对于人来说永生永世不死，实在比我给他规定的有限人生更难忍受，更艰苦。如果你不会死，你会不停地咒骂我没给你准备死亡。我有意在死亡中增添了一些悲情，免得你看到死亡来得方便，过于迫切和随便地去拥抱它。为了让你把节制铭记在心，既不逃避生，也不逃避死——这是我对你的要求——我把生与死调节在苦与乐之间。

"你们七贤中的第一人泰勒斯，我教导他说生与死并无区别；因而，有人问他那么他为什么不去死，他非常聪明地回答：'因为这并无区别。'

"水、土、火以及我们这个球体建筑的其他组件，既构成你的生命，也构成你的死亡。你为什么担心最后一天？它并不比其他的每一天更促成你的死亡。劳累不是最后一步走出来的，只是在最后一步表现出来了。每天都走向死亡，最后一天走到了。"

以上是我们大自然母亲的忠告。我经常思忖怎么会的，就是战争期间，我们在自己和别人身上见到死亡的面目，没像在家里见到的那么狰狞，无从相比，要不又是一大群医生与哭哭啼啼的人。同样是死，村民与老百姓心里要比其他阶层的人泰然得多。

我相信实际上还是我们围绕死者露出可怕的神情，制造阴沉的气氛，比死亡本身更加吓人。生活完全变了样，老母妻儿号啕大哭，惊慌发呆的亲友前来吊丧，脸色苍白、两眼垂泪的一大群仆人四处张罗，不见日光的一个房间里点着蜡烛，床头围着医生与教士；总之，我们四周惊恐万状。在那时候，我们未死的人也被埋葬在土里了。孩子看到自己的小朋友戴了面具会害怕，我们也是这样。人的面具与事物的面具同样应该摘掉。摘掉以后，我们发现罩在面具之下的这个死亡，跟不久前一名仆人或丫环平平静静的死亡并无两样。

铲除了这一切繁文缛节，死亡是幸福的！

论想象的力量

"事情来自丰富的想象，"做学问的人这样说。我属于很受想象影响的人。人人都会跟想象相撞，有人还被它撞翻。我则被它刺中心窝。我的对策是避其锋芒，不是挡其去路。我只会跟健康快乐的人交往。看到别人焦虑也会引起我实实在在的焦虑，我的感情经常僭夺了别人的感情。

有人咳嗽不止，会闹得我的肺与喉咙痒痒的。探望按情分要探望的病人，比探望交情不深、关系不大的病人更不乐意。我琢磨什么病，就会染上什么病，驱之不去。有些人让想象力天马行空，导致发烧死亡，我也不会觉得奇怪。

西蒙·托马斯是一代名医。我记得有一天他在一位患肺病的老富翁家里遇到我，正在跟他讨论治疗方案，他说其中一个方案是让我答应高高兴兴留下作伴，让他眼睛看着我朝气蓬勃的面孔，心里想着我青春焕发的愉悦与活力，借我身上的精气使他感到浑身舒泰，病情或许会有所好转。但是他忘了说我的健康或许同时会有所伤害。

加勒斯·维比乌斯研究精神病的本质与规律绞尽了脑汁，结果理智出了问题，再也不能恢复正常，简直可以夸说自己由于聪明而变成了疯子。有人吓得不用烦劳刽子手动手就先完蛋了。有人给人松了绑听到赦令后，一时大喜过望猝死在断头台上。

想象力活跃波动时，我们出汗、发抖、脸色发白发红；躺在羽毛床上，觉得身子激动不已，有时甚至为之窒息。就是在睡梦中，旺盛的青春会使人欲火中烧，也会迷迷糊糊满足自己的性要求。

> 仿佛正在云雨一番，
> 浓露滴滴弄脏了衣衫。
>
> ——卢克莱修

看到有人上床时头上没有角，一夜之间长了出来，虽然这也不是什么新鲜事，可是意大利国王西鲁斯一事还是值得一提。他白天兴致勃勃观看斗牛，整夜做梦自己头上长了角，后来也靠了想象的力量，额上真的长出角来。

克罗瑟斯的儿子生来发声极差，父亲将死时悲痛倒使他有了好嗓音。安条克看到斯特拉托尼丝的美貌，刻骨铭心想得发了高烧。大普林尼说他看到吕西乌斯·科西蒂乌斯在新婚之日由女人变成了男人。蓬塔努斯和其他人都讲述过去几个世纪里在意大利发生这类雌雄变性的事。由于他自己与母亲的急切愿望，

伊菲斯完成了女孩时要做男人的宿愿。

——奥维德

经过维特里·勒·弗朗索瓦时，我可以看见一个男子，苏瓦松的主教给他行坚信礼时起名日耳曼，但是那里的村民都认识这个人，看着他在二十二岁前都是女儿身，名叫玛丽。现在他满脸大胡子，苍老，独身。据他说，他在跳跃时用了力，男性器官就长了出来。当地女孩子中间至今还流传一首歌，歌词中她们相互告诫不要跨大步，怕像玛丽·日耳曼那样变成了男孩。这类事虽属偶然也是常有的，没什么奇异。因为想象若在这方面可以起作用，它连续地强烈地专注在这件事上，为了不致屡次三番被这种欲望撩得心火上蹿，还不如一劳永逸地让女孩变成男身。

有人把达戈贝尔国王和圣弗朗索瓦身上的伤疤，归因于他们的想象——一个害怕生坏疽病，一个思念耶稣受害情景——造成的。有人说身体还可凭想象挪动地方。塞尔苏斯说到一名教士，他做到灵魂出窍，让身子长时间不呼吸无感觉。圣奥古斯丁还说出另一人的名字，只要让他听到厉声怪叫，就会昏厥过去，不省

人事，任凭别人怎样摇晃吼叫，指掐火烫都无用，只有等他自己醒来。这时他说自己听到声音，像从很远的地方传过来，发现身上的掐痕与烫印。他在那个状态下既无脉息也无呼吸，这说明他也不是有意不顾自己的感觉。

奇迹、幻觉、魔法和这类奇异功能让人笃信的主要原因，很可能是来自想象的威力，它对普通人较为软弱的心灵产生作用。做到他们深信不疑，自以为看到了并没有看见的东西。

这些作为笑话的新婚夜暂时性阳痿，使我们大家深受其害，见面时不谈其他；我依然这样认为，其实是受了惧怕与担心的影响引起的。我有一个朋友，我可以对他像对我自己那样负责，我从经验知道，他没有丝毫怀疑自己有缺陷，也不像中了魔法，只是因为听了一位友伴讲述恰在最不该遇到的时候遇到了一次意外的阳痿；当这位朋友处在同样情景，这个故事骇然出现在他脑海中，强烈刺激了他的想象，以致也遭受同样的命运，此后这个倒霉的回忆挥之不去，使他屡试屡败，严重地困扰他、折磨他。

他找到治疗方法，用另一种梦幻代替这一种梦幻。这就是自己事先主动承认和说明有这个缺陷，这样舒缓了他的心理负担，若失败也在意料之中，义务减轻，压力也随之卸去不少。当他有机会去选择一试时，思想轻松舒解，身体处于良好状态，在对方完全知情的情况下他尝试成功，皆大欢喜，病也就这样霍然而愈了。

若有一次做成，以后决不会不成，除非是真正有障碍。

心灵过度渴望或尊重时，才要在这类事上担心发生这样的不幸，尤其在仓促无备的情况下。情急中难以恢复镇静。我还知道有人做这事适可而止，让这份疯狂的劲头平静下来，他随着年龄增长，由于较少逞能也就较少无能。还有一个人听朋友保证说，学会了一套魔法对策自能永葆青春。这怎么一回事值得我在此一提。

一位出身名门的贵族，是我的知友，跟一位美貌的女士结婚，那个曾经追求过她的人也参加婚礼。这使他的朋友很为难，尤其是一位老太太，他的亲属，婚礼由她主持，还在她的家里举行，担心那个客人施展那些魔法；她把心事告诉了我。我请她把这事放心交给我办。我的珍藏盒里恰好有一枚扁平的小金币，上面镌刻几位天使，放在头盖骨部位，可以防暑止头痛。把它缝在带子里系住下巴就不致落下。这就是我们谈的那个幻觉的偏方。

这个奇怪的礼物是雅克·佩尔蒂送给我的。我想起来就派上了用场。我对伯爵说他可能像其他人要碰运气，宾客中有人要给他制造麻烦，但是他放心去睡，我做朋友会帮他一把，对于他的需要，我有能力施展奇术，只是他要名誉担保严守秘密；夜里有人会给他送上宵夜，他若情况不妙，只需给我递个暗号。他到了时候果然精神萎靡、垂头丧气，陷入了想象混乱，给我送来了信号。

我告诉他，他借口要把我们赶出去，从床上起来，闹着玩似的剥下我身上的睡袍（我们两人身材相差无几），穿在自己身上，直至执行完了我的指令为止。指令如下：等我们走后，他就去解手；把某些祷词念三遍，做某些动作；每次念的时候，把我交到他手中的缎带系在腰里，注意让缎带上的图像处于某个位置。这样做完后，拉紧缎带，不让它松开或移位，他可以放心大胆去干那件事，不要忘记把我的睡袍铺在床上盖住他们两人的身子。

这样装神弄鬼具有良好的疗效，在思想上不会不去琢磨这么古里古怪的做法必然有其神秘的道理吧。空的东西产生实的分量，令人肃然起敬。总之，可以肯定的是金币上那些文字壮阳的效果要胜过防暑，付诸行动要好于防治。我也是一时高兴与好奇才去做这件事，其实与我的真性情相去甚远。我反对装腔作势，故弄玄虚，憎恨玩弄小诡计来让大家好玩，给某人出力。行为虽不恶劣，但做法却不敢恭维。

埃及国王阿玛西斯二世娶希腊美女拉奥迪斯为妻；他在其他一切场合都意气风发，跟她行房事总是力不从心，认为这是某种魔法作祟，威胁要杀死她。因为这类事出于胡思乱想，拉奥迪斯让他向神求助，国王向维纳斯许愿，献祭后的第一夜，他就神奇地恢复正常。

女人不该用小娘儿的争吵或躲闪的态度来对待我们，这会燃起而又熄灭我们的心火。毕达哥拉斯的儿媳说，女人跟男人睡觉，应该把羞耻心与短裙一起抛开，重新穿起衬裙时再摆出羞颜。求偶者数次受不同的惊吓，很容易失去心情。想象会使男人感到羞惭（只是最初几次交欢会有这样感觉，因为那时更加热情澎湃，迫不及待，还因为初试云雨尤其害怕失败），开局不利，这种挫折引起焦虑不安，一直会影响到日后的机会。

夫妇有的是时间，不必要仓促行事，也不必要没有准备就要一试；新婚之夜充满激情和兴奋，不妨等待另外更为隐秘平静的机会，与其出师不利引起惊愕失望而贻害终身，还不如无可奈何地让洞房之夜虚度。在结合以前，有障碍者必须分几次试试勃起与送入，不要强求，固执地想证明自己一定是行的。那些知道自己生来器质听话的人，只需要去拆穿心态的诡计。

谁没见过这个器官自作主张，不听使唤，当我们不想做什么时却不合时宜地跃跃欲试，当我们最需要时又不合时宜地萎靡不振，强烈否定我们意志的权威，对我们内心的与手工的哀求不屑一顾，就是一个劲儿不接受。这玩意的背叛固然需要谴责，给予量刑，可是若出钱聘我辩护这件案子，我就会怀疑到我们身上的其他器官——都是它的同伴——嫉妒它的用途那么受重视，那么受宠幸而怀恨在心，蓄意跟它闹，串通一起来作弄它，实际上是把大家的过错不怀好意地怪在它一个身上。

因为我请你们想一想，我们身上是不是也有一个什么器官，经常拒绝按照我们的意志采取行动，或者经常违反我们的意志贸然行动。每个器官都有自己的情欲，情欲的苏醒与沉睡都不需要我们的批准。多少次我们脸部出现勉强的表情，是在给现场的人泄露出我们内心隐藏的想法。促动这个器官的同样原因，也在我们不知不觉间促动心、肺和脉络；看到一件悦目的东西，会在我们体内不察觉地燃起热情的火焰。难道只有这些肌肉、这些血管既不需要我们的意志掌控，也不需要我们思想承认就会膨胀，就会收缩的么？

遇上欲望与恐惧时，我们没有下命令要头发倒竖，要皮肤发颤。手经常自动伸到我们没送它去的地方。舌头自会发硬，声音自会哽咽。甚至没东西放进油锅时，我们也乐意节食，吃与喝的胃口不为所动，还是会牵动所属器官，不多不少恰似另一种胃口；由着它自己高兴，也会把我们撂下不顾。清胃的器官有自己的胀缩规律，不理睬我们的意见；排泄的器官也复如此。

为了证明我们意志的绝对权威，圣奥古斯丁声称见过一个人，能够命令他的屁股要放多少屁都可以。圣奥古斯丁的注疏者维维斯，又加上他那个时代的例子，说还有人按照诗歌的音律来放屁的，不要因此设想这个器官会绝对言听计从；一般说来也有不安分与鲁莽的。我还认识一个人捣蛋蛮横，四十年前他逼他的师傅不停地放屁，不容他喘口气，这样把他送上了西天。

为了贯彻意志的权利，我们提出这项责难，但是实际上常可看到意志也有行为不轨，不听话，揭竿而起造反的呢！它难道总是要我们要它所要的吗？它不是经常要我们不许它要的，以致造成我们明显的损失吗？它会好好听从我们理智的结论吗？

最后，我要为我的当事人阁下发言，"请大家考虑这样的事实，我的当事人的案子跟大伙的关系是密不可分的，鉴于控辩双方的情况，不把这些论据与责难分摊给上述同伴。而今不分青红皂白把罪名都扣在它一个头上，从而控方的敌意与非法性不就昭然若揭了么"。

不管怎样，大自然根本无视法官与律师在吵架与判决上白费力气，还是我行我素；让这个器官拥有一种特权，给世人实行传宗接代之大业，这实在是太有道理了。就是苏格拉底也说繁衍生息是神圣的事业；包含爱、永生的欲望和不朽的精灵本身。

可能由于想象的作用，有个人在我们这里治愈了颈淋巴结核，而他的同伴就没治愈又把这病带回了西班牙①。这说明为什么这类事情传统上要求心理作好准备。为什么医生在治疗以前反复诳说可以手到病除，是建立病人的信心，最终不也可以让想象的作用去弥补药物的无效？他们知道有一位神医在留给后世的著作中说过，有些人一看见药对病就有了起色。

恰好现在心血来潮让我想起了一个故事。是先父的一名懂配

---

① 据说法国国王有治病的天赋。自从弗朗索瓦一世在马德里遭到囚禁（1525—1526）以来，患淋巴结核的西班牙人越过比利牛斯山让法国国王抚摸治病。文献中有几处提到法国国王以虔诚感动上天后具有特异功能治病的事例。

方的仆人告诉我的。朴实的瑞士人，这个民族的人不虚荣不说谎。他认识已很久的一名图卢兹商人，身体虚弱，患结石病，经常需要服草药，根据病情要求各个医生开了各种不同的方子。药送来后，按照平时常规的服用方法一样不漏，经常还摸一摸药是否太烫。他躺下，翻身，要做的动作都做完，就是不让人给他灌药。

仪式后，药剂师退出，病人感到舒适，仿佛真的服过了药，他也觉得像服了药的人一样见效。要是医生认为疗效还不够好，同样方式再做上两三次。我的见证人发誓说，为了节省开支（因为他像真的用药那样付钱），病人的妻子有几次尝试叫人掺上些温水，一试就看出是用了假药，因为毫无效果，必须重新再来。

有一位妇女，以为吃面包时吞下了一只别针，大叫大闹，好像卡在咽喉里痛得不可忍受。由于表面看来既无肿胀也无异状，一个有经验的男人断定只是咽面包时哽了一下造成的幻觉与心理作用。他让她呕吐，在呕吐物中偷偷放了一只弯曲的别针。这位妇女以为吐了出来，顿觉痛感全失。我知道有一位贵族在家里宴请客人，三四天后开玩笑胡说把一只猫做在面食里让他们吃了下去（其实没这回事）；宾客中有一位小姐听了大骇，呕吐不止，高烧不退，从此一病不起，再也没有救回来。就是牲畜也像我们一样受到想象的影响。比如狗，失去主人也会伤心而死。我们也看到狗在梦中会吠叫扭动，马会长嘶挣扎。

这一切都可以说明精神与身体的密不可分，相互传递彼此的感应。想象有时候不但影响到本人的身体，也影响到他人的身体，那是另一回事了。这就像一个身体把自身的病害传染给周围的人，在瘟疫、天花和红眼病中见到的相互传染：

> 好眼见到病眼如同针扎一般，
> 许多病会在人体内传染。
>
> ——奥维德

同样，想象受到激烈震动，也会放出利箭伤及外界物体。远古时代说斯基泰王国有些妇女，若对某人怀恨在心，对他看一眼就可把他杀死。乌龟与鸵鸟用目光就能孵卵，说明他们的目光有射精功能。至于巫师，被人家说起来眼睛都很毒，见谁伤谁：

> 我不知道我的羔羊被哪只眼睛慑服了。
>
> ——维吉尔

对我来说，魔法师是缺乏诚信的人。我们从经验知道女人会给自己腹内的胎儿打上幻觉的烙印，那个生下摩尔人的女人就是个例子①。有人领了一个比萨附近的女孩，来到波希米亚国王和

---

① 传说一位白人公主，生下了一名黑孩子，被控与人通奸，希腊医生希波克拉底解释说这是公主床边放了一张黑人肖像画日常看到所致，遂得到赦免。

皇帝查理面前，她全身长硬毛，据她母亲说是在怀孕时期，常看挂在床头的施洗约翰穿兽皮的图像。

动物也一样，例如雅各的羊群皮毛变色①，鷓鴣和野兔在山中被雪染成白色。最近看到家里一只猫窥视树枝上的一只鸟，四目对视了好一会儿，不知是受自己想象的迷惑，还是被猫的磁力吸引，像死了似的跌落在猫爪子之间。爱鹰猎的人听说过驯鹰人的故事，他举目死盯着空中飞翔的一只鸢子，打赌说单用目力就可把它拉回地面，据人说果然做到了。这些故事我在此借用，也因为对说故事人的真诚深信不疑。

推理是我做的，都从理智出发，而不是从经验出发；每个人都可加上自己的例子；举不出例子的也不妨相信其有，因为世上事无奇不有。

要是我的例子举得不恰当，望其他人为我举例。

因而，在我对人类习俗与行为的研讨中，稀奇古怪的见证只要是可能的，都当作真人真事来使用。不论是否发生过，在巴黎或在罗马，在此人还是那人身上，这总是人类才干的一种表现，叙述出来对我也是有益的启示。虚的也罢，实的也罢，我都同样看待，为我所用。历史书中记载的形形色色事件，我有意采用最

---

① 雅各的羊群皮毛变色，事见《圣经·创世纪》第30章。雅各把各种树枝剥皮，插在水沟和水槽里呈各色斑纹，羊群来喝时对着交配，就会生下皮色与树纹相吻合的小羊羔。

珍贵最值得记忆的内容。有的作者著书，其宗旨是叙述发生的事。而我的宗旨——若做到的话——是叙述可能发生的事。哲学中缺乏依据时是允许提出相似性的假设的。我并不这样做，在这方面我超过一切历史的真诚，简直似宗教般的迷信。凡是我举的例子，不论是我听到的，做过的或说过的，我严禁自己擅自对情境作出任何细微和不必要的改动。我的良心决不会去伪造一丝一毫，我的知识那就不好说了。

在这方面，我有时想由一位神学家，一位哲学家和那些眼力正确，下笔谨慎的有识之士写历史可能更为合适。他们怎么可能信任一个民间信仰呢？怎么对陌生人的思想负责，把他们的臆测当作一回事呢？对于眼前发生涉及众人的行动，就是把他们拉到法官面前宣誓，他们也决不会提供证词的。他们对那些人并不熟悉，也就不会对他们的意图给予充分的担保。

我认为写古代事比写现代事少担风险；因为作家只是报告一件取自别人的事实。有人力促我写当代的事，认为我观察事物的目光跟别人相比较少感情色彩，也更贴近，因为命运让我有机会见到各方面头面人物。但是他们没说的是，即使给我像历史学家萨卢斯特这样的荣耀，我也不会费这份心的；因为我是责任、勤奋和恒心的死敌；长篇大论的描述最不符合我的写作风格；经常写写停停缺乏连贯，既无章法也不深入主题，对于日常事物还不如孩子知道怎样用词造句。

然而我知道说的事我会说得很好，以我的力量来操纵题材；我若由别人指挥着写什么，必然达不到他的要求；由于我这人的自由太自由，会按照自己的心意，根据事物的情理，发表出来一些人人口诛笔伐的悖论。普鲁塔克对我们谈到他写文章时，举的例子都面面俱到，不容置疑，那是别人的作品；举的例子对后世有益，像一盏明灯照亮通往道德的道路，这是他的作品。

　　一部旧账本不是一帖药，写成这样那样的还不至于危险。

论友爱

我雇了一位画家，观察他作画的方式时，引起我模仿他的念头。他选择墙壁中央最佳的部位画一幅画施展他的才华；四周的空白上他画满怪物，这都是荒诞不经的图案，用奇形怪状来表现画的魅力。那么我在这里写的，实际上还不是一些身子长着不同的肢体，没有一定形状，任意拼凑，不成比例的妖魔鬼怪么？

> 美女的身躯长着一条鱼尾巴。

——贺拉斯

我接着追摹我这位画家的第二阶段，但是这块精华部分是我不可企及的。因为还不到那个工力，敢去按照艺术法则尝试画一幅内容丰富、手法精致的画。我想到去借重艾蒂安·德·拉博埃西的一篇文章，使我这部作品的其余部分得以沾光。这篇论文他题名为《自愿奴役》；但是不知道这回事的人后来也适当地给它起名为《反对独夫》。当时他少年气盛，写成一篇评论文，提倡自由抨击暴君。其中篇章在有识之士之间传阅，备受重视与推崇，因为这是部好作品，内容极为丰富。

然而这还不能说是他最好的作品。当他到了更加成熟的年龄，我认识了他；如果那时他能和我一样有计划把自己的奇思遐想形诸于笔墨，我们就可以读到许多稀世佳作，可使我们非常接近古代的荣誉，因为在天赋方面我还没见过谁可以与他匹敌。但是他身后留下的就是这篇论文，而且还事出偶然，我还相信稿子散落以后他自己再也没有见过；还有就是因我们的内战而出名的元月敕令的回忆录，也可能以后会在哪里找到出版的地方。

以上是我从他的遗物中整理出来的所有稿子。他在病笃时立下遗嘱，充满爱心嘱咐，除了我已请人出版的论文集以外，还让我继承了他的藏书室和文稿。我对那部论文集尤为感激，因为是它当了我们初次见面的媒介。在认识他以前很久，已见过那部书，使我第一次听说他的名字，这样开始了我们之间日益深厚的友谊，仿佛这是上帝的安排，开诚布公，实心实意，肯定举世罕见，男人之间尤其绝无仅有。要建立这样的友谊需要多少机缘，三百年能够遇见这么一次已是鸿运高照了。

我们走向交往，不是别的，好像完全受天性的驱使。亚里士多德说优秀立法者关心友谊要多于正义。尽善尽美的交往就是友谊。一般来说，由欲念或利益，公共需要或个人需要建立和维持的一切交往都不很高尚美好；友谊中掺入了友谊之外的其他原因、目的和期望，就不像是友谊了。

自古以来的这四种情谊：血缘的、社交的、待客的和男欢女爱的，不论单独或合在一起，都达不到这样的友谊。

子女对待父辈，不如说是尊敬。友谊靠交流而培育，他们之间差别太大不可能存在交流，交流也可能妨害亲情的责任。父辈的一切秘密思想并不是都可以向子女直说的，否则会过于随便有失体统；还有规劝与指正是友谊的第一要素，子女对父辈很难这样去做。

以前有过一些民族，根据习俗，孩子杀死父亲；还有一些民族，父亲杀死孩子，这是为了扫除双方有时可能彼此造成的障碍，从自然规律上一方的存在取决于另一方的毁灭。古代有些哲学家唾弃这种天然习俗，可以亚里斯卜提为证。有人逼着他说，孩子是他生的，应该对他们有亲情，他开始吐口水，说这确是他生的，但是我们身上也会生虱子和小虫。另有一个证人，普鲁塔克劝他跟他的兄弟和解，他回答说："我不会因跟他出自同一个洞里而对此重视。"

兄弟这个名字确实美好又充满情意，也出于这个原因他与我联结在一起。但是财产分与不分，一个富一个穷，这都会大大损害和疏远这种兄弟情谊。兄弟并行等速走在同一条道上前进，还免不了经常磕磕碰碰，产生冲突。此外，志趣相投，脾性默契产生这些真正美好的友谊，怎么会一定存在于兄弟之间呢？父子的性格可能截然不同，兄弟也会如此。这是我的儿子，这是我的亲戚，但是会是个凶恶的人，讨厌的人，愚蠢的人。还有，自然法则与义务要我们保持友好关系，我们的选择与自由意志也就更少。最能表明我们自由意志的莫过于感情与友爱。

这不是我在这方面没有体验到一切可能有的感情。我有个最好的父亲，直至风烛残年依然宽容之至。出身的家庭，也以父子情深、兄弟和睦而闻名，并为世人楷模。

> 谁都知道我爱兄弟犹如父辈。
>
> ——贺拉斯

虽然对女人的感情也出自我们的选择，但没法与之相比，也不属于同一类。我承认情欲的火焰更旺，更炽烈，更灼人。

> 女神也了解我们，
>
> 在关怀中包含温情的痛楚。
>
> ——卡图鲁斯

但是这种火焰来得急去得快，波动无常，蹿得忽高忽低，只存在于我们心房的一隅。友爱中的热情是普遍全面的，时时都表现得节制均匀，这是一种稳定持久的热情，温和舒适，决不会让人难堪与伤心。在爱情中还有一件事，就是我们得不到时反而有一种疯狂的欲望：

> 恰如猎人追逐野兔，
> 不管严寒酷暑，穿山越岭，
> 捕获了不再在意，
> 逃跑了则死不甘心。

——阿里奥斯托

爱情进入友爱结束阶段，就是说不再意志投合，爱情会消退，会厌倦。肉欲的目的是容易满足的，爱情也会因它享受到了而失去。友爱却相反，期望得到它，则会享受它，因为这种享受是精神上的，友爱在享受中提高、充实、升华，心灵也随之净化。

在这种完美的友爱之下，也曾有飘忽的感情在我心里停留，更不用提拉博埃西，他在那些诗篇已作了太多的表白。因而这两种情欲我都有过，彼此并不排斥，但是两者也不能相比：友爱展翅高飞继续前进，鄙夷地瞧着爱情远远地在底下跐着脚走路。

至于婚姻，这是一个交易市场，只有入市是自由的（期限受到约束和强制，绝非我们的意愿所能支配），这个市场一般是为其他目的设立的，其中需要清理千百种外来的纠纷，弄不好联系就会切断，热情之路就会转方向。而友爱除了友爱本身以外，没有其他闲事与牵连。

这种神圣的友爱是靠默契与交流滋养的，老实说，女人资质平庸，达不到这样的默契与交流；她们的心灵也不像坚强得可以忍受那么紧的套结，那么久的束缚。当然，如果没有这个，如果可以建立这样一种串联自由与自愿，不但心灵得到完全的享受，身体也参与结合，整个人全身心投入，这样可以肯定友爱会更丰富更完满。但是还没有例子说明女性达到这一点，古代哲学流派也一致同意把女性排斥在外。

另一种狎昵的希腊式爱情，也理所当然地为我们的习俗所不容。那种爱在习惯上情人之间的年龄差别很大，宠幸程度也不一样，也不符合我们这里要求的情投意合和谐一致："这种友好的爱究竟是什么？为什么一个丑的年轻人；一个美的老头儿就没人爱？"（西塞罗）当我对此这样说时，我想柏拉图学院提到的情景也没有对我否定。维纳斯的儿子在情人心中燃起对花季少女的初恋，这一种毫无节制的热情剧烈澎湃，造成一切鲁莽行为，也为他们所容许的；但是这种初恋仅仅建立在以身体生殖作为假象的一种外表类上。这在精神上是不可能的，精神表现是隐藏的，它还只是刚刚诞生，处于萌芽的前期。

品行低下的人有了迷恋，他追逐的手段会是财富、礼物、封官许愿以及其他卑劣的交易，这是柏拉图派所唾弃的。心灵高尚的人有了迷恋，采用的手段也会是高尚的：哲学教育，学习尊重宗教，服从法律，为国捐躯，宣扬英勇、谨慎与正义的范例。爱的人用心修饰自己的灵魂，使之美丽高雅，能被对方接受，身体已渐渐失去风采，盼望以精神交流建立一个更为密切长久的联络。

当这种追求达到成熟，那时被爱的人通过一种精神美的媒介，心中孕育对精神的欲望。（他们并不要求爱的人在追求爱的时候从容慎重，而要求被爱的人在这方面做得一丝不苟，因为他要对内心美作出判断，这是很难识别与不易发现的。）精神美是主要的，肉体美是次要的、偶然的；这恰是爱的人的反面。由于这个原因，他们更推重被爱的人，证实奥林匹斯诸神也偏爱被爱的人，高声斥责诗人埃斯库罗斯在阿喀琉斯和帕特洛克罗斯的恋爱中，把爱的人这个角色给了阿喀琉斯，让这个青春年少的小伙子当上了希腊第一美男子。

达成相互一致后，友谊中最有价值的核心部分发挥作用，占主导地位，他们说从这里产生对己对人都非常有用的果实。这也是接受这种习俗的国家的力量所在，公正与自由的主要捍卫者。阿莫狄乌斯和阿里斯托吉顿之间健康的爱就是证明。他们于是称之为神圣崇高的。在他们看来，暴君的残暴与民众的懦弱才对它充满敌意。

总之，要说到学院派的主张有什么称道之处，就是认为爱最后归结为友爱，这跟斯多葛派对爱的定义倒也并不相违："我们被一个人的美吸引时，爱就是要获得其友谊的一种尝试。"（西塞罗）再来说我对友谊更平易更公允的描述："当性格与年龄达到成熟与稳定时，才能对友谊作出完整的判断。"（西塞罗）

　　目前，通常所说的朋友与友谊，只是认识与交往，由某种机会或偶然性促成的，通过它我们的心灵进行交谈。而我说的友谊，则是两人心灵彼此密切交流，全面融为一体，觉不出是两颗心灵缝合在一起。如果有人逼着我说出我为什么爱他，我觉得不能够表达，只有回答："因为这是他，因为这是我。"

　　除了我理解以及我能够予以明确说明的东西以外，促成他与我成为知交的还有我说不清的缘分。尚未谋面，只在别人嘴里听到对方的消息就超出常情地促进彼此的好感，就相互希望结识，我相信这里面有什么天意。我们听到名字就先拥抱了。

　　偶然在城里的一次大集会上，我们初次相遇，真是一见如故，说话那么投机，彼此那么仰慕，从此以后，再也无人比我们更加知心了。他写了一首杰出的拉丁讽刺诗，后来发表了出来。诗中对我们相认不久就心领神会，那么迅速默契无间，都作了辩解与说明。生命易逝，相见又恨晚，因为我们两人都快近而立之年，他还比我长几岁，不能再让时光虚度，按照正常慢悠悠的交友模式，事前要有长时间小心翼翼的交谈。

我们的友谊就是自成一格，除了友谊以外别无他想。这不是一种特殊的因素，也不是两种、三种、四种，一千种；而是所有这一切混合而成的精髓，我也说不清是什么，它控制了我的全部意志，带着它陷进和消失在他的意志中；它也控制了他的全部意志，带着它陷进和消失在我的意志中，怀着同样的饥渴，同样的激情。我说的消失，是真正的消失，属于我们自己的什么都没留下，不分是他的，还是我的。

　　罗马执政官对提比略·格拉古定罪以后，追捕所有与他有过密谋的人；当列里乌斯在执政官面前问盖乌斯·布洛修斯（格拉古的最主要的朋友），他愿意为朋友做什么事，布洛修斯回答说："任何什么事。"

　　"怎么任何什么事？"他又问，"假如他命令你放火烧掉我们的神庙呢？"

　　"他决不会命令我做这样的事。"布洛修斯反驳说。

　　"要是他命令呢？"莱利乌斯又追问一句。

　　"我会服从命令的。"他回答。

　　史书上说，如果他真是格拉古的密友，他就犯不上最后说出这句大胆的心里话去顶撞执政官，他不应该放弃他对格拉古的意愿的信任。然而，指责这是一句煽动性回答的人，没有领会到这其中的奥秘，没有料到他其实对格拉古的意愿能做什么，知道做什么，都了如指掌。他们不是因为是同胞而成了朋友，不是因为做朋友而成了朋友，不是因为都与国家为敌，都为了实现野心、制造混乱而成了朋友，他们就是朋友。他们完全情投意合，也完全掌握彼此脾气性情的缰绳，靠美德与理性行为操纵这辆马车（就像不装上这个是不能够驾驭的），因此布洛修斯的回答恰到好处。

如果他们的行动不协调，他们就不是按我所说的朋友，也不是他们这样的朋友。在这方面，我的回答不会比他更好。如果有人问我："假如您的意志命令您去杀自己的女儿，您会杀吗？"我只有同意。这并没有证明我同意这样做，只是我毫不怀疑我的意志，也毫不怀疑朋友的意志。我对我的朋友的意图与判断是确信不疑的，任何人说任何理由都不能推翻我的信念。他的任何行动不论以什么面目出现在我面前，我都不会不立即找到它的动机。我们的心灵步调一致地前进，相互热忱钦佩，这样的热忱出自彼此的肺腑深处，我不但了解他的心灵犹如了解自己的心灵，而且还更乐意相信他超过相信我自己。

但愿不要把一般人的普通友谊归于我这一类；我对这些友谊，甚至其中最好的友谊，也像别人有同样的认识。但是我劝大家不要混淆了它们的规则，不然就会犯错。身处在那四种友谊中，要缰绳在手，谨慎小心。情谊不是密切得可以让人不必担心疏远。开伦说，"爱他时想着有一天会恨他，恨他时想着有一天会爱他。"这个警句用在我说的至高无上的友谊上是可恶的，用在普通平常的友谊上是清醒有益的；针对它们，必须引用亚里士多德的那句老话："我的朋友啊，朋友是没有的！"

效劳与利益是其他一般的友谊的养料，在高尚的交往中这不屑一提。理由是这会混淆我们的意愿。我心中的友谊——不管斯多葛派怎么说——并不因我给人家危难时帮了忙而有所增加，正如我为自己服务也不会对自己表示任何感激，同样由于这样的朋友的一致是真正完美的一致，根本不去想什么是义务或不义务，至于恩情、尽责、感激、请求、道谢以及这类区分你我与包含差别的用词，在他们之间遭到憎恨与驱逐。他们的一切都是共有的：意愿、想法、判断、财产、妻儿、荣誉与生命，根据亚里士多德的非常恰当的定义，他们会成了一个双身子灵魂，于是也不可能给予对方什么和借用对方什么。

这说明为什么立法者，为了把婚姻尊崇为想象中多少带有神圣意义的结合，禁止夫妻之间有什么馈赠，愿意以此说明一切都应是他们共有的，在一起没什么可以分割的。如果说在我谈的友谊中一个人能够给另一个什么，这应该是接受好处的人让他的同伴表示感激。因为两方最突出的愿望就是给对方做好事，提供物质与机会的人也就是慷慨的人，他满足朋友去处于他的位子做他最渴望做的事。哲学家第欧根尼缺钱花的时候，他不说向朋友借钱，而是说向他们讨钱。为了说明这类事在实际上是怎样做的，我举出一个古代的例子，真是匪夷所思。

科林斯人欧达米达斯有两个朋友，西希昂人卡里塞努斯和科林斯人阿雷特斯。他的两个朋友很富，他自己很穷，临死前立下这样的遗嘱："我遗赠给阿雷特斯的是对我母亲晚年的供养；给卡里塞努斯的是把我的女儿出嫁和赠给她尽可能丰富的嫁妆；若两位被遗赠人中有一人先过世，我要在世的人承接我给他的这份遗赠。"

最初看到这份遗嘱的人付之一笑。但是他的继承者获知内容以后都欣然接受。其中一位，卡里塞努斯五天后也过世，就由阿雷特斯替代继承。他悉心赡养这位母亲，从自己的五塔兰财产中分出两塔兰半给自己的独生女做嫁妆，另外两塔兰半给欧达米达斯的女儿做嫁妆，并在同一天给她们举行了婚礼。

这个例子几乎是完美的，除了有一种情况，就是朋友不能是多数。因为我说的这种完美友谊是不可分割的，每个人都把自己全部给了对方，再也留不下什么给别人。相反，他还遗憾自己不能一化为二、为三、为四，自己没有好几个心灵、好几个意志，统统都奉献给一个对象。一般的友谊是可以分享的；可以爱这一位相貌好，爱另一位性格随和，再爱一位慷慨大方，有的慈爱似父辈，有的情谊像兄弟，等等；但是这个友谊占有和支配着我们的心灵，是不可能一分为二的。如果两人同时要求你帮助，你奔向谁呢？如果他们要求你做两件相反的事，你怎么安排呢？如果有件事一人要你保守秘密，另一人又有必要知道，你怎么应付呢？

专一、压倒一切的友谊容不得其他一切义务。我信誓旦旦不去泄露的秘密，我不用假惺惺就能透露给的另一个人就是我。两人同心同德已是了不起的奇迹，有的人说三个人同心同德，这是不知道这种友谊高不可攀。凡有可以比拟的东西就不是极致的。有人假设我对这两人的爱不分上下，他们相互爱也爱我，也不亚于我爱他们。那是他把唯一、统一的友谊庸俗化成了大众的友爱。而那种友谊即使走遍全世界也是很难觅到的。

这个故事的下文非常符合我刚才说的：欧达米达斯在需要时向朋友求助，看作是对他们的好意与恩惠。他让他们做了他这份慷慨赠与的继承人，即是授予他们如何给他做好事的方法。毫无疑问，他做的事要比阿雷特斯做的事更显出友谊的力量。总之，对于从来没有体验这种友谊的人是很难想象其威力的。尤其令我称道不已的是那位士兵对居鲁士一世的回答。士兵的马刚才在比赛中获奖，国王问他那匹马想卖多少钱，愿不愿意去交换一个王国，士兵说："陛下，当然不会的，不过要是我找到值得交心的人，我很乐意换来跟他做朋友。"

他说得不错："要是我找到"；因为要找泛泛之交的人有的是。但是我说的那种，遇事商量要推心置腹，毫无保留，一切心机都必须开诚布公。

人与人的关系只需顾及一头时，于是大家也仅仅防止这一头出现任何不足之处。我的医生、我的律师信什么宗教无关紧要。他们好意给予我的服务与这层考虑都扯不到一起去。我跟为我做事的人的主仆关系也是如此。我从不过问一个仆人近不近女色，我要知道他是不是勤劳。我担心赶驴的不是赌钱，而是笨手笨脚，担心厨师的不是爱骂人，而是做不好菜。我不会出头跟大家说该做什么——出头说的人已够多了——而是我做的是什么。

> 我这样做，你可以按你的方法做。
>
> ——泰伦提乌斯

我跟爱说笑和不拘谨的人在餐桌上不拘礼节。在床上，首先是美，其次是体贴；在交谈中，首先是能干，哪怕不婉转。其他事也如此。

就像阿格西劳斯，被人撞见骑着一根棍子跟他的孩子在玩，要求看见的人什么都不要说，等他自己当了父亲，认为心里也有这份父爱，会使他对这个行动作出公共的评判。对那些试过我说的那种友谊的人，我希望也这样说。但是深知这样一种友谊实属少有，与时下常见的友谊天差地远，并不期待会找到公正的法官。因为古代给我们留下的文献中，谈到这个题目我觉得跟我所说的感情相比平凡逊色。在这点上，事实要超过哲学的教条：

> 对隽智者来说，什么都及不上一位好友。
>
> ——贺拉斯

古人米南德说，就是遇见朋友影子的人也是有福了。他当然有理由这样说，尤其这话他是有感而发的。如果我回顾一生，说真的，蒙上帝的恩宠，除了失去过一位这样的朋友，我过得非常平静舒适，无忧无虑，心境愉悦，满足于自然基本的需要，也不思其他；我要说的是，若把这样的生活跟我与那位朋友怡然相伴的那四年相比，那就只算是烟云，昏暗无聊的黑夜。自从失去他的那天，

> 这天永远让我伤心思念，
> （神啊，这是你们的旨意！）
>
> ——维吉尔

此后我过得无精打采；若遇上快乐的消遣，不但不能给我安慰，反使我加倍怀念他的不在。我们各人为整体的一半，我觉得我偷去了他的一份。

> 今后再也不追求快乐，
> 既然他已不在与我分享生活。
>
> ——泰伦提乌斯

我已那么习惯于到哪里都是以第二个自居，而今竟好像只剩下了一半。

啊！假若命运夺去了我的半个灵魂，

另半个我留在这里做什么用？

既然它对我已不再可亲，勉强图存。

那天何不使我们同时沉沦！

——贺拉斯

做什么，想什么，我都会对他思念；犹如他也会这样对我思念。他在学问与品德上超过我何止千里，同样尽友谊之责时也是如此。

为什么要为我的悲悼脸红？

为什么痛哭我的知友不能放声？

——贺拉斯

兄弟，失去了你我多么不幸！

随着你而去的还有这些欢乐，

那是你的温情友谊带给我的！

你走了，我的幸福也随之破碎，我的兄弟，

随着你，两人的灵魂一起葬入坟里。

你的死亡也带去了我生活中

勤读的悠闲与思索的乐趣。

我再也不能跟你说话，听你说话？

比我生命还亲的，兄弟啊，

永远爱着你难道也见不着你？

——卡图鲁斯

但是让我们听听这个十六岁少年说些什么。

因为我发现这部作品后来被人怀着不良意图出版了，那些人企图制造混乱，改变政策，毫不在乎这是否有利于局势的改进。他们还把自己写的其他文章夹在里面，我决定收回在此刊登的诺言。为了作者的名声不致在对他的思想行动不够熟悉的人中间受到影响，我告诉他们这篇论文不过是他少年时代撰写的习作，主题也属老生常谈，在各种书籍里成千处出现。

我毫不怀疑他对自己写的东西是相信的，因为他做事认真，就是在游戏时也不说谎。我还知道若由他自己来选择，他宁可出生在威尼斯而不是萨尔拉；这是有道理的。但是他还有另一条格言，深深铭刻在他的心灵上，就是非常虔诚地服从和严守他出生地的法律。哪个公民也不及他奉公守法，更热心促成国家的安宁，敌视时局动荡和改革。他只会运用自己的力量去消除动乱，而不会去推波助澜。他的思想是按照前几个世纪的模式形成的。

于是，我将用另一篇文章，来代替这篇严肃的作品，也是在那个年代写的，但是更加轻松活泼。

论节制

我们身上仿佛有邪气，凡经我们触摸的东西，原本是美好的，也都成了丑恶的。美德是好事，假若我们怀着过分急切强烈的欲望去抓住它，就会变成坏事。有人说美德不能过分，因为过分就不是美德，他们玩起了文字游戏：

> 追求美德过了头，
> 理智的人可成疯子，正常的人可成痴子。
>
> ——贺拉斯

这是一条微妙的哲理。人可能太爱美德，又过分做好事。那句圣言是用来纠正这个偏颇的："不要看自己过于所当看的……要看得合乎中道。"（《新约·罗马书》）

我见过一位大人物，为了显得虔诚，超出同类人的任何做法，反而损害了自己的宗教名声①。

我喜欢性情中允平和。过分，就是做好事，即使没有冒犯我，也使我惊讶，不知如何说的好。波萨尼亚斯的母亲是第一个控告，也是第一个拿起石头砸死自己的儿子；独裁者波斯图缪斯，由于儿子年少气盛，擅自领先冲出兵阵，成功扑向敌人，却下令把他处死。这在我看来并不公平，而且莫明其妙。我并不喜欢向人推荐，也不要求模仿这么一个野蛮、代价昂贵的美德。

弓箭手一箭打过了靶子，就像打不到靶子一样，都是没有命中。迎头撞上强光与瞬间跌入黑暗，同样叫我眼睛发花。在柏拉图的著作中，加里克莱说极端的哲学是有害的，建议不要陷入太深，越过利益的界限；节制的哲学令人愉悦方便，不然会使人变得野蛮恶毒，蔑视大家的宗教与法律，敌视人际交往和大众娱乐，不能参加任何政治管理，对人对己都毫无帮助，只能自绝于社会。他说的是实话，因为哲学走上极端会束缚我们天生的爽直，使我们钻进了牛角尖，偏离天性为我们开辟的平坦大道。

我们对妻子的爱是天经地义的，但是神学还是不放过要加以约束和限制。我好像从前在圣多马的著作里读到，他谴责近亲结婚，其中有一条理由是这可能导致对这样一位妻子的爱不加节

---

① 指法国国王亨利三世，为了表示虔诚，加入了鞭笞派教派，引起西克斯特五世教皇的嘲笑，对法国驻梵蒂冈的代表说："你们的国王，凡是当神父要做的一切事，他没有不做的。而我一样也没有做，还是当上了神父。"

制。因为丈夫按理应全心全意爱她，如今又加上了一份亲情，毫无疑问，这番亲上加亲会让丈夫越出理性的范围。

男人的道德规范，如同神学与哲学，渗透到一切领域。没有一件私人和秘密的行为，能逃过它们的视线与管辖。批评它们恣意妄为的人真是少不更事。那些女人，交欢时什么部位都可以让人看，要脱衣就医时则羞得不愿暴露。所以在这些规范方面，我要向丈夫说的是，任何人要是热情太旺盛了，不加节制，即使跟妻子行房事也是应该排斥的。这也会像在私通中让人误入歧途，放浪，纵欲过度。初尝禁脔后迷恋肉欲而不能克制，不但荒唐，还对妻子也是有害的。至少她们从别人那里学会了不怕难为情。其实我们需要时她们总是能满足的。在这方面我只是听其自然，简单行事。

婚姻是一种宗教的神圣结合；因而从中得到的乐趣也应该是节制严肃，还带点古板。这应该完全是一种谨慎、有意识的肉欲。因为它的主要目的是传宗接代，有的人就产生这样的疑问，当我们已不存在得到这个果实的希望时，还有她们过了妊娠年龄或者已经怀孕时，是不是还允许寻求她们的怀抱。按照柏拉图的说法，这是行凶杀人。有的民族，尤其是穆斯林憎恶跟怀孕女子做爱，也有许多不跟月经期女子同房。叙利亚王后齐诺比娅只是为了受孕才接受她的丈夫；有喜以后，怀孕期内让他自由行动，再要受孕时才让他有权利进入房内；真是婚姻的崇高好榜样。

柏拉图还从一位好女色的穷诗人那里听来这个故事。朱庇特有一天欲火难熬要跟妻子行房事，还没等到她躺上床，就迫不及待把她按倒在地板上，兴头上根本忘了他刚才在天庭与诸神作出的重大决定，还夸说他真干得过足了瘾，就像第一回背着他们的父母夺去她童贞的那次。

波斯国王带了后妃出席宴会，席间酒喝得他们血管膨胀，按捺不住情欲，就让她们退出不用再作陪，而是召来那些他们毋须尊重的女人纵情作乐。

寻欢作乐，宠幸赐赏，并不是人人都有份的。伊巴密浓达下令把一名浪荡子关进了牢，佩洛庇达向他求情，要求放他自由；他不答应，却把青年给了也为他求情的本家姑娘，说这个情可以放给一个情人，但不配放给一位将军。

索福克勒斯在官署里陪同伯里克利，偶然遇见一名美少年经过，对伯里克利说："这里有个好美的小伙子！"伯里克利对他说："对别人可能是好事，对行省总督却不是，他不但手要干净，眼睛也要干净。"

罗马皇帝埃利乌斯·维勒斯，当皇后埋怨他宠幸其他女人，回答说他是逢场作戏偶尔为之，因为婚姻代表荣誉与尊严，不是搞风流韵事的。我们古代经史作家不无尊敬地提到一位女子，因为不愿意陪同丈夫荒淫无度，而把他赶出了家门。总之，任何一种行乐不论如何正当，放任不加节制必须受到谴责。

说实在的，人难道不是一种可怜的动物吗？他刚好凭天性有能力去享受唯一充分纯然的乐趣，又立刻辛辛苦苦用理智去压制这个乐趣；要不是处心积虑自添烦恼的话，人其实并不很娇弱：

> 我们都在巧妙地增加自己命运之不幸。
>
> ——普罗佩提乌斯

人的智慧在愚蠢地卖弄聪明，想方设法去删减属于我们的情欲的数目与快乐。就像它乐于勤奋地施展诡计去粉饰我们的痛苦，麻木我们的感情。如果我可作主，我就会创造另一条更自然的道路，说实在的也就是方便纯洁，我也因此可能足够坚强去做到适可而止。

虽然我们精神与肉体方面的医生，仿佛经过串通密谋似的找不到治愈的道路和身体与精神的良药，却会施用折磨、痛苦和苦难来代替。节前守夜、斋戒、穿粗毛麻衣、远地单独流放禁闭、终身监禁、笞杖和其他刑罚，都是为了这个目的而引进的，只要它们是真正的苦刑，让人痛彻心肺就可以。

有一个加里奥就遇到这样的事，他被送到莱斯博斯岛上流放，在罗马有人得到情报说，他在那里日子过得很好，施加在他身上的刑罚却被他用来过得乐滋滋的；这样罗马改变主意把他召回，在家里跟妻子一起过，命令他待在那里，让他感觉这是他们强加的一种刑罚。

因为对于斋戒能够增强体质、轻松感觉的人，吃鱼比吃肉更有胃口的人，这些对他们不再是良方。就像在医学上，把药吃得津津有味的人，药对他是不起作用的。苦药难咽才对他们的病情有帮助。对于用惯大黄的体质，使用大黄就是糟蹋。必须使用触动胃的药才能治愈胃病；这里就有一条共同规则，物反相克，也就是以毒攻毒。

这种看法跟古代的那则记载倒有相符之处，想到以屠杀生灵来祭祀天地，这是所有宗教普遍信奉的仪式。近在我们的祖先时代，穆拉德二世攻占科林斯地峡时，屠杀了六百名希腊青年祭奠父亲的亡灵，让这些血补赎死者生前的罪孽。在我们这个时代发现的新大陆，跟我们的大陆相比还是块纯洁的处女地，这种做法也到处存在。他们所有的偶像都是浸透人血，各种残酷的事例骇人听闻。有活活烧死的，有烤到半生不熟再拉出火堆剖腹掏心的。还有把人，甚至包括妇女，活活剥皮，鲜血淋漓的拿来穿在身上，或给别人做面具。

也有同样多坚贞献身的事例。因为这些可怜的人牲——老人、女人、儿童——几天前主动要求施恩，让他们充当牺牲，跟着在场的人唱歌跳舞走上祭台。墨西哥国王的使臣们对费南特·科尔特斯大谈他们君王的伟大，说他有三十位封臣，每位封臣可以召集十万名战士，他住在天底下最雄伟美丽的城里。还跟他说他每年要向神供奉五万名人牲。他们说的也是实情，他跟邻近的大民族不断开战，不但是锻炼本民族青年，更主要是抓获战俘去做人牲。在另一座城镇里，为了欢迎这位科尔特斯，他们一次杀了五十个人牲。

这事我还没有说完呢。这些民族中有人被他征服过，派了人去感激他，寻求他的友谊。使臣向他献上三件礼物，还说："大王，这里是五名奴隶；你要是个威武的神，平时吃的是血与肉，那就把他们吃了，我们以后再给你多带些；你要是个慈悲的神，这里是香烛和羽毛；你若是个人，那就收下这里的禽鸟和水果。"

论寿命

我不能接受我们对寿命长短的看法。我注意到贤哲看待寿命比时下一般要短得多。加图对那些劝他不要自杀的人说："我到了现在这把年纪，怎么还能怪我过早放弃生命呢？"那时他才四十八岁。

他认为这个年纪已很成熟，也算高寿，没有多少人达到这个岁数。有人议论我不知什么生命过程时，谈到他们所谓的天然寿命，还可以期望多活几年。人在自然环境中都会遭到种种不测，使原本的期望生命戛然中断；如果运气好，躲过这些意外事件，就可以做到这点，让人活到年高力衰，然后寿终正寝；在我们的一生中确立这样的目标，那是多么美妙的梦想！因为这种死亡其实在人生中极为罕见。

只是这种死亡我们称之为自然的，仿佛看到一个人跌倒折断脖子，在河里溺死，染上瘟疫或胸膜炎，都是违背自然的，仿佛我们日常的情境不会向我们提出这种种不便之事。我们不要听了这些好话而沾沾自喜，而是应该把一般的、共同的、普遍的东西称为自然的。

寿终正寝，这是一种少见的、特殊的、非一般的死亡，不及其他死亡自然；这是排在末位的终极死亡。离我们最远，因而也是我们最难期盼的。这其实是我们越不过的界限，也是自然法则设定禁止通行的界限。让我们一直挨到那个时刻，已是极少给予的一种特权。这是命运格外开恩，才把这一个豁免权在两三百年间赐给一个人，让他穿越漫长一生两头之间布下的重重障碍与困难。

因此，我的看法是我们达到的年龄，乃是很少人能达到的年龄。既然大家一般来说达不到这条线，也表明我们已经活得够长的了。一般的界限也是我们生命的真正尺度，既然越过了，就不应该希望继续超越。人生中有那么多的死亡机会，看到别人颓然倒下，而自己幸运逃过，应该认识到还活着是鸿运高照，不同寻常，也就不太应该再继续。

我们保持这种不切实际的幻想，也是法律的一个弊病。法律不让一个男人在二十五岁以前能够支配自己的财产，此后恐怕还没有那么多时间去支配自己的生活。奥古斯都把罗马旧法令中的规定提前了五年，宣布男人到了三十岁就可担任法官职务。塞维厄斯·塔利厄斯让年龄超过四十七岁的骑士免服兵役之劳。奥古斯都又把它减为四十五岁。让男人在五十五岁或六十岁以前退休，我觉得这没有多大道理。我的看法是从公众利益出发尽量延长我们的工作与雇用年限；但是我发现错误出在另一方面，就是没有更早投入工作。这位奥古斯都自己在十九岁已当上了万国大法官，却要别人到了三十岁才有资格去判决一根排水管该装在什么地方。

我个人则认为，我们的心灵在二十岁时已趋于成熟，今后能做的事也都该会做了。在这个年纪还不明显具备资质，此后也不会有所表现了。天生的品质与美德，在这个阶段内可以淋漓尽致发挥，否则也就无望了。

> 刺儿长出来时不扎人，
> 多半儿也永远不会扎人了。

这是多菲内地区的民间谚语。

人类史上我所知道的轰轰烈烈大事件，不论属于哪一种类型，在从前的世纪还是今日的时代，我想三十岁前所做的在数目上要远远超过三十岁后所做的。是的，经常在同一个人身上也是这样。在汉尼拔和他的宿敌西庇阿的一生，我不是也可以放心大胆这样说吗？

他们年轻时得到荣耀，后半生靠着这个荣耀过日了；日后跟其他人相比还是伟人，跟自己相比则不见得是了。就我来说，我肯定从这个年纪起精神与精力减弱多于增强，衰退多于改善。有人善于利用时间，学识与经验都随着年龄增长，这也是可能的。但是活力、速度、毅力以及其他与生俱来的更重要、更基本的品质都在衰退迟钝。

当岁月的重锤敲打我们的身躯，

当磨损的弹簧卡住机械，

精神会恍惚，口齿与理智不清楚。

——卢克莱修

有时是身体先衰，有时是心灵先老。我见过不少人头脑在胃与腿脚之前就不管用了；有一种病患者并不感觉，症状并不明确，这只会更加危险。

这次我埋怨法律，不是法律让我们干得太久，而是让我们干得太晚。我觉得，考虑到生命的脆弱，以及它暴露在多少日常与天然的暗礁之前，人不应该让出生、游闲与学习占去这么多时间。

论人的行为变化无常

对于惯常观察人的行为的人，最难的莫过于去探索人的行为的连贯性和一致性。因为人的行为经常自相矛盾，难以逆料，简直不像是同一个人的所作所为。小马略忽而是战神玛斯的儿子，忽而又是爱神维纳斯的儿子。据说卜尼法斯八世教皇当权时像只狐狸，办事时像头狮子，死时像条狗。谁会相信残暴的象征——尼禄皇帝，当有人按照惯例把一份死刑判决书递给他签字时，竟会说："上帝啊，我真愿意不会写字！"判处一个人的死刑叫他心里那么难过？

在这件事上，在每个人身上，这类的例子不胜枚举，以致使我感到奇怪的是，有些聪明人居然费心把这些碎片拼凑一起。因为我觉得优柔寡断是人性中最普遍、最明显的缺点，这有滑稽诗人普布利流斯·西鲁斯的著名诗句为证，只有坏主意才一成不变。

根据一个人的日常举止来评论他，那是一般的做法；但是，鉴于人的行为和看法天生不稳定，我经常觉得，即使是杰出的作家也往往失误，说什么我们有始终如一、坚韧不拔的心理组织。

他们选择一种公认的模式，然后按照这个模式归纳和阐述一个人的行为，如果无法自圆其说，就说这个人虚伪矫饰。奥古斯都这人他们就无法评判，因为他一生中变化多端，出尔反尔，叫人无从捉摸，最大胆的法官也不敢妄下结论。我相信人最难做到的是始终如一，而最易做到的是变幻无常。若把人的行为分割开来，就事论事，经常反而更能说到实处。

从古史中很难找出十来个人，他们一生的行为是有恒专一的。有恒专一却是智慧的主要目的。因为为了把生活归结为一个词，把生活的种种规则归结为一条规则，一位古人①说："同样的东西要或不要必须前后一致；我不想再加上一句说：但愿这种意愿是正确的；因为意愿不正确的话，就不可能坚定不移。"确实，我从前听说，恶行只不过是放纵和缺乏节制，因而也就不可能始终如一。据说这是德摩斯梯尼说的话，讨教与审慎是一切德

---

① 指塞涅卡。

行的开端；而始终如一是德行的圆满完成。我们在言词中要选择某一条道路，总是去选择一条最好的道路，但是没有人想去实践：

> 他要做，不要做，又要做自己不想做的事，
> 摇摆不定，一生充满矛盾。
>
> ——贺拉斯

我们一般的行动，都是根据自己的心意，忽左忽右，忽上忽下，听任一时的风向把我们吹到哪儿是哪儿。只是在要的时候才想到自己要的东西，然后却像变色龙一般，躺到什么地方就变成什么颜色。我们在那时想到要做的事，一会儿又改变了主意，一会儿又回到那个主意，优柔寡断，反复无常：

> 我们是木偶，听任强劲的手操纵和摆布。
>
> ——贺拉斯

我们不是在走路，而是在漂流；受到河水的挟制，根据潮水的涨落，时而平静，时而狂暴，

> 我们不是总看到：人不知要什么，
> 永远在探索，在寻求一片土地，

仿佛能够放下沉重的包袱？

——卢克莱修

天天有新鲜事，我们的情绪也随时间的推移而变换。

人的思想闪烁不定，犹如神圣的朱庇特
布满大地的雷电。

——荷马

我们在不同的主意之间游移不定。我们对什么都不愿意自由地、绝对地、有恒心地作出决定。

谁若能以自己的想法制订和颁布某些规范和准则，我们可以看到他生活中一切的一切自始至终矢志不渝，行为与原则丝毫不会相悖。

然而，恩培多克勒看到阿格里琴坦人的这种矛盾性，他们纵情作乐，仿佛第二天就是他们的死期，却又大兴土木，好似可以天长地久活下去。

小加图这个人的性格是很容易说清楚的；拨动他的一根心弦，也就是拨动他的每一根心弦，因为声音都是非常和谐协调，决不会发出一点杂音。然而我们呢，有多少次行动，就有多少次不同的评论。依我的看法，把这些行动放到相似的环境中去比较最稳妥，不要前后对照，也不要借题发挥。

在我们这个穷乡僻壤有一次纵情的欢庆，听说住在我家不远的地方有一名少女，从窗里纵身往下跳，不让她的主人——一名兵痞——暴力得逞；她没有跌死，不甘心，又用一把刀子要刺自己的咽喉，被人家阻止了，但还是伤得很重。她自己承认，那名军人没有逼迫她，只是哀求她，挑逗她，送礼物打动她，但是她害怕他最后会强迫她的。此外，还有她的言词，她的端庄，她的贞烈，都证明她的品德，不啻是另一位柳克丽希亚①。可是我知道事实上，不论从前还是后来，她决不是那种拒人于千里之外的少女。就像一则故事说的：不论你是多么光明磊落，当你在恋爱中完全绝望时，不要认为你的恋人是神圣不可侵犯的；这也不意味哪个赶骡的车把式不会碰上好运气。

安提柯看到他的一名士兵道德高尚，作战勇敢，非常宠爱，还命令御医给他治好一种长期使他受尽折磨的病痛。看到他治愈后做事的热情远远不及从前，就问他是什么使他变成了一个懦夫。他回答说："陛下，是您自己，治好了我的病，原来我因有了病才不计较自己的生命。"卢库卢斯的士兵被敌人抢走了钱包，为了报复跟他们大打出手。当他收回失物时，一直对他很器重的卢库卢斯派他去完成一项冒险而又光荣的任务，对他谆谆教导，

---

① 柳克丽希亚（？—前509），罗马贵妇。受骄傲者塔克文之子塞克斯都的凌辱，自杀身亡。据说此事引起罗马革命，结束君主统治，建立罗马共和国。

好话说尽，

> 即使是懦夫听了也会勇气骤增。
>
> ——贺拉斯

他却回答说："派个被人掏了钱包的穷小兵去吧。"

> 这个粗鲁的乡下人回答：
> "丢了钱包的人会上那里去的。"
>
> ——贺拉斯

他坚决拒绝去。

我们还在书中读到，穆罕默德二世看到土耳其近卫军司令哈桑的队伍被匈牙利人冲垮，自己还在战斗中贪生怕死，狠狠训斥了他一番，哈桑二话不说，转过身，单枪匹马迎着敌人的先头部队不顾死活地冲过去，立刻陷在里面脱不得身，这种做法可能不是为自己辩白，而是回心转意；也可能不是天性勇敢而是恨上加恨。

前一天你见他视死如归，第二天你见他胆小如鼠，那也不必奇怪：或者是愤怒，是形势，是情面，是美酒下肚，还是号角声响，又会使他鼓起勇气；他的心不是靠思考能够鼓动的，而是环境坚定了他的勇气，若是截然不同的环境又使他变成另一个人，那也不要认为意外。

我们那么容易表现出矛盾与变化，以致有的人认为我们身上有两个灵魂，另一些人认为我们身上有两种天性，永远伴随我们而又各行其是，一种鼓励我们行善，一种鼓动我们作恶。若只有一个灵魂或天性，决不可能有这样巨大的变化。

不但偶然事件的风向吹得我任意摇摆，就是位置的更换也会骚扰我的心境。任何人略加注意，就会发现自己决不会两次处于同一个心境。按照观测的角度，一会儿看到灵魂的这一面，一会儿看到灵魂的那一面。如果我谈到自己时常常有所不同，这是因为我看到自己时确也常常有所不同。所有这一切不同都是从某个角度和某种方式而来的。怕羞，傲慢；纯洁，放纵；健谈，沉默；勤劳，文弱；机智，愚钝；忧愁，乐观；虚伪，真诚；博学，无知；慷慨，吝啬；挥霍……这一切，我在自己身上都看到一点，这要根据我朝哪个角度旋转。任何人仔细探索自己，看到自己身上，甚至自己对事物的判断上，都有这个变幻不定、互不一致的地方。我也说不出自己身上哪一点是纯正的、完整的、坚定的，我对自己也无法自圆其说。我的逻辑中的普遍信条是各不相同。

我一直主张把好事说成是好事，还把可以成为好事的事也往好里去说，然而人的处境非常奇怪，如果好事并不仅仅是以意图为准的话，我们经常还是受罪恶的推动而在做好事。因此，不能从一件英勇行为而作出那人是勇士的结论。真正的勇士在任何场合都可以有英勇行为。如果这是一种英勇的美德，而不是一种英勇的表现，这种美德会使一个人在任何时机表现出同样的决心，不论是独自一人还是与人共处，不论在私宅还是在战场；因为，无论如何，不存在什么一种勇敢表现在大街上，另一种勇敢表现在军营中。他应该具有同样的胆量，在床上忍受病痛，在战场上忍受伤痛。在家中或在冲锋陷阵中同样视死如归。我们不会看到同一个人，在攻城时勇冠三军，在输掉一场官司或失去一个孩子时却像女子似的痛苦不堪。

一个人在耻辱中表现怯懦，而在贫困中坚定不移；在理发匠的剃刀下吓破了胆，而在敌人的刀剑前威武不屈，可敬可贺的是这种行为，而不是那个人。

西塞罗说，许多希腊人不敢正视敌人，却能忍受疾病，而辛布赖人和凯尔特伯里亚人则恰恰相反：事物不基于一个坚定的原则上就不可能稳定。（西塞罗）

亚历山大的勇敢可以说无出其右；但是只是就他的那种勇敢而言的，而不是在任何场合下的勇敢，也不是包罗一切的勇敢。尽管他的这种勇敢超群绝伦，还是可以发现其中瑕疵；我们看到他怀疑他的左右企图谋害他时就惊慌失措，为了弄清内情竟然那么不讲正义，狠毒冒失，害怕到了失去平时的理智的程度。他还处处事事疑神疑鬼，其实是色厉内荏的表现。他对杀害克雷塔斯一事过分自责自赎，这也说明他的勇气不是始终一贯的。

我们的行为是零星的行动组成的，"他们漠视欢乐，却怕受苦难；他们不慕荣华，却耻于身败名裂。"（西塞罗）我们追求一种虚情矫饰的荣誉。为美德而美德才能维持下去；如果我们有时戴上美德的面具去做其他的事，马上会暴露出真面目。美德一旦渗透灵魂，便与灵魂密不可分，若失去美德必然伤害到灵魂。所以，要判断一个人，必须长期地、好奇地追寻他的踪迹；如果坚定不移不是建立在自身的基础上，"对于那个已经审察和选择了自己道路的人"（西塞罗），如果环境的不同引起他的步子变化（我的意思是道路，因为步子可以轻快或滞重），那就由着他去跑吧；这么一个人，就像我们的塔尔博特说的箴言：只会随风飘荡。

一位古人说，我们的出生完全是偶然的，那么偶然对我们产生那么大的影响，也就不足为奇了。一个人不对自己的一生确定一个大致的目标，就不可能有条有理地安排自己的个别行动。一个人在头脑里没有一个总体形状，就不能把散片拼凑一起。对一个不知道要画什么的人，给他看颜色又有什么用呢？没有人可以对自己的一生绘出蓝图，就让我们确定分阶段的目标。弓箭手首先必须知道目标在哪里，然后搭弓引箭，调整动作。我们的忠告所以落空，是因为没有做到有的放矢。没有船驶往的港口，有风也是徒然。我不同意人们对索福克勒斯的看法，认为读了他的一部悲剧，可以驳斥他的儿子对他的指控，索福克勒斯完全是有能力处理家务的①。

我同样不同意巴黎西人根据推断作出的结论。巴黎西人被派去整顿米利都，他们到了岛上，看到田地耕种良好，农舍井然有序，他们记下那些主人的名字；然后召集城里全体公民，宣布任命这些主人当新总督和官员，认为善于处理私事的人也善于管理公务。

我们人人都是由零件散片组成的，通体的组织是那么复杂多变，每个零件无时无刻不在起作用。我们跟自己不同，不亚于跟其他人不同。"请想一想，做个一成不变的人是一件了不起的大事。"（塞涅卡）

因为野心可以让人学到勇敢、节制、自由甚至正义；因为贪婪也可使躲在阴暗角落偷懒的小学徒奋发图强，背井离乡，在人生小船上听任风吹浪打，学得小心谨慎；就是爱情也可以给求学的少年决心和勇气，给母亲膝下的少女一颗坚强的心，

"少女受维纳斯指引，偷偷穿过熟睡的看守中间，

---

① 据西塞罗的记载，索福克勒斯受到儿子的指控，说他已经丧失理智。索福克勒斯要求法官阅读他的最后一部悲剧《科洛诺的俄狄甫斯》，表示思路清晰，为自己申辩。

单独进入黑暗寻找那个青年。"

——提布卢斯

　　只从表面行为来判断我们自己，不是聪明慎重的做法；应该探测内心深处，检查是哪些弹簧引起反弹的；但这是一件高深莫测的工作，我希望尝试的人愈少愈好。

论书籍

　　我毫不怀疑自己经常谈到的一些问题，由专家来谈会谈得更好、更实在。本文纯然是凭天性而不是凭学问而写成的，谁觉得这是信口雌黄，我也不会在意；我的论点不是写给别人看的，而是写给自己看的；而我也不见得对自己的论点感到满意。谁要在此得到什么学问，那就要看鱼儿会不会上钩。做学问不是我的擅长。本文内都是我的奇谈怪论，我并不企图让人凭这些来认识事物，而是认识我：这些事物或许有一天会让我真正认识，也可能我以前认识过，但是当命运使我有幸接触它们的真面目时，我已记不得了。

　　我这人博览群书，但是阅后即忘。

　　所以我什么都不能保证，除了说明在此时此刻我有些什么认识。不要期望从我谈的事物中，而要从我谈事物的方式中，去得到一些东西。

比如说，看我的引证是否选用得当，是否说明我的意图。因为，有时由于拙于辞令，有时由于思路不清，我无法适当表达意思时就援引了其他人的话。我对引证不以数计，而以质胜。如果以数计的话，引证还会多出两倍。引证除了极少数以外都出自古代名家，不用介绍也当为大家所熟识。鉴于要把这些说理和观念用于自己的文章内，跟我的说理和观念交织一起，我偶尔有意隐去被引用作者的名字，目的是要那些动辄训人的批评家不要太鲁莽了，他们见到文章就攻击，特别是那些还在世的年轻作家的文章，他们像个庸人招来众人的非议，也同样像个庸人要去驳倒别人的观念和想法。我要他们错把普鲁塔克当作我来嘲笑，骂我骂到了塞涅卡身上而丢人现眼。我要把自己的弱点隐藏在这些大人物身上。

我喜欢有人知道如何在我的身上拔毛，我的意思是他会用清晰的判断力去辨别文章的力量和美。因为我缺乏记忆力，无法弄清每句话的出处而加以归类，然而我知道我的能力有限，十分清楚我的土地上开不出我发现播种在那里的绚丽花朵，自己果园的果子也永远比不上那里的甜美。

如果我词不达意，如果我的文章虚妄矫饰，我自己没能感到或者经人指出后仍没能感到，我对这些是负有责任的。因为有些错误往往逃过我们的眼睛，但是在别人向我们指出错误后仍不能正视，这就是判断上的弊病了。学问和真理可以不与判断力一起并存在我们身上，判断力也可以不与学问和真理并存在我们身上。甚至可以说，承认自己无知，我认为是说明自己具有判断力的最磊落、最可靠的明证之一。

我安排自己的论点也随心所欲没有章法，随着联翩浮想堆砌而成；这些想法有时蜂拥而来，有时循序渐进。我愿意走正常自然的步伐，尽管有点凌乱。当时如何心情也就如何去写。所以这些情况不容忽视，不然在谈论时就会信口开河和不着边际了。

我当然愿意对事物有一番全面的了解，但是付不起这样昂贵的代价。我的目的是悠闲地，而不是辛劳地度过余生。没有一样东西我愿意为它呕心沥血，即使做学问也不愿意，不论做学问是一桩多么光荣的事。我在书籍中寻找的也是一个岁月优游的乐趣。若搞研究，寻找的也只是如何认识自己，如何享受人生，如何从容离世的学问：

这是我这匹马应该淌汗朝之奔去的目标。

——普罗佩提乌斯

阅读时遇到什么困难，我也不为之绞尽脑汁；经过一次或两次的思考，得不到解答，也就不了了之。

如果不罢休，反会浪费精力和时间，因为我是个冲动型的人，一思不得其解，再思反而更加糊涂。我不是高高兴兴地就做不成事情，苦心孤诣、孜孜以求反而使我判断不清，半途而废。我的视觉模糊了，迷茫了。必须收回视线，再度对准焦点，犹如观察红布的颜色，目光必须先放在红布上面，上下左右转动，眼睛眨上好几次才能看准。

如果这本书看烦了，丢下，换上另一本，只是在无所事事而开始感到无聊的时候再来阅读。我很少阅读现代人的作品，因为觉得古代人的作品更丰富更严峻；我也不阅读希腊人的作品，因为对希腊文一知半解，理解不深，无从运用我的判断力。

在那些纯属是消闲的书籍中，我觉得现代人薄伽丘的《十日谈》、拉伯雷的作品，以及让·塞贡的《吻》（若可把它们归在这类的话），可以令人玩味不已。至于《高卢的阿马迪斯》和此类著作，我就是在童年也引不起兴趣。我还要不揣冒昧地说，我这颗老朽沉重的心，不但不会为亚里士多德也不会为善良的奥维德颤抖，奥维德的流畅笔法和诡谲故事从前使我入迷，如今很难叫我留恋。

我对一切事物，包括超过我的理解和不属于我涉猎范围的事物，自由地表达意见。当我有所表示，并不是指事物本身如何，而是指本人见解如何。当我对柏拉图的《阿克西奥切斯》一书感到讨厌，认为对他这样一位作家来说是一部苍白无力的作品，我也不认为自己的见解必然正确，从前的人对这部作品推崇备至，我也不会蠢得去冒犯古代圣贤，不如随声附和才会心安理得。我只得责怪自己的看法，否定自己的看法，只是停留在表面没法窥其奥秘，或是没有从正确角度去看待。只要不是颠三倒四、语无伦次，也就不计其他了；看清了自己的弱点，也直认不讳。对观念以及观念表现的现象，想到了就给予恰如其分的阐述，但是这些现象是不明显的和不完整的。伊索的大部分寓言包含几层意义和几种理解。认为寓言包含一种隐喻的人，总是选择最符合寓言的一面来进行解释；但是在大多数情况下，这只是寓言的最肤浅的表面；还有其他更生动、更主要和更内在的部分，他们不知道深入挖掘；而我做的正是这个工作。

还是沿着我的思路往下说吧；我一直觉得在诗歌方面，维吉尔、卢克莱修、卡图鲁斯和贺拉斯远远在众人之上；尤其维吉尔的《乔琪克》，我认为是完美无缺的诗歌作品，把《乔琪克》和《埃涅阿斯纪》比较很容易看出，维吉尔若有时间，可以对《埃涅阿斯纪》某些章节进行精心梳理。《埃涅阿斯纪》的第五卷我认为写得最成功。卢卡努的著作也常使我爱不释手，不在于他的文笔，而在于他本身价值和评论中肯。至于好手泰伦提乌斯——他的拉丁语写得妩媚典雅——我觉得最宜于表现心灵活动和我们的风俗人情，看到我们日常的行为，时时叫我回想起他。他的书我久读不厌，也每次发现新的典雅和美。

稍后于维吉尔时代的人，抱怨说不能把维吉尔和卢克莱修相提并论。我同意这样的比较是不恰当的；但是当我读到卢克莱修最美的篇章时，不由也产生这样的想法。如果他们对这样的比较表示生气，那么现在有的人把他和阿里奥斯托作不伦不类的比较，更不知对这些人的愚蠢看法说些什么好了？阿里奥斯托本人又会说什么呢？

　　哦！这个没有判断力、没有情趣的时代！

——卡图鲁斯

　　我认为把普洛图斯跟泰伦提乌斯（他很有贵族气）比较，比把卢克莱修跟维吉尔比较，更叫古人感到不平。罗马雄辩术之父西塞罗常把泰伦提乌斯挂在嘴上，说他当今独步，而罗马诗人的第一法官贺拉斯对他的朋友大加赞扬，这些促成泰伦提乌斯声名远播，受人重视。

　　在我们这个时代那些写喜剧的人（意大利人在这方面得心应手），抄袭泰伦提乌斯或普洛图斯剧本的三四段话就自成一个本子，经常叫我惊讶不已。他们把薄伽丘的五六个故事堆砌在一部剧本内。他们把那么多的情节组在一起，说明对自己本子的价值没有信心；必须依靠情节来支撑。他们自己搜索枯肠，已找不出东西使我们看得入迷，至少要使我们看得有趣。这跟我说的作者泰伦提乌斯大异其趣。他的写法完美无缺，使我们不计较其内容

是什么，自始至终被他优美动人的语言吸引；他又自始至终说得那么动听，

清澈见底如一条纯洁的大河。

——贺拉斯

我们整个心灵被语言之美陶醉，竟至忘了故事之美。

沿着这条思路，我想得更远了：我看到古代杰出诗人毫不矫揉造作，不但没有西班牙人和彼特拉克信徒的那种夸大其词，也没有以后几世纪诗歌中篇篇都有的绵里藏针的刻薄话。好的评论家没有一位在这方面对古人有任何指摘。对卡图鲁斯的清真自然、隽永明丽的短诗无比欣赏，远远超过马提雅尔每首诗后的辛辣词句。出于我在上面说的同样理由，马提雅尔也这样说到自己：他不用花许多工夫；故事代替了才情。

前一类人不动声色，也不故作姿态，写出令人感动的作品，信手拈来都是笑料，不必要勉强自己挠痒痒。后一类人则需要添枝加叶，愈少才情愈需要情节。要骑在马上，因为两腿不够有力。就像在舞会上，舞艺差的教师表达不出贵族的气派和典雅，就用危险的跳跃，像船夫摇摇晃晃的怪动作来引人注目。对于妇女来说也是这样，有的舞蹈身子乱颤乱动，而有的舞蹈只是轻步慢移，典雅而自然舒展，保持日常本色，前者的体态要求比后者

容易得多。我也看过出色的演员穿了日常服装，保持平时姿态，全凭才能使我们得到完全的艺术享受；而那些没有达到高超修养的新手，必须面孔抹上厚厚的粉墨，穿了奇装异服，摇头晃脑扮鬼脸，才能引人发笑。

我的这些看法在其他方面，在《埃涅阿斯纪》和《愤怒的罗兰》的比较中，更可以得到证实。《埃涅阿斯纪》展翅翱翔，稳实从容，直向一个目标飞去。而《愤怒的罗兰》内容复杂，从一件事说到另一件事，像小鸟在枝头上飞飞停停，它的翅膀只能承受短途的飞行，一段路后就要歇息，只怕乏力喘不过气来。

> 它只敢飞飞停停。
>
> ——维吉尔

在这类题材中，以上那些作家我最爱读。

还有另一类题材，内容有趣还有益。我在阅读中可以陶冶性情；使我获益最多的是普鲁塔克（自从他被介绍到法国以后）和塞涅卡的作品。他们两人皆有这个共同特点，很合我的脾性，我在他们书中追求的知识都是分成小段议论，就像普鲁塔克的《短文集》和塞涅卡的《道德书简》，不需要花长时间阅读（花长时间我是做不到的）。《道德书简》是塞涅卡写得最好的篇章，也是最有益的。不需要正襟危坐阅读，也随时可以放下，因为每篇之间并不连贯。

这些作家在处世哲学上大致是一样的；他们的命运也相似，出生在同一个世纪，两人都做过罗马皇帝的师傅，都出生国外和有钱有势。他们的学说是哲学的精华，写得简单明白。普鲁塔克前后一致，平稳沉着；塞涅卡心情大起大落，兴趣广泛。塞涅卡不苟言笑，提高道德去克服懦弱、畏惧心理和不良欲望；普鲁塔克好像并不把这些缺点看得那么在意，不愿郑重其事地加以防范。普鲁塔克追随柏拉图的学说，温和，适合社会生活；塞涅卡采用斯多葛和伊壁鸠鲁的观点，不切合生活实际，但是依我的看法，更适合个人修养，也更严峻。塞涅卡好像更屈从于他这个时代的那些皇帝的暴政，因为我敢肯定他谴责谋杀恺撒的壮士的事业，是在压力下做的；普鲁塔克一身无拘束。塞涅卡的文章冷嘲热讽，辛辣无比；普鲁塔克的文章言之有物。塞涅卡叫你读了血脉贲张，心潮澎湃；普鲁塔克使你心旷神怡，必有所得。前者给你开路，后者给你指引。

至于西塞罗对我的目标有帮助的，是那些以伦理哲学为主的作品。但是，恕我直言（既然已经越过礼仪界限，也就不必顾忌了），他的写作方法令我厌烦，千篇一律。因为序跋、定义、分类、词源占据了他的大部分作品。生动的精华部分都淹没在冗词滥调中。若花一个小时阅读——这对我已很长——再回想从中得到什么切实有益的东西，大部分时间是一片空白。因为他还没有触及对我有用的论点，解答叫我关心的问题。

我只要求做人明智，而不是博学雄辩，这些逻辑学和亚里士多德哲学的药方对我毫无用处；我要求作者一开始先谈结论，我已经听够了死亡和肉欲，不需要他们条分缕析，津津乐道。我需要他们提供坚实有力的理由，指导我事情发生时如何正视和应付。解决问题的不是微妙的语法，四平八稳的修辞文采；我要求他们的文章开门见山，而西塞罗的文章拐弯抹角，令人生厌。这类文章适宜教学、诉讼和说教，那时我们有时间打瞌睡，一刻钟以后还可以接上话头。对于不论有理无理你要争取说服的法官，对于必须说透才能明白道理的孩子和凡夫俗子，才需要这样说话。我不要人家拼命引起我的注意，像我们的传令官似的五十次对着我喊："嗨，听着!"罗马人在祭礼中喊："注意啦!"而我们喊："鼓起勇气。"对我来说，这是废话。我既来了则早有准备，就不需要引动食欲或添油加醋：生肉我也可以吞下去；这些虚文浮礼的作用适得其反，不但提不起反而败坏了我的胃口。

我认为柏拉图的《对话录》拖沓冗长，反使内容不显；柏拉图这样一个人，有许多更有益的话可以说，却花时间去写那些无谓的、不着边际的长篇大论，叫我感到遗憾。我这样大胆亵渎不知是否会得到时尚的宽恕？我对他的美文无法欣赏，更应该原谅我的无知。

我一般要求的是用学问作为内容的书籍，不是用学问作为点缀的书籍。

我最爱读的两部书，还有大普林尼和类似的著作，都是没有什么"注意啦"的。这些书是写给心中有数的人看的，或者，就是有"注意啦"，也是言之有物，可以独立成篇。

我也喜读西塞罗的《给阿提库斯的信札》，这部书不但包括他那个时代的丰富史实，还更多地记述他的个人脾性。因为，如我在其他地方说过，我对作家的灵魂和天真的判断，历来十分好奇。通过他们传世的著作，他们在人间舞台上的表现，我们可以了解他们的作为，但是不能洞悉他们的生活习惯和为人。

我不止千百次地遗憾，布鲁图斯论述美德的那本书已经失传：因为从行动家那里学习理论是很有意思的。但是说教与说教者是两回事，我既喜欢在普鲁塔克写的书里，也喜欢在布鲁图斯写的书里去看布鲁图斯。我要知道布鲁图斯在阵前对士兵的讲话，然而更愿详细知道他大战前在营帐里跟知心朋友的对白，我要知道他在论坛和议院里的发言，更愿知道他在书房和卧室里的谈话。

至于西塞罗，我同意大家的看法，除了学问渊博外，灵魂并不高尚。他是个好公民，天性随和，像他那么一个爱开玩笑的胖子，大凡都是这样。但是说实在的，他这个人贪图享受，野心虚荣；他敢于把他的诗作公之于众，这是我无论如何不能原谅的；写诗拙劣算不得是一个大缺陷，但是他居然如此缺乏判断力，毫不觉察这些劣诗对他的英名有多大的损害。

至于他的辩才，那举世无双；我相信今后也没有人可以跟他匹敌。小西塞罗只有名字和父亲相像。他当亚细亚总司令时，一天他看到他的宴席上有好几个陌生人，其中有塞斯蒂厄斯，坐在下席，那时大户人家设宴，常有人潜入坐上那个位子，小西塞罗问仆人这人是谁，仆人把名字告诉了他。但是小西塞罗像个心不在焉的人，忘了人家回答他的话，后来又问了两三回；那名仆人，把同样的话说上好几遍感到烦了，特别提到一件事让他好好记住那个人，他说："他就是人家跟您说过的塞斯蒂厄斯，他认为令尊的辩才跟他相比算不了什么。"小西塞罗听了勃然大怒，下令把可怜的塞斯蒂厄斯逮住，当众痛殴了一顿，真是一个不懂礼节的主人。

就是那些认为他的辩才盖世无双的人中间，也有人不忘指出他的演说辞中的错误；像他的朋友伟大的布鲁图斯说的，这是"关节上有病的"辩才。跟他同一世纪的演说家也指出，他令人费解地在每个段落末了使用长句子，还不厌其烦地频频使用这些字："好像是。"

我喜欢句子节拍稍快，长短交替，抑扬有致。他偶尔也把音节重新随意组合，但是不多。我身边响起他的这个句子："对我来说，宁愿老了不久留而不愿未老先衰。"（西塞罗）

历史学家的作品，我读来更加顺心；他们叙述有趣，深思熟虑，一般来说，我要了解的人物，在历史书中比在其他地方表现得更生动、更完整，他们的性格思想粗勒细勾，各具形状；面对威胁和意外时，内心活动复杂多变。研究事件的缘由更重于研究事件的发展，着意内心更多于着意外因的传记历史学家，最符合我的兴趣，这说明为什么普鲁塔克从各方面来说是我心目中的历史学家。

我很遗憾我们没有十来个拉尔修的第欧根尼，或者他这类人物没有被更多的人接受和了解。因为我对这些人世贤哲的命运和生活感兴趣，不亚于对他们形形色色的学说和思想。

研究这类历史时，应该不加区别地翻阅各种作品，古代的，现代的，文字拙劣的，语言纯正的，都要读，从中获得作者从各种角度对待的史实。但是我觉得尤其值得我们深入研究的是恺撒，不但从历史科学来说，就是从他这个人物来说，也是一个完美的典型，超出其他人之上，包括萨卢斯特在内。

当然，我阅读恺撒时，比阅读一般人的著作怀着更多的敬意和钦慕，有时对他的行动和彪炳千古的奇迹，有时对他纯洁优美、无与伦比的文笔肃然起敬。如西塞罗说的，不但其他所有历史学家，可能还包括西塞罗本人，也难出其右。恺撒谈到他的敌人时所作的评论诚恳之极；若有什么可以批评的话，那是他除了对自己的罪恶事业和见不得人的野心文过饰非以外，就是对自己本身也讳莫如深。因为，他若只做了我们在他的书上读到的那点事情，他就不可能完成那么多的重大事件。我喜欢的历史学家，要不是非常纯朴，就是非常杰出。纯朴的历史学家决不会掺入自己的观点，只会把细心搜集的资料罗列汇总，既不选择，也不剔除，实心实意一切照收，让我们对事物的真相作全面的判断。这样的历史学家有善良的让·傅华萨，他写史时态度诚恳纯真，哪一条史料失实，只要有人指出，他毫不在乎承认和更正。他甚至把形形色色的流言蜚语、道听途说也照录不误。这是赤裸裸、不成型的历史材料，每人可以根据自己的领会各取所需。

杰出的历史学家有能力选择值得知道的事，从两份史料中辨别哪一份更为真实，从亲王所处的地位和他们的脾性，对他们的意图作出结论，并让他们说出适当的话。他们完全有理由要我们接受他们的看法，但是这只是极少数历史学家才享有的权威。在这两类历史学家之间，还有人（那样的人占多数）只会给我们误事；他们什么都要给我们包办代替，擅自订立评论的原则，从而要历史去迁就自己的想象；因为自从评论向一边倾斜，后人叙述这段历史事实时，不可避免地受到影响。他们企图选择应该知道的事物，经常隐瞒更说明问题的某句话、某件私事；把自己不理解的事作为怪事删除，把自己无法用流畅的拉丁语或法语表达的东西也尽可能抹掉。他们尽可以大胆施展自己的雄辩和文才，尽可以妄下断言，但是也要给我们留下一些未经删节和篡改的东西，容许我们在他们之后加以评论；也就是说他们要原封不动地保留历史事实。

尤其在这几个世纪，经常是一些平庸之辈，仅仅是会舞文弄墨而被选中编写历史，仿佛我们从历史中要学的是写文章！他们也有道理，既然是为这件事而被雇用的，出卖的是他们的嘴皮子，主要也操心在那个方面了。所以他们从城市十字路口听来的流言蜚语，用几句漂亮的话就可以串联成一篇美文。

好的历史书都是那些亲身指挥，或者亲身参加指挥，或者亲身参加过类似事件的人编写的。这样的历史书几乎都出自希腊人和罗马人之手。因为许多目击者编写同一个题材（就像现时代不乏有气魄有才华的人），若有失实也不会太严重，或者本来就是一件疑案。

由医生处理战争或由小学生议论各国亲王的图谋，会叫人学到什么东西呢？

若要了解罗马人对这点如何一丝不苟，只需举出这个例子：阿西尼厄斯·波利奥发现恺撒写的历史中有些地方失实，失实的原因是恺撒不可能对自己军队的各方面都亲自过问，对记下未经核实的报告偏听偏信，或者在他外出时副官代办的事没有向他充分汇报。

从这个例子可以看出，了解真相需要慎之又慎，打听一场战斗的实况，既不能单靠指挥将士提供的信息，也不能向士兵询问发生的一切；只有按照法庭的审讯方法，比较证人提供的证词，要求事件的每个细节都有物证为凭。说实在的，我们对自己的事也有了解不全面的地方。这点让·博丁讲得很透彻，与我不谋而合。

不止一次，我拿起一部书，满以为是我还未曾阅读的新版书，其实几年以前已经仔细读过，还写满了注释和心得；为了弥补记错和健忘，最近以来又恢复了老习惯，在一部书后面（我指的是我只阅读过一次的书籍）写上阅读完毕的日期和我的一般评论，至少让我回忆得起阅读时对作者的大致想法和印象。我愿在此转述其中一些注释。

下面是我十年前在圭契阿迪尼的一部书内的注释（我读的书不论用什么语言写成的，我总是用自己的语言写注释）：他是一位勤奋的历史学家；依我看来，他的著作内提供他那个时代的历史真实性，是其他人不能比拟的，因为在大多数情况下，他自己就是身居前列的参与者。从表面上也看不出，他会由于仇恨、偏心或虚荣而篡改事实，他对一时风云人物，尤其对那些提拔他和重用他的人，如克莱芒七世教皇，所作的自由评论都是可信的。他好像最愿意显山露水的部分，那是他的借题发挥和评论，其中有精彩的好文章，但是他过分耽迷于此；又因为他不愿留下什么不说，资料又那么丰富，几乎取之不尽，用之不竭，他就变得啰里啰唆，有点像多嘴的学究。

我还注意到这一点，他对那么多人和事、对那么多动机和意图的评论，没有一字提到美德、宗教和良心，仿佛在世界上这些是不存在的；对于一切行动，不论表面如何高尚，他都把原因归之于私利和恶心恶意。他评论了数不清的行动，居然没有一项行动是出于理性的道路，这是令人无法想象的。不能说普天下人人坏心坏眼，没有一个人可以洁身自好；这叫我怀疑他自己心术不正，也可能是以己之心在度他人之腹吧。

在菲利普·德·科明的书中，我是这样写的：语言清丽流畅，自然稚拙；叙述朴实，作者的赤诚之心油然可见，谈到自己时不尚虚华，谈到别人时不偏执不嫉妒。他的演说与劝导充满激情与真诚，绝不自我陶醉，严肃庄重，显出作者是一位出自名门和有阅历的人物。

对杜·贝莱两兄弟撰写的《回忆录》写过这样的话：阅读亲身经历者撰写的所见所闻，总是一件快事。但是不容否认的是，在这两位贵族身上，缺乏古人如让·德·儒安维尔（圣路易王的侍从）、艾因哈德（查理大帝的枢密大臣）、以及近代菲利普·德·科明，撰写同类书籍时表现的坦诚和自由。这不像是一部历史书，而是一篇弗朗索瓦一世反对查理五世皇帝的辩解词。我不愿相信他们对重要事实有什么篡改，但是经常毫无理由地偏护我们，回避对事件的评论，也删除了他们主子生活中的棘手问题。比如忘记提到德·蒙莫朗西和德·布里翁的失宠；对埃唐普夫人一字不提。秘事可以掩盖，但是人所共知的事，尤其这些事对公众生活产生这样大的后果，忌口不谈是不可饶恕的缺点。总之，要对弗朗索瓦一世和他的时代发生的事有一个详细的了解，不妨听我的话到其他地方去找。这部书的长处是对这些大人物亲身经历的战役和战功有特殊看法，还记载他们这个时代某些亲王私下的谈话和轶事，朗杰领主纪尧姆·杜·贝莱主持下的交易和谈判，这里面有许多事值得一读，文章也写得不俗。

论残忍

　　我觉得德操不同一般，比我们内心滋生的善意更为高贵。懂得自律和出身良好的灵魂总是遵循同一步伐，行为跟有德操的人难分上下。但是跟禀性善良、温情平和、依照理性办事相比，德操中自有一种我说不出的高贵和奋进。

　　有的人天性温良宽宏，不在乎遭受凌辱，自然是一件好事值得称道；然而有的人遭受凌辱勃然大怒，在理智的劝导下，压制了复仇的怒焰，经过一番思量终于自我克制，岂不是更值得称道。前者做事好，后者做事有德操。前者的行为是善良的行为，后者的行为是有德操的行为。因为德操这个词是以困难和对比为前提的，不可能不经过思想交锋而去完成。我们可以任意称颂上帝是善良的，强大的，慷慨的，还有公正的；但是我们从不称上帝是有德操的；上帝的作为都是天生的，不需花费一点力气。

　　在哲学家中间，包括斯多葛派，还有伊壁鸠鲁派——容我插一句：这个"还有"我取自一般的看法，其实是错的——有人嘲笑阿凯西劳斯，说有许多人从他的学派改信伊壁鸠鲁学派，而从来没有人从伊壁鸠鲁学派改信他的学派，阿凯西劳斯说："我相信是的！可是要明白公鸡可以成为阉鸡，阉鸡决不能成为公鸡。"不论他这句话说得多么机智，事实上，从看法和信条的坚定性与严格性来看，伊壁鸠鲁派决不输于斯多葛派。斯多葛派中的好斗者，为了打倒伊壁鸠鲁，自鸣得意，不惜把伊壁鸠鲁从没想过的事也算是他说的，还有意歪曲他的原话，用语法修辞篡改原意，把明知他心中与行为中没有的事强加在他的身上。有一个斯多葛派的信念比那些好斗者更真诚，宣称他放弃成为伊壁鸠鲁的信徒有众多的原因，其中一个原因是考虑到他的道路高不可攀。"那些热爱肉欲的人，其实是热爱荣誉和正义的人，他们尊重和实践一切德行。"（西塞罗）

我说，斯多葛派和伊壁鸠鲁派的哲学家中间，有许多人都认为心平气和，循规蹈矩，乐于行善是不够的；回避一切命运的抗争而作的决心和推理也是不够的，还应该寻找考验的机会。他们愿意追求痛苦、困难和轻蔑，然后再把它们打垮，使斗志保持不懈。"在斗争中德操更趋坚定。"（塞涅卡）

伊巴密浓达属于第三学派，他拒绝接受命运通过合法的途径交到他手中的财富；据他说是为了向贫困抗争，即使到了山穷水尽的地步，矢志不渝，其中也有这一条原因。我还觉得苏格拉底对自己的训练还要严厉，他用妻子的凶悍作为对自己的考验：这简直是在钻刀阵。

萨图宁，罗马的保民官，企图强制通过一项有利于平民的不合理法规，抗拒者将遭到极刑。罗马元老院中唯有麦特鲁斯一人以他的道德力量，独力抵制萨图宁的压力，从而遭到镇压，他在最后关头还对押他上刑场的人说这样的话："做坏事既容易又卑劣，不冒险而做好事则稀松平常，只有冒了险做好事，才是一位有德操者的本分。"

麦特鲁斯的这些话向我们清楚地表明了我要证实的信念，就是有德操的事不是一蹴而成的；只因本性善良，循规蹈矩，轻松愉快完成的事，决不是真正的德操要完成的事。德操要求一条艰苦曲折、充满荆棘的道路。德操或者是去克服外界的艰难，像麦特鲁斯，命运骤然断送了他的前程，或者是去克服内心的艰难，它使一个人生活中坐立不安、茶食不思。

我行文至此，非常顺利。但是，推论到了这个地步忽生奇想，苏格拉底的灵魂，据我所知，是公认的最完美的灵魂，然而以我的推论来看则是不值得推荐的。因为我不能想象这位人物有丝毫做坏事的念头。他施行德操，我也想象不出对他有任何为难和任何克制。我知道他的理智坚强无比，主宰一切，决不会让任何邪念有萌芽的机会。像他那么高尚的德操，我看不出有什么可以比拟的。我觉得看着这样的德操跨着胜利的步伐一往无前，大模大样，轻盈自在；如果说德操只有与邪恶的欲念作斗争时才会发光，那么我们也可以这么说，德操不可能没有罪恶的参与。德操在罪恶的托衬下显得益加辉煌。

那样的话，伊壁鸠鲁派的这种堂而皇之、毫无顾忌的情欲又会成为什么样的呢？情欲自负地认为德操会在它的怀抱中娇生惯养，玩乐嬉闹，把耻辱、狂热、贫穷、死亡和痛苦作为玩物。如果我认为完美的德操通过耐心克服和战胜痛苦，忍受风湿痛而决不怨天尤人而完成的，如果我说德操必须有艰苦和困难作陪衬，那么伊壁鸠鲁的德操又会怎么样呢？那种不但以蔑视痛苦，并且以痛苦本身为乐，把痢疾的病痛作为挠痒，他们中间许多人还留下行动给我们作可靠的证明。

还有其他人我认为甚至超过了自己的学说所立的规矩。比如说小加图，当我看到他死时撕裂自己的五脏六腑，我不能认为他那时的灵魂没有丝毫惶惑和恐惧，我不能认为他坚持这样做的目的仅是遵守斯多葛派的规定：沉着、冷静、没有激情。我觉得这位青年的德操中充满青春朝气，决不会就此罢休。我无疑相信他在这次高尚的行动中感到快乐和陶醉，超过他一生中任何其他行动："他很高兴找到了脱离生命投入死亡的动机。"（西塞罗）

我对此深信不疑，以致我怀疑他是否愿意被剥夺这个建立丰功伟绩的机会。就是有机会让他去关心群众利益而不是关心个人利益，也不会使我改变主意，我依然很容易相信，他感谢命运让恺撒这个盗贼乘机把国家的自由传统踩在脚下，从而对他的德操进行这样高尚的考验。我仿佛在这种行动中看到，当灵魂认识到行为中的高尚和自豪时，自有一种我说不出的愉悦、极度的快乐和大丈夫气概：

> 抱了死的决心更骄傲。
>
> ——贺拉斯

他并不企求什么光荣，像某些庸俗和没有骨气的人的看法，因为这样的想法太卑下了，决不能触动一颗那么慷慨、高傲和坚硬的心，他企求的是这件事本身的壮烈。他善于掌握其中的奥妙，比我们更清楚看到了这件事中的完美之处。

我很高兴，依照哲学可以作出如下的判断，这么一个高尚行为，除了小加图以外，是不会出现在其他人的生命中的，唯有他的生命才会这样结束。因而他按照理智告诫儿子和伴随他的元老，说他们有他们完成业绩的道路，"加图生来具备一种令人难以置信的严厉禀性，加以长期来不断地锻炼自己，坚持自己的原则屹然不动，宁死也不愿见到暴君出现。"（西塞罗）

死与生其实是一致的。我们不会因死而变成不同的人。我总是以生来解释死。如果有人跟我说某人死得很坚强，而活得很脆弱；我认为这也是他生命中原有的脆弱性造成的。

他依靠灵魂的力量，死得满不在乎，从容不迫。我们是不是可以说这样使他的德操黯然失色了呢？头脑里有点真正哲学思想的人中间，有谁会满足于想象苏格拉底遇到灾星，身陷图圈，饱尝铁窗风味时仅仅是不害怕和不忧虑呢？有谁会不承认他既固执又坚定（这是他的日常态度），还有对自己最后的学说有一种新的满足和欣喜呢？当他在赐死前脱去镣铐时，他搔自己的双腿，高兴得心里发颤，他不是感到灵魂中有一种极度的愉悦，他终于摆脱了从前的艰辛，要去认识未来的事物么？小加图必须原谅我这样说，他死得很悲壮，而苏格拉底则死得更美丽。

苏格拉底死得令人惋惜，而阿里斯提卜对惋惜的人说："但愿神让我也有这样的死！"

这两位人物以及他们的摹仿者（我十分怀疑是否有人得到其真谛），那么习惯于德操，德操成为他们感性的一部分。这已不是孜孜以求的德操，也不是理智的约束，而使灵魂保持紧张状态；这是他们心灵的本质，这是他们天性的自然流露。他们天性善良宽厚，又加上哲学信条的长期熏陶，才培养出这样的心灵。我们内心的邪念找不到走入他们心灵的道路，他们心灵的力量和坚定在邪念蠢蠢欲动时已把它们堵住，压了下去。

一种是通过高尚和神圣的决心，使诱惑不致萌生，以德操教育自己，把罪恶的种子连根拔掉；另一种是受到情欲的刺激，放任自流，然后又发奋图强去克服情欲的进展；相比之下，前者可能比后者更美；然而后者的行为又比天性随和温良，厌恶荒唐纵欲更加了不起，我相信这是不用怀疑的。因为第三种即是最后一种做法，只能造就一名无辜的人，而不是有德操的人。不做坏事并不意味会做好事。再加上这样做人的方法十分接近于有缺陷和软弱，我也不知道如何确定它们的界限而加以区别了。所谓善良和无辜，在这种情况下成了贬义词。我还看到许多德行，如贞洁、简朴、节制，当我们年老力衰时，人人都是可以做到的。临危不惧（如果用词没有不当的话），蔑视死亡，困境中不急不躁，那是对意外事件缺乏判断，不懂得实事求是的人也是可以做到的。麻木与愚蠢偶尔也会产生道德的效果，就像我时常见到有人原来应该惩罚而竟得到了表扬。

一名意大利贵族在我面前说这个不利于自己国家的话：意大利人感觉敏锐，思想活泼，对于降临他们身上的危险和意外事件很有预见。如果在战场上当大家还没有意识到危险时，见到他们已经在想安全措施，也不必大惊小怪。而法国人和西班牙人就没有那么细致，行动迟缓，要眼睛看得到危险，手摸得着危险，这时才会感到害怕，临了就慌作一团。而德国人和瑞士人还要粗鲁和迟钝，就是挨到打也不知道改变主意。这可能仅仅是说笑。有一点是真的，就是战争中往往是新兵奋不顾身扑向危险，吃过亏以后才会多加思索：

谁不渴望首战告捷，

立下辉煌战功。

——维吉尔

因而，判断某一个具体行动时，应该考虑到许多因素，全面了解做这件事的那个人，然后才能定论。

再就我个人来说一说。我好几次听到朋友称道我这个人谨慎小心，其实是我运气好；称道我勇敢和耐心，其实是我判断和看法正确；说到我的事总不得要领，有时对我过誉，有时对我中伤。以目前来说，我已经达到第一阶段的涵养，把德操视为习惯；然而还无法证实我达到了第二阶段。我有什么迫切的欲念要克制还不用费多大力气。我的德操是一种偶然或意外的德操，或者说得确切一点，只是一种无邪行为。如果我生来脾气浮躁不定，我怕我的行为就不堪设想。因为如果我的情欲稍为激烈，我决不会下狠心去抑制。我不知道如何反复斟酌或思想斗争。因而，我对许多恶习都没有沾边，只能说是叨天之幸：

如果我的缺点不多不大，

如果我的天性善良，

像美丽的脸上有零星的小瘢疤。

——贺拉斯

这是靠运气多于靠理智。是从以贤明著称的家族和一位非常善良的父亲那里继承来的。我不知道是父亲把一部分脾性遗传给了我，还是童年时家庭的榜样和教育对我的帮助；或者我生来就是这样的。

> 看着我诞生的是天秤宫，
> 是目露凶光的天蝎宫，
> 还是像暴君坐镇西海的摩羯宫？
>
> ——贺拉斯

不管如何，我对自己大部分恶习讨厌之至。有人问什么是学习人生的最好途径，安提西尼斯说："把坏事忘掉。"好像说的就是这个思想。我说我讨厌恶习，这种看法出于自己的天性，从襁褓时期就带来的本能和性格一直保留着，任何时刻都不曾使它改变，即使我本人的言辞也不能够；我的言辞若是摆脱惯例中某些事物的约束，也会使我轻易去做我天性憎恨的一些行为。

要说不中听的话，我还是会的，然而在许多问题上，我的作风也会比我的意见接受更多约束和规矩，我的欲念不及我的理智强烈。

阿里斯提卜对欲念和财富的看法那么大胆，整个哲学界群起而攻之。但是至于他个人的生活作风如何，狄奥尼修斯暴君派来三名美女供他挑选，他回答说三个都要，如果他选了其中一名而怠慢了其他两名，会给帕里斯带来厄运；但是把她们领到家里以后，手指也没动一下，就把她们送了回去。他的仆人一路跟着他，带的银钱太多背不动，他吩咐他把背不动的钱都扔了。

伊壁鸠鲁的教条是非宗教性的，讲究安逸，然而他在生活中却非常虔诚和勤奋。在给一位朋友的信中说，他用黑面包和清水果腹，请他送一些奶酪来，以便他有时做一顿美餐。是不是可以说，为了做个好人，我们必须依靠隐藏在内心的天然潜质，没有规律，没有理由，没有先例地做到这点？

叨天之幸，我曾经有过几次放荡行为，都不算是最糟糕的。内心已对这些行为根据其不同程度而有所谴责，因为我的判断力没有受到这些行为的影响。我狠狠责备自己要比责备别人严厉得多。事情就是这样；因此，目前来说，我顺其自然，轻易地落到天平的另一头，除非为了克制自己的恶习，不受其他恶习的玷污；若不小心，恶习与恶习大多数都会互相联系，互相蔓延。我对自己的恶习尽量予以隔离孤立，不引发其他的恶习。

　　　我不放纵我的恶习。

　　　　　　　　　　　　　　　　——朱维纳利斯

然而，斯多葛派认为贤人行动时，他的所有的德操都在行动，虽然根据行动的性质其中一种德操更为明显（若举身体为例，可能更说明问题，人在发怒时，身体内所有体液都帮助它起作用，虽然怒气是占主要地位），如果以此类推，认为坏人做坏事时，他的所有恶习都同时发作，我相信事情不是那么简单，或者是我不明白他们的原意，因为以我的经验来说事情恰巧相反。

这是一些无从捉摸的细腻之处，在哲学中往往是略而不提的。

有些恶习我是沾上的，有些恶习我是回避的，圣人也不过如此。

可是逍遥学派否认这种不可分解的错综复杂关系，亚里士多德认为一个谨慎公正的人也可能贪酒纵欲。

对于有的人认为他的面孔带有恶相，苏格拉底是这样说的，他的天性确有这样的倾向，但是他通过学问得到了纠正。

熟悉哲学家斯蒂尔波的人说，斯蒂尔波生来喜爱酒色，他通过学习渐渐跟这些疏远了。

我则相反，身上若有什么优点，都来自先天。不是来自法律、学说和其他学习途径。我心灵的无辜是一种先天的无辜；既不强求，也不虚伪。我在一切罪恶中最痛恨的是残忍，不论是直感上还是判断上，都看作是罪恶。我的心地是那么懦弱，甚至看到杀鸡也会满心不快，也忍受不了兔子在我的猎犬口中的吱叫声，虽然打猎是一大乐事。

那些反对欲念的人乐意使用这个论据，指出欲念是恶的和非理智的；当欲念恶性发作时，我们会受它的控制，理智一点不起作用；他们还会提出我们与女人私通时的经验作为例子，

当肉体感到愉快时，
当维纳斯准备撒布种子时；

——卢克莱修

那时候他们觉得我们已经乐不可支，我们的理智也无能为力，因为理智也完全沉浸在欲念之中了。

我知道事情也可以不至于这样，有的人若有志，在这一时刻可把心思转移到其他地方去。但是心灵必须时刻保持警惕。我知道追求乐趣是可以控制的，我熟悉这个题目；我并不觉得维纳斯是个肆无忌惮的女神，许多比我讲究贞洁的人可以作证。那瓦尔王后写的《七日谈》故事集，是一部艳情动人的书，其中有一篇故事提到，跟一位思慕已久的情妇在毫无拘束和完全自由的环境下，过上好几个晚上，遵照诺言仅限于接吻和抚摩，这简直是个奇迹，而我不这样认为，也不认为是一件太难的事。

我相信举狩猎作为例子是很适当的，经过长时间的搜索后，猎物突然在我们最料不到的地方跳了出来（愈仓促和愈意外，就愈少乐趣，因为理智猝不及防，没有余暇去迎合和兴奋）。奔跑

追逐，喊声震天，喜爱这类狩猎的人不会轻易地想到其他。因而诗人笔下的狄安娜总是战胜丘比特的火把和金箭。

> 谁不是在追逐的欢乐中
> 忘了爱情的残酷折磨？
>
> ——贺拉斯

　　再回到我的题目，我对别人的痛苦很容易动恻隐之心。有时不论场合会在人前情不自禁地流下眼泪。再没有比眼泪更容易引出我的眼泪。不论是什么样的眼泪，真情的、虚假的或做作的都一样。

　　死去的人不会叫我难过，还可以说叫我羡慕；但是我很为垂死的人难过。野蛮人烤死人的肉充饥，并不使我反感，那些折磨和迫害活人的人才真正使我气愤。就是依法处死，不论如何有理由，我都没有法子正视这类事。有人为了说明朱利乌斯·恺撒宽大作这样解释："他复仇也是挺温和的。海盗把他抓了去进行勒索，恺撒逼得他们向他投降，他虽然还是按照事前的威胁把他们送上了十字架，但是先把他们掐死以后再钉的。他的秘书菲莱蒙企图毒死他，恺撒也仅是赐他一死而已。"这位拉丁作家的名字不提也罢，把冒犯过自己的人处死已经可作为宽大的例子，可以想象这些罗马暴君平时施行的暴政，如何叫他感到可怖。

至于我，即使在执法方面，一切超过简单一死的做法都是纯粹的残忍，尤其我们基督徒很看重灵魂平静地升天。忍受折磨和苦刑后的灵魂是不可能平静的。

不久以前，一名士兵从囚禁他的塔楼上，看到广场上有几名木工正在竖立死刑架，人群围了起来，意识到这些都是冲着他来的，他绝望之余无计可施，拿了意外得到的一辆生锈大车上拆下来的旧钉子，在脖子上狠狠捅了两下。看到这样还不足以结束自己的生命，又在肚子上一戳，这下子他昏了过去。一名看守进来看见他倒在地上，把他唤醒，趁他还没有昏厥过去，对他宣读砍头的判决。这个判决他听了非常称心，同意喝他原来拒绝的送别酒，向法官道谢，他们对他的判决是意想不到的温和，并说，他决心自杀是害怕会受到更加残酷的刑罚，因为广场上的这些布置，更使他胆战心惊……他完全是逃避一个更难忍受的刑罚才出此下策的。

我要说的是，这些严厉手段应该用来对付罪人的尸体，欲使老百姓循规蹈矩，那就不让这些尸体埋葬，把尸体肢解和煮烧，同样可以警戒普通人。就像给活人上刑罚，虽然实际上几乎不起作用，像上帝说的："那杀身体以后，不能再作怎么的。"（引自《新约·路加福音》）诗人们奇怪地渲染这种场面的可怖，还把它置于死亡之上。

怎么！把国王烧成了半熟，

把剔肉见骨、浑身血污的尸体在地上拽！

——埃尼厄斯

有一天在罗马，我偶然遇见大家正在惩处一个著名的盗贼卡泰纳。他被掐死时，群众无动于衷，但是要把他的尸体肢解时屠夫切上一刀，群众中发出一声呻吟，一声喊叫，仿佛这堆腐肉牵动每个人的神经。

这些不人道的极端行为应该施之于躯壳，而不施之于活体。因而，阿尔塔泽尔士在多少相似的情况下，改变了古代波斯法律的严酷性。根据他的诏令，贵族犯法，不是按照惯例接受鞭刑，而是脱下衣服，让衣服代为受过，不是按惯例拔去头发，而是摘脱高帽代替。

埃及人非常虔诚，认为画几头猪的图形就算是伸张了神的正义。用图画向奉为主宰的神许愿，这是大胆的创新。

我生活的这个时代，内乱频仍，残酷的罪行真是罄竹难书。从古代历史中找不出我们天天看到的这种穷凶极恶的事。但是这决不能使我见多了而不以为然。要不是亲眼目睹，真难以相信人间有这样的魔鬼，仅仅是为了取乐而任意杀人；用斧子砍下别人的四肢，绞尽脑汁去发明新的酷刑、新的死法，既不出于仇恨，也不出于利害，只是出于取乐的目的，要看一看一个人临死前的焦虑,他可怜巴巴的动作,他使人闻之泪下的呻吟和叫喊。这真是到了残忍的最大限度。"一个人杀另一个人,不是出于怒火,也不是出于害怕,而是仅仅瞧着他如何死去。"(塞涅卡)

看着人家追杀一头无辜的野兽心里满不在乎,我实在做不到;野兽毫无防御能力,又没有冒犯我们。经常出现这样的情况,麋鹿感到筋疲力尽,没有生路,会跪在追逐的人面前,用眼泪向他苦苦哀求。

> ⋯⋯它浑身血迹,
> 仿佛用一声声哀鸣在求饶。
>
> ——维吉尔

这对我是一种非常不愉快的情景。

我抓到一头活动物,总是把它赶回荒郊野外。毕达哥拉斯从渔夫和捕鸟人手里买下他们的猎物,也是这样放生。

> 我相信刀剑初次染上的总是动物的血。
>
> ——奥维德

滥杀动物的天性也说明人性残酷的一面。

自从罗马人看惯了杀害野兽的演出,进而要看人杀害人、角斗士杀害角斗士的演出。我怕的是人性中生来有一种非人性的本能。看到动物相亲相爱，没有人会喜欢；看到动物相互残杀，没有人不兴高采烈。

为了使我对动物的同情不致遭到嘲笑，神学中也提到应该厚待动物，认为同一位主让我们住在一起，为主服务，它们跟我们都属于主的家庭。神学要我们对动物表示尊重和爱护是有道理的。毕达哥拉斯还借用了埃及人的灵魂转生说，后来为许多国家采纳，尤其是我们的德鲁兹派僧侣。

> 灵魂是不灭的，离开第一个住所后，
> 就到新的地方去生活。
>
> ——奥维德

我们高卢祖先的宗教相信灵魂长生，不断地从一个身子寄托到另一个身子，还把这种游动无常说成是神的公正：因为这是依据灵魂迁谪说，比如灵魂最初寄托在亚历山大身上，上帝也会根据他的作为再把灵魂迁到另一个更苦或更好的人身上去。

> 上帝把灵魂寄托在动物身上，
> 残酷的灵魂在熊身上，
> 好偷的灵魂在狼身上，

奸诈的灵魂在狐狸身上。

多年内经历千百次变形，

在遗忘河中一洗回复人身。

——克洛迪安

如果灵魂是勇敢的，寄托在狮子身上，贪吃的寄托在猪身上；怯懦的寄托在鹿或兔子身上；狡猾的寄托在狐狸身上；如此等等，直到经过惩罚的洗涤，灵魂又重新回到某一个人身上。

我记得，在特洛伊战争时期，

我是潘托俄斯的儿子欧福耳玻斯。

——奥维德

至于我们与动物之间的亲缘，我不在这里赘述，也不多谈在许多国家，尤其是最古老和最辉煌的国家，不但把动物视同家人，还给它们一个高尚的地位，有时把它们看作是诸神的老朋友或亲信，比对待人还要尊敬和崇拜。有的民族不认上帝不认神，只认这些动物；野蛮人把动物看作神物，因为它们带来了利益。（西塞罗）

这里的人崇拜鳄鱼，那里的人

看到白鹅吞蛇，怀着恐惧。

神猴的金雕像闪闪发光，

满城的人有时敬仰一条鱼，

有时崇拜一条狗。

——朱维纳利斯

　　普鲁塔克对这种根深蒂固的错误的解释，是在为埃及人开脱。因为他说埃及人崇拜的（比如说）不是什么猫或什么牛，他们崇拜的是这些动物身上具备的天赋才能，牛表现出耐性和给人受益，猫表现出灵敏；犹如我们的邻居勃艮第人，还有全体德国人，决不甘心于四面受包围，他们以此表示自己爱好自由，崇拜自由胜过任何其他天赋权利。

　　在最克制的意见中间，我听到过这么一种说法，指出我们跟动物十分接近的相似点，它们具备我们大部分的特长，它们跟我们相比丝毫不见逊色，我要对我们这类自负的话大打折扣；对于有人夸口说我们胜过其他生物，我对这种想象的唯我独尊态度，从心底不敢苟同。

　　虽则对事情不能做得面面俱到，还是应该说有一种尊敬，或者说人类的一种普遍义务，不但对于有生命有感情的动物，并且对树木花草都要有爱惜之情。我们对人要讲正义，对其他需要爱护和珍惜的生物要爱护和珍惜。生物与我们之间有交往，有相互依赖。我毫不在乎说出自己天性中的幼稚温情。每当我的那条狗就是在不适宜的时刻跟我嬉戏，我也不会拒绝。

土耳其人有动物的慈善事业和医院。罗马人普遍关心鹅的饲养工作，因为鹅的警惕性曾使他们的首都免遭一场浩劫①。雅典人下命令，凡是参加巴特农神庙建造工程的驴骡统统放生，任其到处食草，不得阻碍。

阿格里琴坦人习惯上隆重安葬他们喜爱的动物，例如，建立奇功的马匹，有益的、甚至只是供他们的孩子取乐的狗和禽鸟。他们在一切事物上讲究奢华，在许多为这个目的建造的纪念物上表现得更为突出，几世纪供人瞻仰。

埃及人把狼、熊、鳄鱼、狗和猫埋葬在圣地，还在尸体上涂香料，为它们办丧事戴孝。

西门有几匹马，替他三次赢得奥林匹克运动会的赛马奖，死后得到厚葬。老赞蒂珀斯把他的狗安葬在海岬上，海岬还因此而得名。普鲁塔克说，为了贪图小利把一头长期给他干活的黄牛卖给屠宰场，会使他良心不安。

---

① 据普鲁塔克一书的记载，日耳曼人夜里偷袭罗马，被城里的鹅发现，怪声大叫，惊醒卫兵奋勇保卫。

论信仰自由

　　好意若不加以节制引导，会使人做出后果恶劣的坏事，这也是屡见不鲜的。当前宗教论战使法国内乱不断，最好最合理的意见就是维持国家原有的宗教和政策。追随这一派意见的好心人中间（因为我说的不是以此作为借口来报私仇，满足私欲或向亲王献媚的那些人；而是虔敬宗教，热望维护国家的和平与现状而在这样做的另一些人），我要说有不少人看来狂热得失去了理智，有时采取了不公正、狂暴和鲁莽的决定。

　　当初基督教以律法开始赢得权威时，确实有许多人受到热忱的鼓动反对一切异教书籍，使文人们痛惜这是个难以弥补的损失。我认为这场浩劫对文学造成的灾难比野蛮人历次纵火焚烧还要大。

　　历史学家科内利乌斯·塔西佗是一位好证人，因为尽管他的亲戚塔西佗皇帝下诏全世界各地的图书馆都要收藏书籍，但是任何一部书内就是只有五六个句子不符合我们的信仰，都逃不过搜寻人员的详细检查而一心要焚毁。他们还不止此，对于为我们做事的皇帝轻易给予虚假的赞扬，对于与我们不合的皇帝不论做什么都群起而攻之，这在人称"背教者"的朱利安皇帝的生平中可以看得很明显。

其实，他是一位超群绝伦的大伟人，心灵内全是圣贤思想，也以此为准则贯彻到自己的一切行动中；说真的，没有一件表现美德的事件上他没有留下光辉的榜样①。以贞洁来说（他一生都证明他洁身自好），有人说他跟亚历山大和西庇阿同样清白，有许多花容月貌的女俘，他连一个也不愿意召见，其实他那时风华正茂，因为他被帕提亚人杀死时也才只三十一岁。贯彻司法过程中，他不辞劳苦聆听各方的陈述。虽则他会好奇地打听出席的人属于哪个宗教，但是对于我们的宗教的厌恶不会使他有失公正。他还制订了几项有益的法令，把前任皇帝征收的御用金和税收减少一大部分。

我们有两位出色的历史学家是朱利安功绩的见证人，一位是安米阿努斯·马西利纳斯，他在他的历史书中好几处尖锐批评朱利安禁止一切基督教徒修辞学家和语法学家在学校任教；并说他希望朱利安这条法令今后埋没在遗忘中。朱利安若对我们做了更

---

① 蒙田赞扬"背教者"朱利安皇帝，也是《随笔》被教廷列为禁书的理由之一。

为粗暴的事，看来马西利纳斯是不会忘记收录的，因为他还是偏向我们这一派。

朱利安确是我们严厉的敌人，但不是残暴的敌人；因为即使我们的人也在说起他这个故事。有一天卡尔西登主教马利斯绕着城墙散步，胆敢称他是基督的恶劣的叛徒，他没做什么，只是回答说："滚吧，恶棍，为你的瞎眼去哭吧。"主教反唇相讥说："我感谢耶稣基督让我双目失明，不用看见你这张丑恶的嘴脸。"据他们说，朱利安显出哲学家的耐性。至少这件事跟人家提到他对我们手段残暴的说法不相符合。他是（我的另一位证人欧特罗庇厄斯说）基督教的敌人，但他不血腥。

再回到司法方面，大家也没有什么可以说他的，除非在他建立帝国的初期，对待他的前任皇帝君士坦提二世的追随者采取过严厉的措施。他生活俭朴，如同士兵一样，和平时期也像个准备过战争日子的人那样节衣缩食。他警惕性高，把黑夜分为三部分或四部分，最小部分留给睡眠，其余部分他亲自巡看兵营，检查岗哨，或者阅读。因为他有许多罕见的品质，其中之一就是精通各类文学。

据说亚历山大大帝躺在床上，害怕瞌睡妨碍他思索与阅读，让人挨着床边放一只水盆，一只手拿了一只铜球垂在床外，要是瞌睡来了，手指松开，这只铜球落入盆内，声音会把他闹醒。朱利安要做什么事时心思非常集中，由于他非凡的节食本领不会有迷糊的时候，也就不用这样的诀窍。

他的军事才能非常令人钦佩，具备一位大将军的必要素质。他一生几乎都在沙场驰骋，大部分时间在法国协助我们抵抗德国人和法兰克人。我们也记不得谁遇到过更多的风险，经历过更多的生死考验。他的阵亡跟伊巴密浓达有点相像。因为他身上给一支箭射中，试图拔出，他原本可以做到，只是箭头太尖，他割破了手用不出力气。尽管士兵没有他依然作战英勇，他还是不停地要求把他这个样子抬到混战中鼓舞士气，直至黑夜双方收兵为止。

他学过哲学，对生命与人世间事看得很淡泊。他坚信灵魂千年存在。

在宗教方面他是个十足的坏蛋。他放弃我们的信仰，故被称为"背教者"。然而我觉得下面这个看法更有道理，就是他从来没有把我们的宗教放在心里，只是为了服从国法才假装相信，直至把帝国掌握在手才露出真相。

他对自己的宗教却非常迷信，甚至引起他同时代人的嘲笑；有人说，他若赢得对帕提亚人的胜利，他会杀尽天下的牛来满足他的祭神活动。他还迷恋占卜术，对一切运势的预测都深信不疑。临死还说这样的话，他对神非常感激，没有让他出其不意死去，而是早把死亡的时间与地点告诉了他，不让他像懒惰体弱的人那样死得窝窝囊囊，也不用长期卧在床上痛苦地等死；让他在凯旋的过程中，在荣誉的花丛中毫无惭愧地了结一生。他好似还有过类似马库斯·布鲁图斯见到的显灵，第一次在高卢神灵威吓他，后来在波斯死亡时刻神灵又来找他。

当他感到自己被箭射中时，有人说他说出这么一句话："拿撒勒人①，你打赢了。"或者另有人说："你满意了吧，拿撒勒人。"假若我的证人们相信他说过这句话，决不会忘记，他们当时就在军中必然对他最后的一言一行都会记录下来。他们也不会忽略附加在他身上的其他某些奇迹。

再来说我这篇文章的主题吧，马西利纳斯说朱利安心中长期怀有异教徒思想，只是慑于全军士兵都是基督徒，未敢暴露。最后，当他看到自己足够强大，可以表露心迹时，他下令打开神庙，尽一切方法在里面供奉偶像。为了达到这个目的，他在君士坦丁堡见到人心涣散的民众和分裂的基督教教会主教，召他们进宫晋谒，恳切地敦促他们缓解内部纷争，每个人可以放心信奉自己的宗教。

他竭力敦促做成这件事，希望他们各行其是会增加派别，制造分裂，阻止民众团结强大，思想协调一致后会反对他。他也用某些基督徒的残酷方法，去证明世界上最令人恐惧的野兽就是人。

以上大致是他说的原话，这点是值得重视的，朱利安皇帝利

---

① 指耶稣基督，他在拿撒勒传道时，别人对他的称呼。

用信仰自由来引起内乱，而我们的国王不久前使用信仰自由来平息内乱。从而也可以这样说，一方面对各派不加控制，任凭保持各自的意见，这是在散播不和，扩大分裂，没有任何法律的障碍与牵制来阻止其发展，那样这个势头会愈演愈烈。但是另一方面，也可以说对各派不加控制，任凭保持各自的意见，他们的斗志反因放任自流、听其自然而松懈与磨平，不会因追求罕见、新奇、困难的任务而坚强。

然而我更愿意相信，国王为了表示自己的宗教虔诚，既然做不到他们愿做的事，就装出愿做他们能做到的事。

凡事皆有其时机

外号"监察官"的大加图与自杀身亡的小加图，有人拿他们两人作比较，也是在比较两个天性崇高和脾性相近的人物。大加图的天性得到多方面发挥，在军事与政治上尤其显出雄才大略。小加图的美德更加清白，拿他与当今在世的人相比，那真是对他的亵渎。西庇阿极富仁爱之心，在各方面都超群绝伦，不是大加图和他同时代的任何人所能比拟，大加图竟敢诋毁他的声誉，谁能为监察官的嫉妒与野心开脱呢？

对于大加图说得最多的是他在风烛残年开始学习希腊语，热情高昂，仿佛为了满足长期的渴望，我不觉得这对他是非常光荣的事。这恰如我们所说的返老还童。万事皆有其时机，好事如此，一切都如此。我念祈祷也可以念得不是时候，就像人家对 T. 昆图斯·弗拉米尼颇有微词，他身为一军之帅，被人揭露在即将开战之前却躲在一旁，有闲暇为他得过的一场胜仗感谢上帝。

贤人对于做好事也定下规矩。

——朱维纳利斯

欧德摩尼达看到色诺克拉特年事已高，还忙着做功课，他说："这个人现在还在学小学课本，什么时候学懂呢！"

托勒密一世增强体魄天天用武器操练，菲洛皮门对盛赞国王的人说："他那个年纪的国王进行这类操练不值得称赞；他早应该用之于实际了。"

贤人都说，少壮该准备，老来好享受。他们注意到人性中最大的罪恶是欲望日日变换不定。我们一直要重新开始生活。我们的学习与欲望有时候应该显出老态。我们一脚已踩在坟墓里，而欲望与追求则刚刚诞生：

> 你叫人加工大理石，
> 准备自己的葬礼，
> 别去注意什么铜鼓声。

——贺拉斯

我的计划最长不超过一年；此后想到的是了结；不做任何新的期待和打算；向我离去的所有地方作最后的道别；天天抛弃一点自己拥有的东西。

"长久以来我不丢失也不多做什么。路上带的干粮足够
走完今后的旅程。"

——塞涅克

　　我活过，我走完了命运给我的道路。

——维吉尔

　　我晚年得到的终究是身心的宽慰，它舒解了我内心的许多欲
望和对生活的忧虑，不再操心局势的发展、财富、荣誉、学问、
健康和我自己。大加图学习说希腊话，其实他应该学习的是永远
闭嘴。

　　学习可以在任何时候继续进行，但不是扫盲，一个老头儿学
ABC，蠢事一桩！

　　不同的人，不同的情趣，不是所有年龄
　　都适合做任何事。

——马克西米安

　　即使必须学习，那也学习适合我们情况的东西，我们也可像
那个人那样，当有人问人已老朽还学习这些事干什么用，回答
说："离开时更优秀、更潇洒。"（塞涅卡）

凡事皆有其时机 | 139

这类学习就是小加图感到来日无多时的学习，他在柏拉图著作中研究灵魂不朽论。我们应该相信，这不是他长期来对离开人世没有准备，他具备的自信、坚强意志、渊博知识，远远超过柏拉图在著作中的学说。他的学识与勇气在这方面也超出哲学之上。他这样做，不是为死亡服务，而是他不回避，不改变，继续做他一生都在做的事情，就像一个人不能为了考虑一件大事而中断睡眠。

　　他被撤去副执政一职的当夜，他在玩乐；他即将去死的当夜，他在看书：对他来说，失去职务与失去生命是一回事。

论发怒

　　普鲁塔克是个全才，判断人的行为方面尤为突出，他在利库尔戈斯和纽默的比较中所说的都是至理名言，他认为把孩子交给父亲管教的做法是极端幼稚的。

　　大多数民族——像亚里士多德说的——都按照独眼巨人库克罗普斯的方式，把妻子与孩子都交给男人让他随心所欲地去管教。唯有斯巴达人和克里特人把儿童教育依照法律来进行。谁不看到国家的一切都取决于儿童的教育与培养？然而大家都极不慎重，把儿童教育交给父母，不管他们是多么愚蠢和卑劣。

　　尤其是我经过街上看到怒气冲冲、暴跳如雷的父母恨不得把他们的孩子剥皮抽筋，打得死去活来，多少次我有意想个坏主意为孩子们出口气！你就会看到做父母的会七孔冒烟，两眼冒火，

　　　　肝火大动，满地乱滚，

就像山体滑坡，

半山腰的岩石垂直坠落。

——朱维纳利斯

（据希波克拉底说，使面孔扭曲的病是最危险的病），经常还是对着刚断奶的婴儿鬼叫狼嗥的。还有看到孩子被打成残废和发傻的；我们的司法工作对此不闻不问，仿佛这些断臂缺腿的人不是我们社会的一分子；

感谢你给国家

增丁添口，只是要让他

有益于国家、农耕、战争与和平！

——朱维纳利斯

　　没有一种激情像发怒那样搅乱判断的公正性。哪个法官盛怒之下要判犯人有罪，都会毫不犹豫让他去尝死亡的滋味。那么为什么就允许父亲和教师在火头上鞭打和惩罚孩子呢？这不是令其悔改，而是报复。惩罚成了孩子的药物，但是医生怒气冲冲地对付病人，我们会容忍他这样做吗？

　　我们要做到知情达理，在怒火中烧时决不要揍打我们的仆人。当脉搏加快、心里有气时，把事情搁一搁再说。心平气和了，看事情就会是另一个样。不然操纵的是情绪，说话的是情绪，而不是我们自己。

带着情绪看错误会看得更大，就像透过浓雾看物体看不清楚。肚子饿的人需要的是肉，要进行惩罚的人不必要如饥似渴地惩罚。

而且，谨慎而有分寸的惩罚，受罚的人更容易接受，效果会更佳。不然的话，他受一个怒气攻心的人惩罚，不认为自己得到了公正的对待；他反而认为自己没错，而是主人行为失控，满脸怒容，粗话乱骂，一贯急躁鲁莽：

> 满脸怒容，心血上涌，
> 两眼喷火，比戈耳工魔怪的眼睛还亮。
>
> ——奥维德

苏托尼厄斯叙说，恺撒把卢西乌斯·萨图宁判罪后，萨图宁提出要求人民予以裁决；胜诉所以得到的最大因素是恺撒在这场判决中表达了他的敌意与严酷。

说与做不是一回事。我们应该把布道和布道者分别考虑。那些人在我们的时代藏奸耍滑，试图利用布道者的罪行来攻击我们教会的真理。教会的真理是从别处得到证实的。把什么都混为一谈，这是愚蠢的论证法。品行端正的人可能有错误的看法。一个坏人即使不相信真理，也可以空谈真理。当说与做保持一致时，当然是美丽的和谐。我不会否认说了接着去做则更有权威，更有效果。

斯巴达国王欧达米达斯听到一位哲学家大谈战争，说："这些话说得很动听，但是说的人自己就不可相信，因为他的耳朵并没听惯军号声。"克里昂米尼听到一位修辞家对勇敢一事高谈阔论时，不由哈哈大笑，修辞学家感到受了侮辱，克里昂米尼对他说："如果是一只燕子这样说，我就会这样笑；若是一只雄鹰，我会乐意地听他的高见。"

我在古人著作中似乎发现，直抒己见的人说问题比言不由衷的人更加生动有力。且听西塞罗谈热爱自由，再听布鲁图斯谈这个问题，从文章就可以领会布鲁图斯是个不惜一死争取自由的人。西塞罗这位雄辩家谈论蔑视死亡，布鲁图斯也谈这个问题，前者论述拖泥带水，你觉得他要让你去相信他自己还没相信的事，一点不使你激动，因为他自己没有激动；另一个则使你心潮澎湃。我看书，即使是写美德与公职的书，从来不会不对作者进行一番好奇的探索，看他是怎么样一个人。

因为在斯巴达，监察官见到一个道德败坏者向人提出一条好建议，命令他闭嘴，再请一位正派人把它当作自己的建议再提出来。

细细品读普鲁塔克的著作，我们会对他的为人有足够的了解，我想我还洞悉他的灵魂。只是我希望我们对他的生平还有更多了解。我若偏离话题说个不休，还得感谢奥吕斯·格利乌斯，他在著作中叙述了普鲁塔克的几件轶事，这跟我的发怒一文有关。

他的一名奴隶，人品极为不端，但是耳朵里灌进了不少哲学理论。一次他做错了事，被普鲁塔克下令剥去了衣服，挨鞭打的时候起初嘟囔说打得没有道理，他没做错什么事；最后大声叫嚷，故意辱骂他的主人，指责他不是像他自我吹嘘的哲学家；他常听他说发脾气是件丑事，还为此写了一部书；现在他大发雷霆，还指使人毒打他，完全违背他自己的著作。

普鲁塔克听到这话，冷静镇定，对他说："怎么，蠢人，你凭什么说我现在在发脾气？我的面孔，我的声音，我的脸色，我的说话，哪一点证明我在发火？我不认为我的眼睛露出凶光，面孔变色，尖声怪叫。我涨红了脸吗？口吐白沫了吗？嘴里说了我会后悔的话吗？哆嗦了吗？气得打颤了吗？告诉你，这些才是发怒的真正标志呢？"接着转身对执行鞭刑的人说："这家伙跟我争论的时候，你继续干你的活。"故事就是这样的。

塔兰托的阿契塔身为统师，从前线打仗回来，发现他的管家不善管理，房屋里乱七八糟，田园荒芜。他把他叫了来，对他说："滚吧，我要是没有发怒，我会好好抽你一顿！"柏拉图也是对他的一名奴隶大动肝火，让他的弟子斯帕西普斯惩罚他，抱歉说他正在生气，没法亲自动手。斯巴达国王卡里鲁斯对一个嚣张大胆顶撞他的奴隶说："天哪！我要是没有生气，会叫你立即去死。"

这是一种自我发泄、自命不凡的情欲。当我们为一件没必要的事大发雷霆，有人向我们说明道理或进行辩解，多少次我们会不顾事实真相和无辜而气恼？我记得古代对此事有一个很好的例子。

比索在各方面都是个出名的正派人，对一名士兵疾言厉色，因为那人和一名同伴去割草，独自回营，却又向他说不清把同伴留在哪儿了；比索认为是他把他杀害了，要立即处死他。他还在绞刑架上，这位迷路的同伴回来了。全军兴高采烈，两个同伴抱了又抱，亲了又亲后，刽子手把他们两人带到比索面前，在场的人都期望这对他也是一桩大喜事。

但事实恰恰相反，因为比索的脾气本来还未过去，这下子更是恼羞成怒，变本加厉发作。盛怒之下生出一个刁钻的主意，他原本认为其中一人是无辜的，现在判了三个人有罪，都处以极刑：第一个士兵是因为对他早已作出判决，第二个迷路的士兵因为他是引起同伴的死因；而那个刽子手，因为没有执行对他下达的命令。

跟固执的女人商量事情的人可能都有过体验，当他们面对她们的激动保持沉默与冷静，避免她们火气更大时，反而会惹得她们暴跳如雷。雄辩家塞利乌斯生来脾气暴躁。他跟一个人共进晚餐，那人说话温顺和婉，为了不惹恼他，决定顺着他的意思听到什么同意什么。塞利乌斯看到自己发牢骚没人顶撞，就像缺少了养料，实在受不了，他说："看在神的份上，你就驳斥我几句吧！这样我们才算是两个人啊。"

女人她们也是一样，她们发怒只是要惹得对方反过来也发怒，就像爱情规则。福西昂对于有人粗暴地辱骂他，打乱他说话，只是闭口不出声，让他有时间把怒气全部发泄出来；这样做了以后，只字不提这次干扰，继续接着原来打断的地方往下说。这样一种轻蔑态度，比任何回答还要尖刻刺人。

对这位最易发怒的法国人（这总是一种缺陷，但是对于军人还情有可原，因为作战操练中总有不少事没法叫人不发火），我常说他是我认识的最有耐心制止怒火的人。脾气来时使他狂暴激动。

熊熊烈火燃烧在
青铜壶下，热水沸腾，
咆哮着要越过铜墙铁壁，
再也抑制不住自己的力量。
化作一股黑色气体升空而去。

——维吉尔

他必须苦苦地强迫自己息怒。我还不曾有过这样的激情需要花那么大力量去克制。我不愿意把明智抬到那么高的代价。我重视的不完全是他做了什么事，而是他多么努力不致做出更坏的事。

还有一个人向我夸说他的行为如何有规律和节制，很不寻常。我对他说这确实了不起，尤其像他那样引人注目的杰出人物，出现在世人面前总是那么安详平静，但是根本上还是要在内心和对待自己也能做到这样，依我看内心备受煎熬，那也不算是善于处世之道。我怕的是他只是摆出这副假面具，表面上保持镇定自若。

我们掩饰时把怒火闷在肚子里，像第欧根尼对德摩斯梯尼说的，后者躲在洞里怕被人发现，就往里面钻，"你愈往后退，愈陷得深。"我提议，谁的仆人做事出了格，宁可给他一巴掌也不要为了不失态而把脾气压住，让我们的怒火发泄出来也胜过掖着让自己受罪。气愤心情表达出来就会减弱，宁可让势头冲出体外也不要对着自己别扭。"暴露在外的疾患是较轻的，隐藏在健康的外表下危害很大。"（塞涅卡）

我提醒那些有资格在我家里发脾气的人，第一，要少生气，不要动辄发怒，这会影响效果削弱分量；随口乱骂成了家常便饭，只会让大家不把它当一回事。你责骂一个仆人偷东西，他不会放在心上，尤其他因玻璃杯没擦干净、一只凳子没放好，已被你骂过一百次了。第二，发脾气不要无的放矢，要针对该骂的人

让他当面听到，因为一般来说他们在仆人尚未到跟前就开始骂
了，他走了后还要骂上一个世纪，

> 骂昏了头就是在骂自己。
>
> ——克洛迪安

他们纠缠自己的影子不放，骂得天昏地黑，其实该罚的人、该骂
的人都已不在，叫别人实在受不了他们的冲天大炮。我同样责怪
在吵架中那些毫无目标地咆哮和违抗的人；留着这些大话在有针
对性的时际再说：

> 如同一头公牛，战斗开始时，
> 发出可怕的咆哮声，狂怒中
> 两角顶树，四腿乱蹬，
> 攻击前扬起阵阵灰尘。
>
> ——维吉尔

我发脾气非常激烈，但是也尽量快速和避免外扬。我这人失
控时间短，程度强，但是不会晕头转向，以致口无遮拦、不加选
择地骂出一连串难听的话，矛头对准他们最易受伤的地方。因为
我一般只用舌头。我的仆人倒是在大事情上比在小事情上容易脱

身。小事情是突然找上我的，不幸的是当你站在悬崖上，随便哪个人轻轻碰你一下，你就跌到了谷底；坠落时自然加速，愈来愈快。

大事情上，大家也预料到会有一场风暴也是理所当然的，脾气发得有道理的，我也心里很坦然。使我引以为荣的是我做得出乎大家的意外。我集中思想，准备对付脾气；它们在我脑海里翻腾，我若听之任之就会六神无主。我很容易地做到不被它左右，我若打算这样做，就有足够力量抗拒激情的冲击，不论它有多么充足的理由。

但是如果让激情一次把我控制和捕获了，它就会左右我，不论它的理由多么没意义。我也与那些跟我会起争执的人商量："当你看到我先激动了，不论对还是错，让我发泄出来。轮到我时，也对你这样做。"一个人怒气是发不大的，只有双方都发，还比赛着发，才会形成暴风雨。让各人尽情发脾气，我们就会相安无事。药方很灵，但配药很难。

有时候为了家务管理的事，我会做个发脾气的人，但是没有真正发怒。随着年龄脾气日益粗暴，我想法子少动肝火，若可能就要做到少烦恼，少挑剔，而要做到多原谅，多为他人着想，虽然在这以前我是最不会原谅，最不会为他人着想的人。

结束此文以前再说一句话。亚里士多德说，有时候发怒可以作为美德与英勇的武器。这话似乎不无道理，虽则那些持反对意见的人风趣地反驳说；这是一件新式用途的武器：因为其他武器由我们摆弄，而这件武器摆弄我们。我们的手不指挥它，它指挥我们的手。它掌握我们，我们不掌握它。

论盖世英雄

如果要选择心目中的英雄人物，我觉得有三位驾凌于其他人之上。

一位是荷马。这并不是说亚里士多德或瓦罗（举例而已）可能不及他那么博学多才，也不是说维吉尔在诗情上跟他无法相比——这点我让熟悉这两位诗人的行家去评论了。而我只了解其中一位①，按照我的水平来议论，即使缪斯我也不相信会超过这位罗马人：

> 弹起悠扬的里拉琴，唱出美丽的诗篇，
> 不亚于阿波罗的歌声。

——普罗佩提乌斯

---

① 指维吉尔。蒙田自认不精通希腊语，难以评论荷马的真正价值。

然而，作出这样的评论时，还是不应该忘记，维吉尔的才情主要还是得到了荷马的启发，荷马是他的引路人和导师，《伊利亚特》中的一个章节为这部恢宏神圣的《埃涅阿斯纪》提供了主题和素材。这不是我要说的话；我要衡量许多其他因素，这些因素使我看来荷马出类拔萃，几乎超出人的极限。

　　事实上，我经常奇怪，他以自己的权威给世界创造了那么多受人崇敬的神，自己却没有得到神的地位。他是个贫穷的盲人，在各门学科还没有一定的规则和看法时，他却门门精通，以致后来制订法规的，从事战争的，创导宗教的，研究不论什么学派哲学的，提倡艺术的，都把他看作是无事不知、无物不精的祖师爷，把他的书也看作是包罗万象的知识宝库，

　　　　什么是美，什么是耻，什么是益，什么是它们的反面，
　　　　他比克里西波斯和克朗道尔还说得清楚。

——贺拉斯

像另一个人说的，

　　　　诗人读了他的著作，
　　　　就像尝到了永不枯竭的甘泉。

——奥维德

还有一位说，

> 在缪斯的伴侣中，
> 唯有荷马可与日月共辉。

> ——卢克莱修

还有一位说，

> 丰富的源泉，
> 后世人从中汲取灵感；
> 一位天才形成的大江，
> 可分流成几千条小河。

> ——马尼利乌斯

荷马创造出这类空前绝后的杰作，简直违反了自然规律。因为事物初生时总是不完美的，随后才茁壮成长；诗歌，如同其他许多学科，还处于童年时代，他却使它成熟，完美，臻于大成。出于这个原因，根据他的传世佳作，可以把荷马称为诗人中第一人和最后一人；在他以前他无人可以摹仿，在他以后也无人能够摹仿他。

据亚里士多德的说法，荷马的语言是唯一有动感和情节的语言；都是言之有物的词句。亚历山大大帝在大流士的遗物中发现一只精美绝伦的宝箱，他下令这只箱子给他留着，存放他的荷马书籍，并说这是他在行军中最优秀、最忠诚的顾问。阿纳克桑德里达斯的儿子克里昂米尼，出于同样的原因说荷马是斯巴达人的诗人，因为他是军事学的好教官。

此外还有这种奇怪的论调，那是普鲁塔克对他的赞扬，说他是天下唯一的作家，从不使人陶醉，也不使人厌烦，读了总是常见新意，永葆青春。这位淘气鬼阿西皮亚德斯，向一位从事文艺的人要一本荷马的书，那人没有，就掴了他一记耳光，好像发现我们的教士没有经文似的。有一天，色诺芬尼向叙拉古暴君希伦诉苦，说他很穷，无法养活两个仆人。暴君回答："什么，荷马要比你穷得多，他尽管死了，还是可以养活成千上万的人。"当珀尼西厄斯称柏拉图是哲学上的荷马，还有什么可说的呢？

除此以外，怎样的荣耀可以与他的荣耀相提并论呢？没有什么像他的名字和作品那样得到千古传诵；也没有什么像特洛伊、海伦和她的战争那样家喻户晓——虽然这些战争可能从来没有发生过，我们的孩子还是取他在三千多年前创造的名字。谁不知道赫克托耳和阿喀琉斯。不但那些有关的民族，就是大多数国家，都要在他创造的作品中去推本溯源。土耳其皇帝穆罕默德二世写信给我们的教皇庇护二世："我奇怪为什么意大利人结盟反对我们，我们和他们有共同的祖先特洛伊人，我跟他们都要为赫克托耳的死向希腊人报仇，而意大利人却笼络希腊人来反对我。"国王、政治家、皇帝多少世纪以来都在扮演他们的角色，而这个世界只是他们的一座大舞台，这不就是荷马写的一出贵人闹剧吗？

希腊七座城市都争说是他的诞生地，即使他的身世不明也给他带来许多光荣：

> 斯米尔纳、罗得岛、科罗芬、萨拉米斯、希俄斯岛、阿尔戈斯和雅典。

另一位是亚历山大大帝。他很早就开始他的伟业，用那么少的手段完成那么辉煌的意图；他还是一名少年时，已在追随他在全世界作战的名将中间树立了威信；命运对他的特殊眷顾，使他完成了许多偶然的，有的我甚至要说是轻举妄动的功勋：

> 他把阻挡雄心的障碍统统推翻，
> 耀武扬威地在废墟中走出一条路来。
>
> ——卢卡努

他的伟大还在于：只有三十三岁，已在有人的大地上所向无敌，才过了半个人生就做成了人所该做的一切，以致你无法想象，他若有常人的寿命，在他合法行使权力时期，他的武功文治会如何昌盛繁荣，你无法想象这个人会做出什么来。他提拔他的军人当上了王爷，在他死后由四位继承者分治帝国，这些继承者都是他的军队中的普通将官，他们的后裔统治这块庞大的土地也维持了很久；他一身集中了那么多的美德：正义、节制、豁达、守信、笃爱、对被征服者讲究人道。（他的道德品质好似也无可挑剔，虽然他有一些个别的、不多的、特殊的个人行为是可以谴责的。但是不可能处处按照正义的规则来施展鸿图。）

对于这样的人物应该以他们行为的主流来作出判断。对底比斯的毁灭，对米南德和埃弗辛医生的谋害，对大量波斯战俘的屠杀，对印度军队背信弃义的处决，对科赛家族包括儿童在内的诛戮，都是不可原谅和过分的做法。但是对待克雷塔斯一事上，他对自己的赎罪又过于郑重其事，这件事如同其他事说明他复杂性格中的宽厚一面；他的性格中主要还是善良的成分为多，所以有一句话说得很妙：他的美德来自天性，他的罪恶来自命运。

至于他有点好吹嘘，听到坏话欠耐心，把马槽、武器、马嚼子扔在印度到处都是，这些事在我看来都是他少年得志而引起的；考虑到他在军事上的雄才大略以外，还有勤奋、预见、耐性、守纪、敏锐、高尚、决心、幸福和其他，即使汉尼拔没有以他的权威向我们指出这点，他也是天下第一人；还有他的身材面貌世上罕见，简直是一位天人：眉清目秀，神采奕奕，全身气宇轩昂，

沉浸在大洋之神的波涛中，

如同明亮之星熠熠发光，

抬起圣洁的脸，把乌云全都驱散。

——维吉尔

他才学出众，能力高强；他的荣耀不沾瑕疵，持久而不会消失。

他逝世后很多年流传一种宗教般的信仰，认为他颁发的奖章会给佩戴的人带来幸福，撰写他的功绩的历史学家要比撰写其他任何帝王功绩的都多。即使今天伊斯兰教徒瞧不起其他人的历史，唯对亚历山大的历史则情有独钟；谁考虑到这一切，谁会认为我舍恺撒而取亚历山大是有道理的——也唯有恺撒还可以叫我对自己的选择表示犹豫。不可否认的是恺撒创造丰功伟绩更多靠的是恺撒之力，而亚历山大创造的丰功伟绩更多靠的是命运之力。他们有许多事不分轩轾，在某些方面还是恺撒略胜一筹。

他们是两场燎原大火或两条江河巨流，掠过大地，千秋震荡，

如同干枯的密林中燃起了大火，

到处是树枝噼啪的断裂声；

如同高山上滚下了江河，

汹涌咆哮，横扫一切后

投入海洋。

——维吉尔

　　恺撒的野心本身虽有更大的节制，但是造成的后果则是毁灭性的，国家灭亡，全世界陷入一片混乱。因而从全盘来观察，从各方面来衡量，我不能不倾向于亚历山大。

　　第三位最杰出的人物，依我来看，是伊巴密浓达。

　　论光荣，他远远不及其他两位（光荣不也是事物实质的一部分么）；论果断和勇敢，那也不是受野心驱使的人，而是受智慧和理性指导的人的那种果断和勇敢。他思想有条有理，到了随心所欲不逾矩的境界。以他的美德来说，我的意见是绝对不输于亚历山大和恺撒；虽然他在战场上不是百战百胜，战绩也不是那么辉煌，但是从战功本身和结合一切环境因素来考虑，也不可以等闲视之，在军事上的胆略与计谋并不亚于他们。

　　希腊人众口一词，称颂他是国内第一人；但是希腊第一人，也很容易成为世界第一人。至于他的学识，早有下列这样的定论流传至今：从来没有人知道得像他那么多，又把自己说得像他那么少。因为他是毕达哥拉斯派，凡是他说的东西，无人比他说得更好。他是个杰出的演说家，听者都为之动容。

　　他的道德和觉悟，远远超过所有管理国家大事的人。因为国家大事是头等重要的大事，唯一真正标明我们是些什么人；我也把国家大事看得比其他事的总和还重要，伊巴密浓达在这方面不输于任何哲学家，包括苏格拉底在内。

在伊巴密浓达身上，清白是他固有的本质，始终如一，不可动摇。相比之下，亚历山大在这方面显得不完整、不坚定、不纯、软弱和有偶然性。

古代人对所有其他的大将军进行详尽的研究后，都可发现使某个人超群出众的某种特长。然而只有伊巴密浓达，时时处处洋溢德操和学问；在人生的任何阶段从不做有损于人格的事；不论公务还是私生活，和平时期还是战争岁月，不论是生还是死，做人都讲究光明磊落。我还不知哪个人的外貌和命运，叫我见了会引起那么多的尊敬和爱。说真的，他的好朋友描述他执意要过贫困的生活，我觉得不免有点过分。这种行为很高尚也非常值得称道，我认为太苦涩，即使有心也是摹仿不来的。

唯有西庇阿·伊米利埃纳斯，他的结局也那么豪迈壮烈，学问也那么博大精深，使我对自己的选择表示怀疑。这两位人物在普鲁塔克的书中，是最高贵的一对，一位是希腊第一人，一位是罗马第一人，这是举世公认的。这些生命到时候俱被时光带走，是多么令人扫兴的事！这就是人生！这就是伟人！

作为非宗教圣徒，作为大家所谓的雅士，跟普通人过同样的世俗生活，却表现出适度的优越感，一生瑰丽雄奇，在世的人中间最丰富多彩的，据我知道那是亚西比得的一生。

我还想再提到伊巴密浓达的几件事，说明他的宽仁善良。

他自称一生中最大的满足，是让父母享受到留克特拉的胜利，这是一个辉煌的功勋，他觉得让他们享受比让自己享受会得到更多的乐趣。

他认为，即使为了祖国的自由，也不能滥杀一名无辜；所以当他的袍泽佩洛庇达发动战争解放底比斯时，他表现得非常冷漠。他还觉得，在战场上应该回避和宽恕在对方阵营里的朋友。

他对敌人讲究人道，引起彼俄提亚同盟对他的怀疑。斯巴达人驻守科林斯附近的莫莱关隘，他神奇地迫使他们让道；他让他的部队穿过他们阵地中央时也不穷追不舍，因此被免去了统帅之职：他为此而被撤职还觉得非常光荣；然而对彼俄提亚人却是一桩耻辱，因为不久以后他们又不得不让他官复原职，承认他们的光荣与贡献多多少少有他的功劳，他到哪里，胜利像影子似的跟到哪里。他的祖国随他一起昌盛，也随他一起衰亡。

论悔恨

其他人教育人，我则叙述人，描绘一个教育不良的个人；若由我来重新塑造，则会塑造出另一个截然不同的个人来。但是一切已成定局。

我描述的面貌不会相差太远，虽然它一直变化不定。世界只是一个永动的秋千。这里的一切事物不停地摇摆：地球、高加索山地、埃及金字塔，随着"公摇"也"自摇"。所谓恒定，其实只是一种较为有气无力的摇摆而已。

我不能保证我这个人不动。他带着天生的醉态稀里糊涂、跌跌撞撞往前走。我此时此刻关注他，也就画出此时此刻的他。我不描绘他的实质，我描绘他的过程，不是年龄变化的过程——如俗语说的，以七年一期——而是从这天到那天，从这分钟到那分钟。我的故事必须适时调整。我时时刻刻会改变，不仅随世事变，也随意图变。这是时局变幻莫测，思想游移不定，有时还是相互矛盾的写照；或是因为我自己换了一个人，或是因为我从另外的位置与角度来看待这些事物，不论我有时会自我违背，但是实际上像狄马德斯说的，我决不会违背真情。如果我的思想能够安定下来，我不再试探，而是作出决定；我的心灵永远处于学徒和试验阶段。

我提出的是一种平淡无奇的人生，如此而已。丰富多彩的人生中含有哲学伦理，平凡家居的人生中也含有哲学伦理；每个人都是人类处境的完整形态。

著书者通过独特奇异的标志与老百姓沟通；而我，第一个向世人展现不是作为语言学家或诗人或法学家，而是他本人全貌的米歇尔·德·蒙田。如果世人抱怨我过多谈论自己，我则抱怨世人竟然不去思考自己。

但是，我这人在生活中与世无争，却又张扬得让谁都知道，这有道理吗？在这个尔虞我诈、藏奸要滑的世界上，我要人保持自然坦荡、低首下心的生活姿态，这又做得对吗？要写书没有学问又不讲技巧，这不是像砌墙壁没有石头吗？音乐的幻象受艺术的指导，我的幻象受天命的指导。

从学科体裁来说，至少这是我独有的：在我目前所做的这份工作，在内容上没有谁比我更懂更理解，就此而言，我是世上最有学问的人了。其次，也没有谁对自己本人的材料钻研更深，细枝末节解析更细致，更能全面确切地达到预期的工作目标。要做到完美，我只需写得真实。真实，那是出自肺腑的纯正、直率。我说的真实，不是一切直言不讳，而是我敢于说的一切；随着年事增高，敢说的事也增多，因为依照习俗，大家也允许这把年纪的人更加自由闲聊，更加放肆议论自己。

在这里不会发生我常见的工匠与工作互不合拍的情况：谈吐文雅的人怎么写出这么愚蠢的文章？或者这么精彩的文章怎么会出自语言乏味的人之手？

一个人口才平庸、文采斐然，这就是说他的才能是借来的，不是他的天分。有学问的人不是处处都有学问，自满的人则处处自满，即使自己无知时也自满。

在这里，我的书与我亦步亦趋，一致前进。别的书里，大家可以撇开作者不谈，只对作品说长道短。这部书里不行，谁动了一个，也动了另一个。谁不了解这一点就加以评论，对自己造成的损失更大于对我的损失；谁认识到这一点，就使我完全满意。我若在这点上得到大家的赞许，让善于领会的人觉得我——若有点学问的话——还学有所用，我值得得到记忆更好的帮助，那样我就感到非分的幸福了。

请大家在这里原谅我常说的那句话，我很少反悔，我也心满意足，不是像天使或马那样心满意足，而是像人那样心满意足。还要加上这句老话，不是礼节性的老话，而是与生俱来的谦逊：我说话像个无知的探索者，仅是诚恳地祈求从大众合理的信仰中得到结论。我不教育，我只是叙述。

真正罪恶的罪恶没有不伤人的，不会不遭到全体一致的谴责与审判。因为它的丑恶与劣迹那么明显，以致说作恶的人简直愚蠢与无知可能是有道理的。很难想象有人会认识罪恶而不憎恨罪恶的。恶心恶意的人吮吸了自己身上的大部分毒汁，因而中毒身亡。罪恶在心灵中留下悔恨，就像在人体内留下溃疡，总是在糜烂出血。

因为理智抹去其他一切悲哀与痛苦；但是却滋长悔恨，它从肉里长出来的，从而也更痛。犹如发高烧时的冷与热要比户外的冷与热更难受。我说的罪恶（但各人有各人的标准）不但是理智与天性谴责的罪恶，也指众人的意见造成的罪恶；这种意见即使是平白无据与错误的，但是已为法律与习俗所接受。

同样，没有一件好事不叫天性善良的人喜欢的。确实，做好事会在我们心中感到一种难言的愉悦，伴随着心地磊落也会有一种慷慨自豪。不顾死活的坏人有时也会逍遥法外，但是决不会感到怡然自得。一个人觉得自己不受当今坏风气的影响，还可对自己说以下这样的话："谁看到我的灵魂深处，也发现不了我有什么罪过；既没有让人痛苦和破产，也没有报复与嫉妒心理；既没有公开触犯法律，也没有标新立异制造混乱，说话不足为凭。虽然糜烂的时代教唆人胡作非为，我可没有侵占别人财产，把手伸进哪个法国人的钱包，不论战时与平时都靠自力更生，也不曾无偿地利用别人的劳动。"能这样说，这不是一桩小小的乐事。而是证明良心安宁，听了让人开心。这种来自天性的欢欣对我们有极大的好处，也是唯一不会令我们失落的报酬。

做了好事期望别人赞扬才算是得到了回报，这种期望太不可靠，也是非难辨。尤其在这么一个腐朽愚昧的时代，受到大众的好评是对人的一种轻侮，什么是值得赞扬的，你该去相信谁？从我看到天天把荣誉赐给了谁，只想祈求上帝不要让我做这样的好人。"从前的罪恶现今成了社会公德。"（塞涅卡）

我的某些朋友或是主动或是应我的要求，有时开诚布公地责备我，批评我，对于一个有教养的人来说，这是一种友爱，比任何其他友爱更有益、更温情。我总是敞开胸怀，满心感激，欢迎他们这样做。但是此刻静心一想，我经常觉得他们的责备与表扬中有许多错误的标准，我宁可犯我这样的错误，而不愿按他们的方式去做好事。

主要是我们这些人，深居简出，心中必须树立一套行为准则，以此自律，根据这个准则自勉或自责。我有自己的法律和法庭审判自己，有事在这里而不去别处告状。我根据别人的看法来约束我的行动，但根据自己的看法来扩展我的行动。只有你自己才知道自己胆小还是残酷，忠心还是虔诚；别人看不透你；他们只是用不确定的假设来对你猜测；他们看得多的是你的表现，不是你的本性。因此不要在乎他们的判决，而在乎你自己的判决。

"你应该运用你自己的判断力。"（西塞罗）"由良心提出善与恶的证据，这才有分量。"（西塞罗）

有人说悔恨紧紧跟随罪过，这话似乎不是指那种自以为是、根深蒂固的罪过。对于不经意和情急之下犯的罪过可以否认和推卸；但是那些蓄谋已久、不做誓不罢休的罪过，就没有什么好说的了。悔恨只是对我们意愿的否定，对我们怪念头的抵制，这可以用各种意义解释。悔恨使这个人否定他从前的美德和节制。

为什么我年轻时没有现在的心灵？

为什么我有了智慧就失去红润的面色？

——贺拉斯

内心一切保持井然有序，这是一种美妙的人生。人人都会当众演戏，在舞台上扮演正人君子，但是在一切都可自由自在、不为人知的内心，做到中规中矩，这才是要点。接着可做的是使家庭、日常起居中保持井然有序，——那也是我们无须向人说明理由，不用做作，不用矫饰的地方。

贝亚斯描述美满的家庭生活时说，"主人在外面法律管束与人言可畏的情况下怎样做的，在家里也该怎样做。"还有朱利乌斯·德鲁苏的一句话也值得一听，工匠向他提出，花三千埃居可以把他的房子盖得让他的邻居再也看不到里面。他则回答说：

"我给你们六千埃居，造个每个人从哪个角度都可看到里面的房子。"

大家也欣赏阿格西劳斯的做法，他旅行时总是投宿教堂，为了让大家和神看到他私下生活是怎么样的。有些人在社会上备受尊敬，但是他的妻子与仆人则看不出他有任何出众的地方。受到仆人称赞的人是很少的。

历史经验告诉我们，没有人在自己家里，还有在自己家乡做得成先知。在小事上亦复如此。从琐碎的事例中看出大事是怎么样的。在我的家乡加斯科涅，他们看到我出书都感到挺好玩。离家愈远，我的名声愈大，身价也愈高。在居耶纳，我买印刷商，在其他地方印刷商买我。活着时深居简出的人，就是从这点起做到日后不在人世时获得好声名。我宁愿少些名气。我来到这个世界只求得到我的一份教益。除此以外，我就不予以理会了。

那个人从官府出来，被大家一路簇拥护送到大门口。他脱下官袍，离开官职，原先升得愈高，如今跌得愈低。他家里的一切都杂乱无章。即使有什么秩序，也必须有敏锐的观察力在这些日常平凡的行动中把它识别出来。再说秩序本来就是一种死气沉沉、不起眼的美德。攻破一座要塞，率领一个使团，治理一方人民，这是威风显赫的大事。责备，欢笑，买与卖，爱与恨，跟家人与自己平静愉快地交谈，不懈怠，不否认自己，这些事更少，更难，也不引人注目。

不管怎么说，退隐生活中包含的义务要比其他的生活更艰巨更紧张。亚里士多德说，平民百姓实施美德要比身居官职的人更难更可贵。我们准备去建功立业，更多是求荣耀，不是为良心。其实达到荣耀的最短途径，就是立志在良心上去做你愿为荣耀所做的一切。

我觉得亚历山大在他的舞台上表现的美德，不及苏格拉底在底层默默表现的美德有力量。苏格拉底处于亚历山大的位子我很容易想象，但亚历山大处于苏格拉底的位子我则想象不出来。若问亚历山大他会做什么，他会回答："征服世界。"问苏格拉底，他会说："让人按照自然状态过日子。"这倒是更普遍、更重要、更合理的学问。心灵的价值不是好高骛远，而是稳实。

心灵的伟大不是实现在伟大中，而是实现在平凡中。因而从内在来评判我们的这些人，不看重我们在公开活动中的出色表现，认为这只是从淤泥河底溅上来的几颗小水珠。同样，那些从堂堂外表来评判我们的这些人，也会对我们的内在气质作出结论，但无法以他们平庸凡俗的能力去攀附惊世骇俗的才情，高低太悬殊了。

所以，我们让魔鬼长得奇形怪状。随着帖木儿声名远播，根据想象揣摩他这人的外表，谁不把他说成两眉倒竖，鼻孔朝天，面目狰狞，身材像个巨无霸？我若在从前见到伊斯拉谟，我很难不认为他对妻子和仆人说话也是满口警句与格言。从工匠的穿着或妻子去想象他是怎样的人，那要比想象一位大法官要容易得多，大法官道貌岸然，一本正经。让我们觉得他们高高在上，不过人间生活的。

坏人有时心血来潮做起了好事，好人也会这样去做坏事。那就应该以他们日常的心态、一贯的行为来评判他们。至少与平时的自然状态相差不远。人的天性可以通过教育改进与加强；但是不会完全改变与消除。在我们这个时代，成千上万人通过相反的学说走上行善积德或是为非作歹的道路：

> 在囚笼中忘记自己的森林，
> 温顺的野兽失去了凶相，
> 接受人的驯服，但是有一滴鲜血
> 落进它们的嘴里，那时
> 又会野性大发，张开血盆大口，
> 连惊慌失措的主人也不放过。

> ——卢卡努

本性是不可能根除的，只能掩盖，只能隐藏。拉丁语对我像是个母语，我理解得比法语都好；但是四十年来没用拉丁语交谈与书写了。如果遇上意外的危急事——我一生中有过两三次，一次是看到父亲好端端的仰倒在我身上不省人事——我从肺腑发出的第一句话总是拉丁语。长期的习惯也拦不住本性强烈的表现。这个例子可以引出许多其他例子。

在我这个时代，那些人试图用新观点来纠正社会风气，只是从表面上去改变罪恶。那些实质性的罪恶，他们若没有去增加，也是根本没有触动。增加倒是必须担心的。他们要去做其他好事，还是更乐意停留在这些夺人耳目的外表改革，代价更小，更易讨好；这样也就不费多大工夫，就满足了其他共生共灭的天然罪恶。

从我们自身经验就可以明显看出，谁若愿意审视自己的话，没有一个不会发现自己的内心有一种固有的占主导地位的脾性，抗拒外界的教育和一切相反的情欲引起的风暴。至于我自己认为较少受到阵阵冲击，几乎总是稳稳当当留在自己位子上，像那些笨重的躯体。我若失去常态也不致太离谱。做荒唐事也不会太过分。行为不极端也不怪异，也常作清醒与深刻的反省。

真正应该谴责的是，我们这些人一般在退思生活中也充满污秽与堕落；改革的想法属于空谈；补赎的方法是病态和错误的，与他们的罪恶相差无几。有些人，或是不能摆脱天性的罪恶，或是由于长期的沉湎，已不觉其丑恶。另一些人（我也在其中）感到罪恶的沉重，但是会找乐趣或其他机会去减轻，还会付出一定的代价罪恶地、卑怯地去容忍，去接受。

因而，一有欢乐就原谅了罪恶，就像我们对待功利一样，完全可以想象这个措施是那么不成比例。不论是那种偶一而为、算不得罪恶的小偷小摸，还是那种如跟女人睡觉，这类冲动是强烈的，有时还说是无法抗拒的犯罪行为。

那天我在雅马邑一家亲戚的领地上，遇见一个农民，大家都叫他小偷。他对自己的身世是这样说的：他一生下来就当了乞丐，他看到靠双手挣面包，怎么也摆脱不了贫困，于是想到去当小偷。他靠体力以偷盗为生，青年时代过得太太平平。因为他到别人的地里去收割庄稼，路程远，数量大，人家没法想象一个人用肩膀在一夜间扛得回那么多东西。此外他还细心把作案的损失均匀分散给各家，因而每家每次受害不是太大。

现在他已年迈，作为农民他是富裕的，他公开承认这是靠了他的偷盗；为了要上帝谅解他的所作所为，他说每天去给他偷过的人的后代做好事；他若做不完（因为他不可能一次都做了），他责成他的继承人，根据只有他知道给每人造成的损失去给他们作补偿。从他这番不论是真还是假的叙述来看，他还是认为偷盗是不诚实的，恨它，虽然不及恨贫困那样深。悔恨也很坦率，但是这样使这件事得到了平衡与弥补，他也就不悔恨了。这不是习性让我们对罪恶执迷不悟，也不是狂风使我们的心灵迷乱，一时失去了判断和一切，卷进了罪恶不能自拔。

我做事习惯上一个心眼儿做到底；也没有什么行动需要向理智隐瞒和回避的，差不多都是得到全身心各部分的同意才干的，不会引起分裂和内乱。事情的对错与褒贬全在于我的判断。判断一旦错了，就永远错了，因为几乎生来它是这样的：同样的倾向，同样的道路，同样的力量。对待一些具有普遍性的问题，我从童年就站在了我那时必须保持的立场上。

有一些来势凶猛、猝不及防的罪恶，让我们暂且撇在一边。但是另一些罪恶，屡犯不改，有计划，有预谋，甚至可以说是职业性的天赋，我不相信没有理智和心计时时刻刻的酝酿和支持，怎么可能在这些有罪恶意识的人的心中存在那么久。他们宣称在某个时刻幡然醒悟，我对他们大谈悔恨的话是很难想象与苟同的。

我不能接受毕达哥拉斯的学说，"人在走近神像领受神谕时，灵魂焕然一新"。除非他的意思是说，为了这个时刻必须换上一颗不同的新灵魂，原有的灵魂藏污纳垢，已不配出席这番祭礼了。

他们做的一切恰与斯多葛派是相反的，斯多葛派要求我们改正自身认识到的不足与罪恶，但是不用为此感到悔恨，郁郁不乐。毕达哥拉斯派要我们相信他们内心感到极大的遗憾和内疚。但是从表面上他们没有让我们看到有一点改过自新、决不重犯的样子。病若不除根，就不算痊愈。悔恨若放在天平上，重量必须超过罪恶。我觉得不从行为与生活上去规范，表面上装得信仰上帝还不是轻而易举的事。虔诚的实质是深奥的、隐藏的；外表是容易装模作样的。

至于我，总的来说可以希望成为另一个人；我也可以对自己整个儿否定和不满意，恳求上帝给我来个脱骨换胎，并消除我的天性懦弱。但是这样的心愿我不能称之为悔恨，好像也不是当不成天使或加图而不高兴。我的行动是根据我的天性和条件调整而与之相符合的。我不能做得更好了。那些非我的力量能够做到的事，谈不上悔恨，要说的话也只是遗憾。天性比我高又比我更懂自律的人，我想不计其数，但是尽管如此，这改变不了我的天赋，正如我不会因为想象别人有强壮的四肢与坚毅的精神，我的四肢与精神也就会强壮和坚毅了。

如果想象和盼望一种比我们更高尚的行为，就对自己的行为产生悔恨，那么我们还是对自己更平常的行为表示悔恨吧。尤其我们认为若天性更优秀，这些行为必然会更加完美、更加讲究尊严。我们也会愿意这样去做的。

当我用老年的眼光去审视我青年时代的行为，我觉得依照我的能力一般还是做得规规矩矩的。我的生活能力也仅此而已。在这些情况下我不自我吹嘘，我会一如既往地这样做。这不是我身上的一块斑痕，而是涂遍全身的色彩。我不会有表面的、不痛不痒和装门面的悔恨。要我说悔恨，那要触动我身上每一部分，引起撕心裂肺般的痛苦，就像被上帝看在眼里，深刻，无一遗漏。

说到经商，由于缺乏有效的管理，我失去了不少好买卖。根据当时的情况，我的建议还是经过良好选择而定的；做法总是以简捷可靠为原则。我觉得在我过去所做的决断中，都是从人家给我提出的实际情况，按照自己的规则去审慎行事。即使一千年后处在相似的情境中，我也是会这样作出决定。我不看现在的情况是怎么样的，看我考虑时的情况是怎么样的。

一切建议的力量取决于时间。时机稍纵即逝，事物不断变化。我一生中有过几次重大的失误，不是我的主意不对，而是时机不对，后果严重。我们接触的事物中都有其秘密的部分，尤其涉及人性时更深不可测，一些因素不声不响，深藏不露，有时即使本人也不知就里，遇到机会突然爆发了出来。如果小心翼翼还是没能看透和预见，我也不会郁郁不乐，谨慎只是在其范围内发挥作用；我就接受事情的打击。事情若对我拒绝过的一个方案有利，那也没有办法；我不怪自己；我责怪命运，不责怪我的工作；这就不叫做悔恨了。

福西昂给雅典人出了个主意，未被采纳。事情进展顺利确跟他的意见大相径庭。有人对他说："福西昂，事情那么顺利你很满意吧？"他回答说："事情发展成这样我当然满意，但是我提那样的建议也不后悔。"

当我的朋友要我提什么建议时，我坦率明确地给予回答，不像其他许多人所做的那样，不敢尽言，担心事情吉凶难测，一旦与我的预测相悖，他们就会责备我出那样的主意。这点我不在乎。因为这是他们不对。他们要求帮忙，我是不该拒绝的。

我不会把自己的过失或不幸去怪别人，而不怪自己。因为事实上，我很少采用别人的意见，除非出于礼节性表示，或者我需要请教科学知识或了解事实真相的时候。但是只是要求我作出判断的事情上，其他人提出的理由可以支持我的论点，但很少改变我的论点。他们说的我都会侧耳聆听；但是就我记得起的，迄今为止我还是只相信自己的意见。依我来说，这只是一些苍蝇与原子，来分散我的意志。

我不太赏识自己的意见，同样不太赏识别人的意见。命运对我很宽厚。我不采纳人家的建议，我给人家的建议也少。请教我的人不多，相信我的人更少；我也不知道哪件公众或个人事务是听了我的意见提出和通过的。即使那些被命运拴在一起的人，也乐意让自己听从其他人的头脑指挥。像我这个对自己的休息权利和自主权利同样珍惜的人，更喜欢这样去做。他们按照我表达的信念对待我，决不要勉强。我的信念是一切都取决于自己。不卷入其他人的事务，摆脱它们的约束，这对我是一大快事。

对于一切已经过去的事，不论其结果如何，我很少抱憾。它们本来就应该这样发生的，这个想法使我免除烦恼；如今它们已经进入宇宙大循环，斯多葛的因果连锁反应。你用什么方法祈求和想象，都不能改变一丝一毫，事物的顺序不会颠倒，不论过去与未来。

此外，我讨厌随着老年而来的那种油然而生的悔恨。一位古人说他感谢年岁增长使他摆脱了情欲，这个意见可是跟我的不一样；阳痿给我带来什么样的好处，我决不会表示感激。"上帝决不会那么仇恨他的创造物，竟把性无能看作是一桩好事。"（昆体良）人到老年欲望衰退，此后又了无兴趣，这在我看来心灵不见得作如是想。忧愁与衰老强令我们遵守一种力不从心的美德。我们不应该让自然衰退带走一切，连得判断力也拿不准了。青春与怡乐在从前并没有让我看不到肉欲中的罪恶面目，同样此时此刻，年岁带来的厌世情绪也别让我看不到罪恶中的肉欲面目。

现在我对此已不沾边，还是像沾边时一样去判断事物。当我用力用心去撼动理智时，发现理智与我在寻欢作乐的年代是一样的，只是有时因年事已高而有所减弱和衰退；还发现理智虽因关心我的身体健康不让我沉湎于欢乐，但在精神健康上并不比从前有更多的限制。看到理智退出战局，我也不因而认为它是急流勇退。

诱惑对我已失去威胁，无能为力，不值得运用理智去抵抗，只需伸出双手便可驱散。要是让我的理智去面对早年的情欲，我只怕它已不像从前那样有力量去承受。我看不到它判断事物跟以前有什么两样，也没有新意。若有什么复原，也是向恶的复原。

若要健康先得生病，哪有这样可怜的药！这样做不应让我们陷入不幸，而是让我们判断力健全。伤害与打击除了逼得我咒骂以外做不了其他事。只是对鞭挞后清醒的人才可以这样做。我的理智在意气风发时运用自在，消化痛苦必然比消化欢乐更分心、更费力。风和日丽时我也看得更清楚。健康要比疾病更轻松，也更有效地提醒我。我还有健康可以享受时，也就尽量清心寡欲，讲究养生之道。要是年迈衰老竟至胜过我精力充沛、思维敏捷的好时光，要是人家不以我一贯是的那个人，而以我已不是的那个人来尊重我，我会感到汗颜和嫉妒。

依我的看法，做人所以美妙是活得幸福，不是安提西尼说的死得幸福。我不曾想把一位哲学家的尾巴丑陋地续接在一个绝境中人的头和身体上，也不会让人生残局去否定和抹杀我大段的美好人生。我愿意让人把我通体融合统一来看。我若会重生，会照样再活一遍。我不埋怨过去，也不畏惧未来。我若不想欺骗自己，心里心外都一样表现。我对命运至为感激的一件事，就是我的身体状况跟岁月配合得恰到好处。我看到了人生的长苗、开花与结果；而今又看到枯萎。这也是件幸事，因为这顺乎自然。我较为平心静气地忍受着病痛，因为它们是按时来的，更有利于我去回忆从前的大好时光。

彼时与此时，我的智力可以说还是不相上下；但是从前更有建树，更见精彩，朝气、活泼、纯真，而今迟钝、多怨、辛苦。我也就放弃了进行效果难料、痛苦的改造。

必须由神来激励我们的勇气。必须通过理智的改造，而不是欲望的减弱，来促进我们的觉悟。肉欲本身决不像昏花老眼看到的那么苍白，那么暗淡。节制是上帝对我们的命令，为了尊重上帝，我们应该爱节制，还有贞洁。由于患上重感冒或者为了医治腹泻而不得已为之，那就不算是贞洁和节制了。

人若看不到也不知道肉欲为何物，不体会它的风情、力量、极为迷人的魅力，那就不能吹嘘说自己轻视肉欲，战胜肉欲。我对两个时期都有体会，有资格来谈一谈。但是我觉得，我们到了老年后心灵沾上的毛病与缺点，还比青年时更不易改掉。我年轻时说过这样的话，他们嘲笑我嘴上无毛。如今须眉花白给了我威严，我还是说这样的话。

我们常把脾气执拗、不满现实称为"智慧"。但是事实上，我们没有抛弃罪恶，只是改变罪恶，按我的看法，还愈变愈坏。愚蠢老朽的傲慢，令人生厌的唠叨，难以相处的倔脾气，迷信，对于用不着的钱财锱铢必较的可笑心态，除了这些以外，我还觉得比从前更嫉妒、更不公正、更狡猾。岁月在我们精神上留下的皱纹比面孔上的还多。人到老年不变得更加尖酸刻薄，不是绝无仅有就是很少见。人总是整个儿走向成长与衰退的。

看到苏格拉底的智慧以及几次对他判决的情境，我敢相信从某种程度上说他是有意渎职去迎合的，他年届七十古稀，敏捷丰富的思维到底迟钝了，素来明晰的头脑也糊涂了。

我天天在许多熟人身上，看到老年给他们带来多大的变化！

这是一种势不可挡的疾病，在身上自然地、不可察觉地扩散。必须仔细观察、小心预防去避免它在我们身上造成的缺陷，或者至少延缓其势头。我觉得不论我们如何设防，它还是步步进逼。我竭力支撑。但是我不知道它何时把我逼入绝境。不管怎样，让人知道我在哪里跌倒的也就心满意足了。

论分心移情

从前，我受托去劝慰一位真正伤心的夫人；因为她们大多数悲哭都是假装来应付场面的：

> 她身上总是储备大量泪水，
>
> 只等待一声令下，
>
> 哗啦啦地流啊。
>
> ——朱维纳利斯

对待这种情欲阻挠不是良策，因为阻挠反会刺激她们，变得更加悲伤。真是劝得起劲哭得伤心。我们看到平时谈话时，我不经意说了些什么，有人上来反驳，我生气起来更会坚持；比我对之有兴趣的事还争得厉害。

还有，这样做的时候，你给自己的工作造成一个艰难的开局，好比医生最初接待病人应该和蔼可亲，笑容可掬，虎着脸、样子可憎的医生治病决不会有好效果。相反地，应该一开始帮助和鼓励她们吐苦水，表示一些同情与谅解。有了这样心灵沟通，你获得信任，才会走得更远；不知不觉顺水推舟，转入正题说些踏实的有利于她们心病治疗的道理。

我主要想做的是吸引那个眼睛盯着我看的人，趁机会包扎她的伤处。然而我从实践发现自己拙于辞令，难以说服别人。我提出的理由不是太尖锐太干巴巴，就是方式太生硬或太大意。我专心听她诉苦诉了一段时间，并不试图振振有辞地用大道理去治愈她，因为我没有这些大道理，或者我在想着其他方式更能奏效。也没有选择哲学家开的五花八门的安慰方子，如克里昂特斯说："说出来的苦不是苦。"如逍遥派说："这是小苦。"如克里西波斯说："怨天尤人这种行为不对也不值得提倡。"也不使用比较接近我的伊壁鸠鲁观点，把思想从不愉快事转移到愉快事上去；也不像西塞罗，遇上机会把积累的烦恼一次打发掉。

我慢悠悠把我们的谈话一点点拉到相近的话题上，然后根据她听我说话的程度再往远处扯，这样不知不觉把她的痛苦思想偷走，让她换上好心情，待在我身边时保持平静。使用的是分心法。但是跟着我这样做的人并不觉得症状有任何改善，这是我没有把斧子砍到病根上。

有时我在其他场合谈到表现在公众大事件上的分心法。伯里克利在伯罗奔尼撒战争中的用兵法，以及其他千百个用此法把敌军驱出国门的例子，真是史不绝书。

这是一种巧妙的迂回战术，安贝库王爷在列日就用此法救了自己和别人。勃艮第公爵包围了列日城，要他进城去执行双方签订的投降书协议。市民夜里召集一起讨论这个问题，准备拒不接受已经通过的条款，有不少人奋起攻击已在他们掌握之中的谈判者。安贝库听到风声说那些人朝着他的住宅发起第一次袭击，突然派出两名市民（因为有一些人是跟他一起的）朝他们走去，带着两条更为温和的新建议提给市议会，那是他为了应付局面当时自编的。

这两人挡住了第一场风暴，把这群激动的暴民带回到市政厅，听他们的新建议，进行讨论。第二次讨论为时不久，又掀起了第二场风暴，跟第一场同样猛烈。安贝库又派出四位新的调解人，声称这次提出更优待的建议，完全可以使他们称心满意；群众又被拦回到他们的会场里。总之依靠这种拖延搪塞的策略，引开他们的怒火，扑灭在无谓的协商中，最后使他们也迷糊了，昏昏沉沉到了天明，这是他的主要目标。

还有一个故事也属于这一类。阿塔兰达是个容貌出众、天资聪敏的姑娘，追着向她求婚的人不计其数，为了摆脱这些人的纠缠，给他们定下一条规则，谁能跑得跟她一样快，她就嫁给他，跑不过她的就要丧命。自有不少追求者认为这个奖品值得冒这样的风险，再难也要参加这场残酷的交易。

希波梅纳轮到最后一个比赛，向主宰这场恋情的女神祈祷求助；女神满足他的愿望，给他三只金苹果，告诉他如何使用。比赛开始，希波梅纳感到他的意中人紧紧跟在后面，他好似失手把一只苹果掉落了。姑娘被美丽的苹果吸引，禁不住回头去捡了起来。

> 少女吃了一惊，被美丽的果子迷住，
> 转过身去捡那个滚动的金球。
>
> ——奥维德

这样他选择适当时机掉下第二只，掉下第三只，最后靠了这个诱敌分心的计谋，赛跑的桂冠非他莫属了。

当医生不能消除卡他性炎症时，就把它转移到其他较不危险的部位。我发觉这也是医治心病最常用的药方。"有时要把心思引到其他情趣、其他操心、其他关注和其他工作上；总之，犹如对待健康无望恢复的病人，必须经常换个地方治疗。"（西塞罗）不要正面进攻病患，也不要把病痛强忍或强压下去，要让它慢慢消除或分散。

另一种方法要求太高太难。这只适用于第一流人物，要他们干脆面对这件事，予以审视与评判。只有举世无双的苏格拉底才能视死如归，面不改色，满不在乎。他决不抛开它，另去寻找安慰；死亡对他好像是件顺乎自然、无关紧要的世事。他盯着它目不转睛，坚定走去。

赫格西亚斯的弟子在老师慷慨激昂的言辞鼓动下，都绝食而死，人员之多令托勒密国王下令禁止他在学校继续发表这类杀人言论。这些人决不考虑死亡本身，也不对此议论，他们的思想并不停留于此，而是匆匆往前，目标是朝向一个新的人生。

这些可怜的人就是在死刑架上，看来也是热情虔诚，全神贯注，耳朵在听别人对他们的训诫，双目和双手举向天空，高声念经祈祷，情绪持久激动，在这最后关头做这样的事很合适，值得赞扬。我们应该表扬他们的宗教性，但是不符合做人的坚定性。他们在逃避斗争；他们不敢正视死亡，就像我们给孩子扎针时逗他们玩。我见过有些人，要是他们的视线偶尔落在四周骇人的死亡刑具，全身发僵，恨不得把思想岔开。我们也会告诉那些经过可怕深渊的人要闭上眼睛或者看别的地方。

苏布里乌斯·弗拉维乌斯被尼禄下令处死，由尼日执行。弗拉维乌斯与尼日都是将领，当他被押到将要执行判决的场地，看到尼日命人挖的那个要他待着的坑，乱糟糟不平整，他转身朝在场的士兵说："连这个也不照军队规矩办事。"尼日要他把头摆准了，他对他说："只是你砍得也要准些。"他猜得果然不错，尼日胳臂发抖，砍了好几刀才把他的头颅砍了下来。弗拉维乌斯看来倒像是心里早已有了主见，坚定不移。

手执武器在混战中要死的人，那时决不会研究死亡，也不感觉和考虑死亡，杀性盖过一切。我认识一个正派人，战斗时在战场上倒下，躺在地上觉得被敌人捅上九刀十刀，周围的人都向他喊叫要想一想自己的良心。他后来跟我说，虽然这些话传到了他的耳朵里，但是一点儿也没触动他，他想的只是反扑报仇。他在这场战斗中杀死了那个人。

那个给 L. 西拉努斯宣布死刑的人是帮了他的大忙。西拉努斯当时说他早已置生死于度外，只是不愿毁在小人手里，那人听了他这个话，率领士兵向他扑过去，逼他就范。他没有任何武器，赤手空拳拼命抵抗，在挣扎中被弄死了。原先他是注定要被慢慢折磨而死的，这样一来他的痛苦感情都在愤恨殴斗中迅速消失了。

我们总想到其外的事情上去。希望有一个更美好的人生，或者希望我们的孩子有出息，我们身后留名，复仇要去威胁那些造成我们死亡的人；这都使我们徘徊，使我们坚定，

> 正义之神若握有权力，我希望
> 你在礁石之间受尽苦难，
> 呼喊狄多女神的名字求救……
> 我会听到的：声音会传至阴曹地府。
>
> ——维吉尔

色诺芬头戴花冠正在祭祀，这时有人过来向他报告他的儿子格里吕斯在芒蒂内战役中阵亡的消息。听到后的第一反应是把花冠扔在地上；但是听说他死得非常壮烈，又把花冠捡起戴在头上。

就是伊壁鸠鲁在生命将结束时，对自己的文章能够传世益人感到自慰。"一切光荣卓绝的工作都是会留传的。"（西塞罗）色诺芬说，同样的伤势、同样的操劳，对将军与对士兵不是同样沉重。伊巴密浓达获悉自己已经胜券在握，就非常轻松对待死亡。"这是安慰，这是最大痛苦的油膏。"（西塞罗）还有其他情景，也可把我们的心思引开，不专注在某一事物上。

即使哲学论述对这个问题也仅浅尝辄止，谈到时只是轻描淡写提一提。雄踞哲学界第一学派的第一人，这位伟大的芝诺这样说到死亡："没有罪恶是光荣的，死亡是光荣的，因而它不是罪恶。"还说到醉酒："没有人会把秘密告诉醉鬼，大家都会把秘密告诉贤人；贤人就不会是醉鬼。"这话说到点子上了吗？我是喜欢看到这些领袖人物对我们共同的命运少谈为妙。不管这些人如何完美，总是俗世里的人。

复仇是一种大快人心的情欲，生来就很强烈。我看得很清楚，虽然尚无亲身体验。最近，为了要一位年轻的亲王打消此意，我不跟他说有人打了你耳光你要把另一边腮帮伸给他，履行慈善的义务；也不跟他说诗歌中这种情欲引发的种种不幸事件。

我不提复仇，而是饶有兴趣地要他体味相反去做会有多美的前景：他宽容与善良会带来的荣誉、恩惠和好意。结果就是这么做成了。

他们说："爱的情欲如果太强烈，那就要把它分散。"这话说得对，因为我经常试了很有成效。把情欲切割成分散的欲望，使得它们每个都可以受你的控制和驾驭；但是，为了不让它们吞噬你，折磨你，用分治法、声东击西法来削弱它、拖垮它。

　　当你的阳具虎虎有生气……

　　　　　　　　　　　　　　　——柏修斯

　　不妨把浓液注入任何东西内。

　　　　　　　　　　　　　　　——卢克莱修

最好及早解决，免得一旦被它逮住备受其苦，

　　用新伤来医治老伤，
　　露水姻缘也可把伤疤洗掉。

　　　　　　　　　　　　　　　——卢克莱修

　　以前我遭遇一次重大的不幸，这是依我坦然的天性来说的，

其实比重大还重大；如果我只是依靠自己的力量，可能会一蹶不振。我需要一种强烈吸引我的事排遣心情，我有意也有心地坠入了爱河，这也靠年纪帮了我的大忙。爱情舒解了我的心，使我摆脱失去好友带来的痛苦。

其他的事也一样，一个不愉快的念头留在心间，我觉得改变它比克服它更快见效。我不能让它从相反的方面去想，至少从较好的方面去想。变换着想法总能起一种减轻、化解和驱散的作用。我若打不倒它，我就躲开它；躲开时我走岔路，使诡计；转移地点，改换工作，找不同的朋友，溜出去找其他乐子，想其他事，让它失去我的踪影，找不到我。

天生变化多端，这是大自然的恩典；因为时间也是大自然赐给我们包治一切情欲的医生，主要也是靠下述的办法奏效的：第一次感受不论如何强烈，时间提供的其他事侵入我们的思想，总会把它层层叠叠遮盖与淹没。一位哲人回想起朋友临死的情景，二十五年后跟第一年差不多同样清晰。据伊壁鸠鲁的说法还丝毫不差，因为他认为新愁与旧愁没有什么程度上的差别。而是其他许多杂念穿过脑海，使忧愁终于疲惫了，支撑不住。

为了躲开流言蜚语的矛头所指，亚西比得把他那条美犬的耳朵与尾巴都割掉，放到广场上，让老百姓拿这个题材说个不休，才让他清静地干别的事。我见过有的女人转移大家谈话与猜测的目标，有意用编造的恋情来掩盖自己真正的恋情。但是我还见过某个女人假戏真做动了感情，离开原先的真恋人，跟上了假恋人；我还听她说自以为爱情牢靠的男人，就是会被假面具蒙骗的傻瓜。既然公开的谈话机会与接待场合都留给了那位替身情人，那个人最后坐不上你的位子，不让你去坐他的位子，相信我他就算不上是个精明的人。真是一人做鞋，另一人穿哪。

一点点小事就可以让我们分心，转移视线，这是因为我们放在心里的也只是一点点小事。我们很少注意事物的整体和本身；而是那些表面的、次要的情景引起我们的注意，还有就是毫无意义的鸡毛蒜皮内容，

> 犹如看到知了在夏天
> 蜕下圆圆的薄壳。
>
> ——卢克莱修

即使普鲁塔克想起女儿幼时的顽皮而愈加思念。一次告别、某个行动、特殊的恩惠、最后的嘱咐，都令人伤心。恺撒的血袍比他本人的死亡更加震撼全罗马。在我们耳边响起呼唤名字的声音："我可怜的主人！""我的好朋友！""我亲爱的父亲啊！"或者"我的好女儿！"这些老套令我揪心，当我仔细辨别时，我觉得这只是一种包含语法与词语的呻吟声。词语与语调触动我（就像布道师的惊叹经常比他们的道理更加打动听众，就像用于祭祀的牲

畜在宰杀时的哀叫使我们吃惊），用不着我再去揣摩或细察句子
的真正含义；

悲痛是由这些刺激而来的。

——卢卡努

这是我们哀伤的基础。

我的结石顽症，在阴茎部位更加严重，使我有时三天甚至四
天不能排尿，离死亡也不远了；希望逃过一劫真是妄想，甚至由
于这个病情带来的阵阵剧痛，还巴不得一走了事呢。那位仁慈的
皇帝下令把罪犯的阴茎扎住，让他们憋尿而死，真是精通酷刑的
大师啊！

就我目前的状况来说，我认为还让我对人生有所留恋的只是
一些想象中的微不足道的东西与原因。对于离开人世感到沉重与
困难的也是心灵中一些芝麻绿豆小事，在这个重大的事件中，我
们却让一些无聊之至的事占据了我们的思想：一条狗、一匹马、
一部书、一只玻璃杯，还有什么呢？都是我死后放心不下的东
西。对于别人，就是他们的壮志雄心、他们的财产、他们的学
问，据我看来不见得更加聪明。

从全局看待死亡时，我就会以超然的态度把它看作是生命的
终结。我从总体上消受它，它又从细节上偷窃我。仆人的眼泪、

旧物的分送、熟人的抚摸、普通的安慰，都使我心酸、动情。

因而悲情故事总能打动我们的心灵。维吉尔和卡图鲁斯书中狄多、阿里阿德涅的哀怨悱恻，即使不相信其人其事的人读了也受感动。对此无动于衷说明天生硬心肠，就像说到波莱蒙的传奇故事，他被一条疯狗咬去一块腿肚肉居然面不改色。不论有多大智慧，单凭判断不能理解一个人悲伤到了极点的原因。他只能在现场依靠眼睛与耳朵的参与才能完成，然而眼睛与耳朵又只会反映外界无谓的干扰。

是不是这个道理使艺术利用我们天性中的愚蠢与笨拙而大谋其利呢？修辞学说，那位演说家在辩论的闹剧中，被自己的声调与装腔作势感动，也会受自己所表达的热情欺骗。他会让自己沉浸在真正的来自心田的哀悼，通过虚张声势让法官感染这份感情，但是法官就不是这么容易动感情。就像丧礼上雇来增加悼念气氛的哭丧人，他们论斤计两出卖自己的眼泪与悲伤。虽然抢天呼地的样子都是装的，可以肯定的是要在这种场合应付裕如，有时必须全力以赴，内心也会感到真正的忧伤。

格拉蒙王爷在拉费尔围城中战死沙场，我同他的一些朋友护送他的尸体到苏瓦松。我们所到之处，我看到一路上遇到的老百姓，只要看到我们护送灵柩的排场，就唏嘘落泪；其实他们连死者姓甚名谁都不知道。

昆体良说他见过一些演员，演悲剧角色那么投入，回到家里还在哭；还说自己把别人的感情打动以后，自己也动了感情，发现自己不但流眼泪，还脸色苍白，一副真正伤心欲绝的样子。

在我们山区附近，女人扮演自问自答的马丁神父①角色。她们失去了丈夫，回忆他生前的好人品、好事来加强对他的悼念，同时又搜集和公布他的种种缺点，仿佛自己内心得到了平衡，对他从怜悯转向轻视；这比我们的做法要亲近得多。我们见到谁过世了，忙着给他奉上几句不真实的赞词；我们看不见他了，就把他说得好像跟我们见着他时不一样；仿佛悼念是一堂教育课，我们的理解力经眼泪一洗，变得明晰了。从现在起我不接受人家不是因为我配得上，而是我死了要给我唱的赞美诗。

若问那个人说："你围攻这座城池有什么道理吗？"他说："起儆戒作用，要大家服从我们的大王。我不奢求什么好处；说到光荣，我知道我这么一个人只能分享极小一部分；我对此既无热情，也不思去争。"可是第二天看到他这人完全变了，站在进攻队伍里热血沸腾，满面怒容。这是刀光剑影、隆隆的炮声与鼓声使他血脉贲张，充满仇恨。

你会跟我说："这算什么大不了的原因！"为什么要原因？要使我们心灵激动根本不需要原因。平白无故的胡思乱想就可以搅得人神魂颠倒。搭起了空中楼阁，就会想象出各种玩儿与乐趣，闹得心里痒痒的，快活得不得了。多少次我们看到了什么，捕风

---

① 民间故事中的一位神父，在弥撒中常常自问自答。

捉影，心里迷糊糊地发火了，难过了，我们陷入荒唐的激情，弄得精神与身体都变了样。

痴心梦想会在我们的面孔上摆出多么惊奇、嬉笑和惶惑的怪模样！使我们的四肢与声音表现多大的冲动与激情！孤独的人，他不像是与对之打交道的人有了错误的看法，还是内心有魔鬼在折磨他？那就问一问自己这种变化的道理何在，在自然界除了我们以外还有什么是用虚无滋养的，是靠虚无支撑的。

冈比西梦见他的弟弟巴尔狄亚后来当了波斯国王，就把他弄死；这还是他喜欢的和此前一直信任的弟弟！梅西尼亚国王阿里斯托德缪斯，听了他的群犬莫名的狂吠，认为是不祥之兆就自杀了。米达斯国王做了一场噩梦，心烦意乱，也寻了短见。为了一场梦而抛弃了生命，那是把生命看成了一场梦的价值。

可是也要看到我们的心灵战胜肉体的可怜与软弱，那是肉体受到了各种各样的侵蚀和衰变；说真的，心灵是有理由去议论肉体的：

> 普罗米修斯是糟蹋泥身的元凶，
> 他创造人的时候粗心大意，
> 设计了身体，忘了精神。
> 先从灵魂开始才能把人做好！
>
> ——普罗佩提乌斯

论意志的掌控

　　跟一般人相比，让我感动的事——或者说得更确切——使我留恋的事不多。事物只要不控制我们，而只是感动我们，那还是理智的。我通过学习与思考，花了很大心思去提高无知无觉的这份特权——这在我的天性中原本已很突出了。

　　我常做的事不多，因而热心的事也不多。我目光清晰，但专注在少数事物上；感觉细腻不敏锐。理解与处事能力则鲁钝迂拙，进入状态缓慢。我对自己的事全力以赴；可是在这个题目上，我要克制一下感情，乐意不让它陷入太深，因为这个题材可由我控制但也受制于人，命运对此比我更有权利。从而，就是我十分珍视的健康，我对它也不要过多祈求，煞费苦心注意，让我觉得生了病就非同小可。人应该在怕疼痛与爱享乐之间保持克制。柏拉图主张生活中要走两者的中间道路。

　　但是对于那些使我不顾自己、分心他事的感情，我当然不遗余力抵制。我的意见是为别人应该效劳，为自己才应该献身。如果说我有意愿乐于仗义执言，一言为定，但是我坚持不了，我的天性与为人都太软弱，

　　见事就躲，生来是享清福。

——奥维德

经过一场激烈持久的辩论以对手胜利而告终，热烈追求后得到令我面红耳赤的结局，这都会叫我痛心疾首似的难受。我若像别人一样坚持，我的心灵没有力量忍受这些死抱不放的人号叫与激动。内心一骚乱必然土崩瓦解。

　　有时有人把我推出去执行外界事务，我答应接受，但不会呕心沥血；我负责，但不会如同身受；我可以做到事必躬亲，但不热情洋溢；我会照看，但不会时刻在琢磨。

　　需要我处理与安排的紧急家务已经够多，让我终日牵肠挂肚的，哪里还能定下心来接受外人的委托。自己本家日常维持生计的事与我利益攸关，也就不包揽别人的事了。那些知道欠了自己什么的人，那些知道该为自己尽多少义务的人，就会发现大自然已经给了他们这份定单，满满的，决不会让他们闲着。家务有的是，不用出门去。

　　人总是出租自己。他们的天赋不是为自己，而是为奴役他们

的人用的。这样住在家里的不是自己而是房客。我不喜欢这种普遍心理。心灵的自由应该爱惜，只有在正当时机才可以把自由暂时抵押，我们若懂得明辨的话，这样的时机是很少的。且看那些只学会冲动与仓促做主的人，他们到处抵押心灵的自由，不管大事还是小事，跟他们相干还是不相干的事；只要哪里有事有义务，他们不加区别都参与进击，只要他们不手忙脚乱，就好像不是在活着。"他们为忙而忙着。"（塞涅卡）他们为了找事做而找事做。

他们并非要这么做，其实是他们停不下来，恰如一块石头下坠，不落到地面上是决不会静止的。工作对某种类型的人是能力与尊严的标志。他们的精神在行动中寻找休息，犹如婴儿在摇篮中能够入睡。他们可以称为对朋友很讲义气，对自己充满怨气。没有人会把钱分给别人，但人人会把时间与生命分给别人，我们拿什么也没拿这两样东西那么挥霍，其实只有在这上面吝啬才是有益和值得提倡的。

我采取的态度完全不同。我立足于自己，一般来说对想望的东西想望得并不强烈，也想望得不多。忙工作干活儿也如此，次数不多，不慌不忙。他们要的事，他们管的事，让他们全心全意、满怀热忱去要去管。世上处处是陷阱，若要万无一失就要浅尝辄止。应该在表面上滑过，不要陷入太深。声色犬马之事，沉湎太深也会乐极生悲。

你走在一堆火上

会被灰烬欺骗……

——贺拉斯

波尔多的先生们选我当他们城市的市长，我那时远离法国，更远离这个想法。我请辞，但是有人跟我说我错了，国王也下旨敦促。这个职位除了其职责的荣誉以外没有薪俸也没有津贴，就显得格外崇高。任期两年，通过第二次选举可以连任，但这个情况极为罕见。这出现在我的身上，从前还有过两次，几年前德·朗萨克先生做过，最近又有德·庇隆先生，法国元帅，我是接他的位子；我初次任职的位子留给了德·马蒂尼翁先生，也是法国元帅，我有这样显赫的同僚而感到风光十足，

两人都是出将入相的栋梁。

——维吉尔

命运造成了这个特殊的局势，又送我走上了仕途。这不算完全是虚妄；因为亚历山大对科林斯使臣要颁发给他科林斯居民资格时，不当一回事，后来听使臣说酒神巴克科斯和大力神赫拉克勒斯也在名册上，才向他们再三道谢。

到任后，我认认真真如实介绍自己，我觉得我是这么一个

人：没有记忆，没有警觉性，没有经验，没有魄力；也没有仇恨，没有野心，不吝啬，不粗暴；告诉他们在我任上可以期待做到什么，让他们了解清楚。因为他们认识先父，以及对他的怀念，使他们作出了这个决定，我还向他们清楚说明，他们召我来工作的就是当年父亲任职的地点，假若市政工作让我感到重负在身，就像当年父亲一样，我会非常不安。

我记得童年时看到他日益苍老，公务缠身戕害他的心灵得不到片刻安宁，忘记了他多年因体弱而格外留恋的家庭温馨，不顾家务、健康，为公事进行长期艰苦的旅行，不重视安全，也几乎失去生命。他是这样一个人；他天生宽厚仁爱，很少有人像他那么慈善与受人爱戴。

别人身上这样的人生态度我赞赏，却不思模仿，这里面有我的原因。他听人说我们应该为他人忘掉自己，个人与大众相比毫不重要。

世上大多数规则与箴言都借这样的人生态度，把我们赶到了门外，进入广场论坛，为大众谋利益。他们想到作出极大努力让我们脱离自己，放弃自己，并称我们过分依恋自己是出于一种天然的束缚，不惜说什么也要达到这个目的。贤人不按事物的实际，而按事物的实用来说教，这不是什么新鲜事儿。

真理对我们自有妨碍、不便和格格不入的地方。经常需要受骗才使我们不自骗，需要蒙住我们的眼睛、塞住我们的耳朵才能锻炼和改进视力与听力。"无知者当法官，就需要经常上当才不会判决荒唐。"（昆体良）当他们要求我们去爱我们前面三、四、五十度的东西，他们提出了弓箭手的技艺，弓箭手要射中目的，必须瞄准靶子的上方。木材也是矫枉过正才会平直。

我看到在帕拉斯神庙里，也如在其他宗教的寺庙里，有一些公开的圣物向大众开放，其他更神秘更宝贵的圣物，只是向门内人展示。看来在这些人身上存在着彼此友爱的真正交集点。这不是一种虚假的友谊，让我们一心毫无节制地去追求光荣、知识、财富和诸如此类的事，仿佛是我们的肢体一样不可或缺；也不是甜丝丝、占有欲强的友谊，就像我们看到常春藤，它抱住的那块墙壁会被它损毁；而是一种有益身心、有原则的友谊，同样也相互帮助和愉悦。

谁明白了友谊的义务，并实施这些义务，谁是真正站在缪斯的殿堂里；他达到了人类智慧与幸福的顶峰。这样的人完全知道自己该做什么，认识到对自己实施其他人与世界的做法，也应该是自己的任务，这样做的同时对公众社会贡献出他的一份义务与效力。谁活着不为他人，也就不为自己活着。"要知道，谁跟自己做朋友，也跟大家做朋友。"（塞涅卡）

我们最主要的职责，是各人管好自己的行为。我们在世上要做好这点。谁若忘了洁身自好，认为管理别人学好也算是自己尽了义务，他就是个蠢人。同样，谁抛弃自己健康愉快的生活去为别人劳累，这在我看来也是个违背自然的馊主意。

我不赞成一个人在接受公职以后，拒绝在工作时心勤、腿勤、口勤，需要时不付出血与汗：

> 随时准备牺牲，
> 为了亲爱的朋友或我的祖国。
>
> ——贺拉斯

精神始终处于休息和健全的状态，这不是没有活动，而是没有烦扰，没有激动，这是外界因素促成的，偶然的。单纯的精神活动危害不大，即使在睡梦中也在进行。但是启动时要谨慎小心。因为身体是人家给它多少压力，它也承受多少压力，而精神随自己的心意给压力加码，往往压得身体不堪重负。我们用不同的力气和不同程度的意志做同样的事。力气与意志两者脱节也可以不错的。多少人在与他们毫无相干的战争中天天冒生命危险，在其成败决不影响第二天睡眠的战斗中出生入死？

那个人待在家里，远离他不敢正视的危险，对这场战争的结果却比在阵地上流血卖命的士兵更为起劲更动脑筋。我可以做到处理公务而丝毫不改变自己的本色，为人效劳而不亏待自己。

这种誓不罢休的欲望对于意图的贯彻妨碍多于方便，使我们对不顺利或迟迟不发生的事焦躁不安，对跟我们商量对策的人尖酸刻薄。我们受事情左右摆布，就永远做不好事情：

　　情欲引人走入歧道。

——斯塔蒂乌斯

　　运用判断与机智的人，做得比较利落；他装假，退让，搪塞，根据情况需要应付裕如。他达不到目标，不烦恼，不丧气，准备一切从头开始，往前走缰绳从不脱手。一心采用暴虐手段的人，其行为必然很不谨慎与很不公正；欲望急躁会不顾一切，行动鲁莽，命运若不伸以援手，不会有多少效果。当我们受侮辱时，从哲学上来说，我们予以惩罚时必须制怒。这不是为了复仇时下手轻，相反是要下手重，打得准与狠。急躁在它看来只会碍事。愤怒不但扰乱思想，还使惩罚者的手臂容易疲劳。怒火使力量用不到一处。就像心急时"求速反而慢。"（昆图斯·库提乌斯）匆忙会失足，会绊跤，会停下来。"速度会受速度之累。"（塞涅卡）

　　比如说，根据我平时做人的经验，吝啬最大的麻烦来自吝啬本身。吝啬愈甚，其收效也愈小。一般来说，当吝啬戴上慷慨的面目时，才能更迅速地敛财。

　　有一位乡绅，极好的人，我的朋友，对他的亲王主子的事务过于关切，忠心耿耿，把自己的头脑也几乎弄糊涂了。他的主子亲口向我这样描述自己：他对待大事跟常人一样，但是对于无可挽回的事他果断地下决心忍受；他命令作好必要的粮食储备后——他思想敏捷可以很快办成——就安静地等待事情的发生。说真的，我看见过他做事，处理重大棘手的事情时行为举止与脸部表情都满不在乎，非常洒脱。我觉得他在逆境中比在好运中还更有气魄、更干练。对他来说失败比胜利、死亡比凯旋更光荣。

不妨想一想，即使在那些娱乐消遣性的活动中，如下象棋、打网球这类事，急功求成，求胜心切，使思想与肢体陷入混乱；他眼花缭乱，手足无措屡屡出昏招。对胜负成败不那么计较的人始终处之泰然；他在比赛时不慌不忙不冲动，也就更占优势更有把握。

总之，我们要心灵掌握的东西太多，反而不能使它集中与牢记。有些事只需知道，有些事要记住，有些事要刻骨铭心。一切事物心灵都是可以看见与感觉的，但是都要由心灵自己去汲取养料。真正触动它的东西，真正融入和组成它的实质的东西，才使它得到教育。

大自然的规律使我们学到我们必须学习的东西。贤哲告诉我们，按照自然的规律无人是贫困的，按照世人的意见人人都是贫困的，他们还细致区分从自然而来的欲望和因我们胡思乱想而来的欲望。大家看得到底的欲望是来自自然的，在我们面前躲闪、让我们追赶不上的欲望是来自我们的。钱财的贫乏易治，而心灵的贫乏则不可治。

> 若说满足生活就是够，
>
> 那我是够了。但是不！那又是什么样的财富，
>
> 可以多得满足我的欲望呢？
>
> ——卢西里乌斯

苏格拉底看到有人担了大量钱财、珠宝和珍贵家具，大摇大摆穿过他的城市，说："我不要的东西怎么这样多！"梅特罗道吕斯每天吃十二盎司粮食过日子。伊壁鸠鲁更少。梅特罗克勒斯冬天跟羊群一起睡，夏天宿在教堂的回廊里。"自然的需要自然皆可以供应。"（塞涅卡）克里昂特斯靠双手生活，还夸口说，他愿意的话还可以养活另一个克里昂特斯。

为了保护我们的生存，大自然原本对我们的要求确实是非常小的（究竟多么小，究竟生命只需靠什么就可以活下来，再也没有比下面这句话说得更清楚了：小得连命运怎么捕捉与冲撞都逮不住它），还允许我们自己再增添一点；这就是把我们每个人的习惯与条件也称作是自然需要吧；让我们根据这个尺度来犒赏自己，款待自己，我们的从属物与打算也可以扩大到这个程度为止。

因为在到达这个程度以前，我觉得我们总还有个借口。习惯

是第二天性，但不比第一天性弱。我的习惯中缺少的东西，我认为也是我生命中缺少的东西。我在目前这个状态中生活了那么久，若有人要我紧缩和放弃，这不啻是让我盼着他们夺走我的生命。

我再也不是承受大变动、投入陌生新生活的年龄了。即使向高处走也不行。没有脱骨换胎的时间了。我抱怨的是有的好事当我还能享受时不来而现在才落到我的手中，

来了好运不能享受，不也是无用？

——贺拉斯

我自叹腹中枉有少许经纶。做正直人太晚了还不如不做，生命已没有了还说什么明白地生活。我这人来日无多，乐意把处世谨慎的经验传给后来者。那也等于餐后才送上了芥末。对于我已无用的财富我也不知拿来做什么。对于一个头脑不清的人，学问有什么用？让我们看到礼物，却引起心中正常的哀叹，该来的时候没有来，这正是命运之神对我们的侮慢与不再宠爱。

不用再引导我，我再也去不了哪儿。令人满足的事各种各样，对我们唯有耐性而已。你去给双肺已腐烂的歌手一条响彻云霄的好嗓子，让深居阿拉伯沙漠里的隐士能言善辩吧！没落毋须技巧，每件工作最后总是结束。我的世界已走到了头，我的形式

是空了；我完全属于过去，必须承认这一点，相应走上这条出路。

我要说的是这个：教皇①最近在日历上抹去了十天，这使我情绪非常低落，让我无法适应。我生长在不以这样计算日期的年代里。这样一个悠久古老的习惯在向我招手，向我召唤。我无法接受这个仅仅是稍作改动的新事物，不得不在此当上了异端分子。尽管我年事已高，我的想象还总是跑在时间前面十天或后面十天，在我耳边嘀嘀咕咕。

这个规则涉及到要活下去的人。即使健康不管多么甜蜜，断断续续找上门来，给我带来的也是遗憾多于享受，我已不再有地方可以容纳它了。时间正在离我而去；没有时间也就什么都无从占有。我看到世上有多少选择性的高位，只是留给正要离去的人们，我对这一切都付之一笑！没有人关心他履职时能尽多少心力，能做多么长久：他一进门就要找边门出去了。

总之，我正在准备了结这个人，不是重新塑造一个人。年深日久，形式在我身上变成了实质，习惯也变成了天性。

所以我说我们每一个脆弱的生灵，认为在这个范围内的东西都是自己的，这情有可原，但是同样一出了这个范围都只是一片混乱。这是我们能够给予自己权利的最大空间。我们愈是扩大自

---

① 格列高利十三世教皇改革儒略历，实际减去十一天，后世称格列历，法国在 1582 年实施。

己的需要与占有物，我们愈是易遭命运的冲击与灾星的降临。我们应该给欲望的路程设立禁区，限制在最近最直接的好事上。此外这条路程不应该设计在向外畅通无阻的直线上，而是按圆圈而行，路程的两端经过一个简单的转弯，汇集在我们自己身上。这番曲折也可说是接近实质的反思，没有曲折的行动就像吝啬者、野心家和其他直奔目标的人的行动，他们可以冲在别人前面奔跑，但这是错误和病态的行动。

我们的工作大部分都是闹剧。"人间就是一出戏"（佩特罗尼乌斯），我们应该尽心尽责扮演自己的角色，但只是一个特定人物的角色。不应该把面具与外形作为精神实质，把别人作为自己。我们不善于辨别人皮与外衣。在面孔上涂脂抹粉已经足够，不用再在良心上涂脂抹粉了。我见过有的人担任过多少个职务，变脸和变心就变了多少回，脑满肠肥大模大样，甚至在私室里也一身官气。

我教不了他们如何区别称赞他们本人的高帽子与称赞他们的差使、随员还是骡子的高帽子。"他们那么陶醉于自己的好运，竟至忘了自己的本性。"（昆图斯·库提乌斯）他们的官职高，把自己的心灵与思考能力也吹嘘得那么高。

波尔多市长与蒙田从前总是两个人，泾渭分明。作为律师与财政官员，不能不认清这类工作中的欺诈行为。正直的人跟他的职业中的罪恶或愚蠢是不相容的，可是不应该拒绝干这门行业；

这是国家大事，有益于大众。人要靠世界过日子，尽量往最好方面去做。但是一位皇帝要超越自己的帝国，不掺私心杂念高瞻远瞩；而本人应该知道如何独自作乐，还像个普通人那样心地坦白，至少对他自己如此。

我不会让自己全身陷得那么深。当我决心站到哪一方，决不至于偏激得不问是非。当此国家处于乱世时期，我没有因利益攸关而看不到我们对手中值得赞扬的优点，我追随的这些人身上应该谴责的缺点。他们对自己一方的事都表扬，而我看到我方的大部分事都不能原谅。

一部优秀的作品并不因为它跟我的事业作对而失去它的精彩。除了争论的焦点以外，我让自己保持公平和完全置身事外的态度。"除战争的需要以外，我不怀任何深仇大恨。"（佚名）这点我对自己很满意，因为我常看到别人陷入相反的境地。"让不会利用理智的人去利用感情吧！"（西塞罗）

有人愤怒与仇恨超过了事件本身，大多数是说明这来自其他特殊原因，就像某人溃疡病治愈了，但高烧还是不退，这说明他另有一种隐病。事实是为了公众事业，只要公众事业损害的是大家与国家的利益，他们决不会恨；只是因为它损及了私利，他们才会恨得什么似的。这就是为什么他们大动肝火，到了不顾正义与公理的程度。"他们谴责整体事业并不一心一意，但是谴责涉及个人的小事则步调一致。"（李维）我希望我方占优势，占不了优势我也不会发疯。我坚定地站在更磊落的一方，但是我不愿别人有意强调我超过一般情理与其他人为敌。这种恶劣的风言风语令我特别反感："他是神圣联盟的人，因为他欣赏德·吉兹王爷的风雅。""那瓦尔国王的活动叫他吃惊，他是个胡格诺。""他对国王的为人说三道四，准是怀有异心。"

我对那位大臣也不让步，虽然他有理由把一部书列为禁书，因为书中把一位异端评入本世纪的最优秀诗人行列①。我们就不敢说有一个小偷长了一双好腿脚？女人当了妓女就一定品格下贱？在那些更智慧的年代，马库斯·曼利乌斯作为宗教与民众自由的保卫者，被授予卡皮托利人的最高荣誉后，又曾追回过他这个头衔吗？因为他后来热望建立君主制，有违于自己国家的法律，从而对他高风亮节的奖赏、彪炳史册的战功都一笔抹煞了吗？

他们若恨上了一名律师，第二天就会把他说成才疏口拙。我在其他地方也说到狂热驱使某些正直的人犯同样错误。我会如实地说出："他坏心做这件事，他好心做那件事。"

同样，当事情的预测与前景看来黯淡不利时，他们都愿意自己一派的人个个是瞎子和笨蛋，我们的劝说与判断不是为真理服务，而是为实现我们的愿望服务。我只怕自己会受愿望的控制，以致纠偏后会朝向另一个极端走去。此外我对向往的事稍带怀疑

---

① 事指宗教裁判所 1580—1581 年在罗马谴责蒙田赞扬加尔文的继承者泰奥多尔·德·贝萨。

的感情。在我那个时代，看到那些老百姓真是出奇的好糊弄，不问情由就让人摆布自己的信念与希望，去取悦和效忠他们的头领，错误再多也视而不见，幻想与迷梦再破灭也不在乎。

我不再奇怪那些人中了阿珀洛尼厄斯和穆罕默德的花招，给他们牵了鼻子走。他们的感觉与理解全被狂热窒息。他们的辨别能力只限于选择叫他们乐开怀和让事业得益的事。在第一个狂热宗派①出现时，我已经注意到这占了显著地位。接着成立的另一个组织②，模仿它还有过之而无不及。

以此我看出这类事与群众的错误是密不可分的。第一个错误出现后，群众就同声附和，随波逐流。你若另有看法，若不随大流，你就不算是同一派。当然若用骗子去帮助这些正确的派别，那是在害它们。我对此始终持不同意见。这种做法只对病态的人有用，对于正常的人还有更可靠也更诚实的做法，就是保持他们的勇气与原谅事情的挫败。

天下还没有见过恺撒与庞培这样严重的对立，今后也不会见到。然而我觉得在这些高尚的心灵里还是可以辨认出惺惺相惜的感情。这是一种争夺荣誉与指挥权的嫉妒，并不使他们产生不共戴天的仇恨，没有恶毒用心与诽谤。在你死我活的激战中，我发现他们流露对彼此的尊敬与好意，因而我认为若能做到的话，他

---

① 指主张宗教改革的新教徒。
② 指天主教神圣联盟，成立于 1576 年。

们中的哪位都希望成就自己的大业，更愿意不因此引起对方的毁灭。马略与苏拉的争雄完全不一样，这要小心提防。

做人不应该疯狂追求情欲与利益。我年轻时爱情来得太快我就抵制，有意安排得不太愉快，以免沉湎其中，最后完全听从爱情的摆布；其他场合遇上精神过于亢奋时我也如法炮制。感到心像喝了酒似的跃跃欲试以求一醉时，我偏偏违反心意去做。我赶快逃避，不让自己过于纵情欢乐，以免要收回心时头破血流。

人的心灵糊里糊涂，看不透事情，坏事没有把它们害个够，就认为交上了好运。这也是一种精神麻风病，气色健康，即使哲学对这种健康也一点不小看。但是这也不是要把这个称为智慧的理由，像我们常做的那样。有位古人以此嘲笑第欧根尼，要在严冬三寒天，赤身裸体去拥抱一个雪人，考验自己的耐力。那个人遇到他时正处于这个状态。于是问："这个时候你冷得很吧？"第欧根尼回答说："一点不冷。"那人又说："既然不冷，那你这样抱着怎么算是高难度的示范动作呢？"为了检验恒心，必须学会吃苦头。

但是，心灵要受到命运千辛万苦、艰苦卓绝的折磨，要依照人生中原有的严酷与沉重来衡量和体验，那就要利用人生艺术不去深究其原因，避开其锋芒。柯蒂斯国王就是这样做的；有人向他献上一套华美贵重的餐具，他给予厚赏；但是这套餐具实在脆薄易碎，他立即自行把它们打破，趁早别让自己动辄为此事跟仆人发脾气。

同样，我有意避免让自己的事务关系不清，也不想把我的财产跟我的亲戚与有深交的朋友沾上边，疏远与纠纷一般都是从这里产生的。从前我喜欢玩牌和掷骰子这类靠运气的游戏，也在很久以前戒除了，只是因为输了不管脸部表情怎么样，心里总不免有点疙瘩。一个自尊的人遇到撒谎和冒犯会想不开，也不会把这看作是一件蠢事而心中释然，这样的人应该避开暧昧和易起争执的事找上门来。

愁眉苦脸的人，易发脾气的人，我躲之唯恐不及，像见了瘟疫病人一样；对于不能无私和坦然对待的言论，若不为职责所逼，我也不参与。"开始就不做比中途停下不做要省心得多。"（塞涅卡）最可靠的方式是未雨绸缪，事前防备。

我自然知道有的贤哲走另一条道路，他们不怕同时遇到许多事去面对和解决其中的要害问题。这些人自信有力量，依靠它抵挡一切来犯之敌，以毅力与耐性跟逆运搏斗：

> 犹如大海中的一块巨石，
> 面对狂风怒涛，
> 不怕白浪滔天，风吹雨打，
> 宛自屹然不动……
>
> ——维吉尔

我们不要搬弄这些例子；我们永远望尘莫及。他们执意要看个究竟，不会为国家的毁灭而心烦意乱，因为这掌握和控制着他们的整个意志。我们这些普通人，承受不了这样的力量与严酷。小加图为此放弃了他无比高尚的一生。对于我们这些小人物，暴风雨应该远远躲开。我们必须敏感，而不是忍耐，避开我们不知抵御的打击。

芝诺看到他喜爱的青年克莱莫尼代斯走近来，在他身边坐下，突然站起身。克里昂特斯问他原因，他说："我听医生再三叮嘱要休息，不让任何部位激动。"苏格拉底不说：不要向美色的诱惑投降，要抗拒，要反击。而说：赶快逃离，跑出它的视线范围，不要跟它相逢，犹如躲开从远处抛过来打人的剧毒药。

他的一位好学生，编造或是叙述（我的意见是叙述多于编造）那位大居鲁士罕见的美德，说他提防自己没有力量去抵挡他的女奴、著名的绝代美人庞蒂娅的诱惑，就让另一位没他那么有自由的人去探望和看管她。《圣经》也这么说："不叫我们遇见试探。"我们在祈祷中不说，让我们的理智不要被美色打倒和征服，而是说我们的理智连试探也不要试探，不要让我们落到这个地步，由着罪恶接近、挑逗和诱惑而叫苦连天，祈求我们的主让我们的心保持宁静，彻底完全摆脱恶人的骚扰。

有人说他们战胜了复仇的情欲，或者其他难以克服的类似情欲，说的是目前的实情，不是以前的实情。他们对我们说起时，他们错误的原因都是他们自己造成和夸大的。但是回溯以前，再从根源上去探讨原因，那时你就会看到他们不是无可指摘的。他们是否要说从前犯的错误在现在看来也就小了，从一个错误的开始会产生一个正确的结果？

谁像我一样希望国家兴旺，而又不为之生溃疡病和消瘦，看到国家遭到破坏或经历一个破坏力并不稍减的时期，会不开心但不会发抖。

> 这艘可怜的船，波涛、海风
> 与领航都对它另有所图！
>
> ——布坎南

谁不张口结舌对君王的恩宠有所求，看作是生命中不可或缺的东西，那么看到他们面貌冷淡，接待怠慢，心思变化无常，也就不会太介意。谁不甘心为人奴似的溺爱儿女和追求名利，那么失去后也不会生活不自在。谁做好事主要为了自我满足，那么看到人家诋毁他的行为，攻击他的善举也就不会困扰。有点儿耐性，这些烦恼都是可以消除的。

我用这个药方效果就很好，烦恼一冒头就把它轻易化解，从而觉得避过了许多劳苦与困难。激情初起时只费一点力就可予以制止，问题开始感到棘手还未折腾我以前便抛下不顾。起跑止不住，奔跑也就停不下。不知道把它们拒之门外，以后也难把它们赶出门外。不能赢在开头，也就不能赢在最后。控制不了晃动，也止住不了坠落。"人一脱离理智，情欲就自由漂流；人性的弱点自以为是，鲁莽地进入大海深处，再也找不到避风港栖身。"（西塞罗）我及时感到微风吹入心中进行试探，发出声响——这是暴风雨的征兆："心灵早在征服以前便已动摇。"（佚名）

> 如同微风吹起，
>
> 树木索索抖，咆哮渐渐声响，
>
> 向水手预报暴风雨即将来临。
>
> ——维吉尔

一个世纪以来，世事纷扰，阴谋诡计不断，我天性对此深恶痛绝，超过切身受到严刑和火烤；多少次我对待自己明显不公，是为了避免风险从法官那里遭受更大的不公？"为了避免诉讼，应该不遗余力、甚至要超出能力去做一切。因为放弃一些自己的权利不但是件好事，有时还是件有利的事。"（西塞罗）

我们要是聪明的话，就应该高兴和夸奖，如同有一天我听到一位大家族子弟天真地逢人便庆贺他的妈妈刚打输了一场官司，就像摆脱了咳嗽、发烧或其他久治不愈的病。命运之神赐给我的这些恩宠，若有赖于有权柄者的亲谊和交情，我努力根据良心有意回避，不去利用来伤害别人，也不在正当的范围外实施自己的权利。

总之，我白天有那么多的工作要做（幸好我还能这么说），至少还没有上过一次公堂，也没有发生过一场口角。尽管我若愿意的话，好几次我可以师出有名，为自己的好处打上几场官司。我不久就要过完长长的一生，没有遇到或给过人家严重的伤害，除了自己的名字以外，也没有其他恶名：上天少有的恩泽。

引起我们最大纷争的动机与原因都很可笑。我们最后一位勃艮第公爵就为了一车子羊皮跟人吵架，造成了多少废墟①？这颗地球遭受的最可怕的灾难，其最初的主要起因不就是为了一枚纹章上的图案么②？而庞培与恺撒只是前两位的后辈与效法者而已。我在自己那个时代见过国王议院中最智慧的人物，花费公帑大摆场面签订条约与协议，其实真正的决策取决于具有至高权威的夫人内阁的闲谈和几位小女人的爱好。诗人们深解其中真意，因而说了为了一只苹果把希腊和亚洲陷于血泊火海之中③。且看那个人为什么提了宝剑，揣了匕首，拿自己的荣誉与生命去碰运气；让他给你们说说这场争论是怎么引起的，他告诉你不会不脸红，因为原因实在太无聊了。

一开始，只需要有点见识便可消弭争端；但是一旦上了船，

---

① 影射勃艮第公爵查理（大胆者）对瑞士人的战争。起因是一个瑞士人经过罗蒙大人的领地，被他抢去了一车羊皮。

② 苏拉战胜努米底亚国王朱古达，要在纹章上刻图案纪念这次凯旋，此举引起马略嫉妒，遂成嫌隙。

③ 指希腊神话中，帕里斯评判金苹果属于谁的故事，引起特洛伊战争。

各种缆绳都在拉扯。这时需要有大气魄，那要困难和严重多了。真是上船容易下船难啊！应该从反面去学习芦苇生长之道，芦苇第一节很长很直；但是接着好像疲倦喘不过气来，节子短而密，仿佛停顿，已没有最初的活力与坚韧。应该在开始时仔细冷静，把耐力与冲动留到工作关键与完成的阶段。事件初起时可由我们指导，随我们的心意发展。但是后来当它们发动后，是它们指导我们、控制我们，我们只有跟在它们后面去。

然而这不是说这个忠告给我解除了一切困难，我经常不用费多少力气就可降服和控制情欲。它们并不总是按照时机、场合进行调节，有时一来还很冲动暴烈。无论如何还是可以从这个做法中节制了感情，取得了效果，除非是有些人，他们做什么好事若不沾上名声，就对任何效果都不满意。

因为事实上，这样的事有没有价值全看各人自己。如果你在加入行列和事态已经明显以前就已经改宗了，你为此更快乐，但不为此更受人重视；此外还有，不单是在这件事上，而且在人生的其他一切责任上，追求荣誉的人所走的道路确实与讲究秩序与理智的人是不同的。

我见过有些人没头没脑地、奋勇地进入竞技场，奔跑中慢了下来。如普鲁塔克所说的，有人由于做了见不得人的坏事，心虚，不论人家要什么，有求必应，事后又随便食言，赖个干净；同样的，轻易加入争吵的人也会轻易退出争吵。同样一件难事，会让我望而却步，当我激动和发热时又会挑动我去干。这是一种坏习惯，因为一旦你沾上手，你必须干到底或者自己垮掉。贝亚斯说："接手时随随便便，但是干起来风风火火。"缺乏谨慎会变得缺乏勇气，后者更不可忍受。

今日我们解决纷争的办法大多数很不光彩，充满谎言；我们寻求的是保全面子，于是背叛和掩饰真正的意图。我们掩盖真相；我们知道自己是怎么说过的，是什么用意，在场的人也都知道，我们要我们的朋友感到我们的优势。我们隐瞒自己的想法，为了达成协议靠虚伪去拣便宜，这损害了我们的坦诚和光明磊落的名声。为了挽回我们作出的否定，我们又一次否定自己。这不应该光看你的行动或你的言辞有没有另外解释；此后不管要你付出多大代价，应该维持你的真正诚意的解释。人家在对着你的品德、对着你的良心说话，这两样东西是戴不上假面具的。让那些卑劣手段和权宜之计应用在法庭诉讼中吧。

我看到为了弥补不当行为天天有人道歉与谢罪，而我觉得这些道歉与谢罪比不当行为本身还要丑恶。宁可再羞辱对手一次，也比向他作出这样的弥补来羞辱自己好。你在火头上顶撞了他，恢复冷静与理智后又去安抚他、讨好他，这样你后退得比前进的还多。我认为一位贵族不论说什么坏话，也不及他在强权的逼迫下否定前言那么可耻。一位贵族固执己见要比胆小怕死更可原谅。

情欲要我节制容易，要我避免则难。"从心灵中剔除要比克制容易得多。"（佚名）谁不能达到斯多葛派的那种高贵的无动于衷，那让他求助于我这种黎民的愚钝。那些人做这个靠的是品德，我做这个靠的是性情调养。中心地带酝酿风暴，两端则是哲人与俗人，一心想着过的是太平安逸日子。

> 谁知道事情的原委，
> 蔑视恐惧与宿命，
> 和阿刻戎①索船资的吆喝，他就是福人！
> 谁认识乡村的诸神，
> 牧神、老乡神和仙女姐妹，他也是福人！
>
> ——维吉尔

一切事物诞生时都是柔弱的。可是应该睁大眼睛看着初始之时。因为小时不发现它的危害性，大时就会找不到医治之药。我抱有野心时，每天遇到千万个难题不容易解决，还不如在内心油然产生这个想法时，毅然把它抑止，这要容易得多：

> 我有理由害怕
> 抬起头被人远远看在眼里。
>
> ——贺拉斯

---

① 据希腊神话，渡亡灵过冥河的船夫。

一切公开活动都会招来不确定与莫衷一是的看法，因为评判的脑袋太多了。有人提到我担任这个城市的职位（我也很高兴能对此说上一句，不是这工作值得一谈，而是表示我在这类事情上的做法），说我在工作上缺少魄力，做事慢条斯理；他们倒离开表面现象不远。

我试图让自己的心灵与思想保持平静。"天性本来就爱静，今日年老更其如此。"（西塞罗）有时我的思想一放肆给人留下粗鲁激烈的印象，这实在不是我的初衷。至于我天性慢条斯理，不要从中得出这是我无能的证据（因为不着急与不关注是两回事），更不要认为这是我对波尔多市民的漠视和忘恩负义。他们在认识我的前后，利用手中掌握的一切大大小小的方法来拥戴我，第二次推选我时比第一次还踊跃。

我愿他们一切都称心如意，当然任何时刻我会尽心尽力为他们效劳。我为他们就像为我自己竭尽忠诚。这是善良的人民，慷慨好义，也能服从与守纪律，若善于诱导必成大事。人们还说我在职时一切既不突出也无痕迹。这是好事，当大家都在兢兢业业工作时，自然会嫌我没事好做的了。

我受意志驱使时做事雷厉风行。但是这却是坚韧不拔的大敌。谁根据我的特长使用我，那就给我分派需要活力与自由的工作，做法直率，历时不太久，可以含风险，这样的事我可以有所作为。如果时间长，繁琐，辛苦，需要装模作样，转弯抹角，那不如另请高明了。

　　并不是一切重要的差使都是艰难的。事情如果确实需要，我会作出吃苦耐劳的准备。因为我还是尽本分去多做和做我不爱做的事。我自己知道，凡是我有责任去做的事不曾半途而废过。那些职责与野心不分的事，以职责的名义来掩盖野心的事，我很容易忘记。但往往是这些事情听在耳里，看在眼里，人人皆大欢喜。可以出彩的不是事情本身，而是表面文章。他们若听不到声音，还以为大家都睡着了。

　　我跟爱喧闹的人完全是两个性子。我能够制乱而自己不乱，惩罚捣乱秩序者而自己心情不变。我要不要发怒和大光其火？偶尔用来装装样子。我的脾气温和，失之于软，不急躁。一位官员闲着我不怪他，只要他手下人也闲着，法律也闲着。我赞赏生活顺溜低调，不喧声，"不卑不亢不堕落。"（西塞罗）命运也要求我如此。我出身的家庭，过得平平淡淡，不事声张，历代讲究门风敦厚。

　　我们这个时代的人养成了浮躁、爱出风头的性格，以致不再注意善良、节制、平等、恒心以及宁静无为的品质。丑事到处可见，好事了无影踪，病态满目皆是，健康则很罕见。令人高兴的事也就无法与令人伤心的事相比。把会议室可做的事放在大庭广众面前做，把前一夜能做的事放到白天中午做，同事可以做好的事恨不得自己来做，这样做是为了沽名钓誉和个人利益，不是为了对工作有利。就像希腊某些外科大夫，用木板搭台，在行人众目睽睽之下表演他们的开刀手术，目的是以熟练技术招揽顾客。他们认为大吹大擂才能让人听到事情得到良好解决。

野心不是小人物的一种罪行，也不是我们花力气所能实现的。有人对亚历山大说："令尊给您留下了一大片易于治理的和平疆土。"但是这个孩子羡慕父亲的武功与他的政策的正义性。但是他不甘心懒洋洋太平无事地管理世界帝国。在柏拉图的著作中，亚西比得宁可在年轻英俊、富有、高贵、极有学问时死去，不愿在这个阶段停滞不前了。

这样胸襟气魄的人身上有这个毛病可能是可以原谅的。但是那些侏儒、鼠辈小人也要沐猴而冠，以为判对了一桩案子或者维持了城门前的秩序，就可以名扬天下，真是要想出头反而露出了屁股。这种微不足道的好事既无分量也无生命力，一说出口最多传到下一条街口就烟消云散了。跟你的儿子与仆人去侃这号事吧。就像那位古人，见没有人听他的吹嘘，承认他的勇敢，就对着他的女仆大叫："佩莱特啊，你的主人真是个儒雅的人哪！"

连这个也办不到的话，那就跟你自己去说吧，就像我认识的一位参政员，他聚精会神又蠢到极点地照本宣读一连串段落后，抽身离开议事厅到了宫里的小便池，只听到他认真地念念有词："主啊，荣耀不要归与我们，不要归于我们，要因你的慈爱和诚实归在你的名下。"（《旧约·诗篇》）谁若不能从别处得到，就只能自掏腰包了。

好名声可不是贱价出售的。它来自难能可贵的表率行为，决不允许日常数不清的琐碎小事来凑热闹。草草修好一堵墙头或者挖通路旁的水沟，仅可把名字刻在大理石上对你歌功颂德一番，但是人是有感觉的，他们不会这样做。好事并不是做了以后都有反应的，这要求它艰巨和非同一般。据斯多葛派的看法，任何出自美德的行为根本不要求得到人家注意。有个人清心寡欲，拒绝一个满目眼屎的老太婆，他们认为对这样的人有什么可以感慨的呢。有人承认阿非利加西庇阿的高尚品质，但是拒绝珀尼西厄斯要给予他荣誉，称赞他谢绝重赏的做法，因为这样的荣誉感不是他一人独有的，而是他的时代共有的。

我们享有的福乐跟我们的命运是一致的。不要妄想大人物的福乐。我们的福乐更自然，因而也比他们的更稳固更可靠。即使不是从良心至少也要从野心出发去拒绝野心。要蔑视对虚名浮誉的贪图，这些是要我们低声下气向各式各样人物去讨好的。不择手段，不计代价，"在市场能买到的光荣是什么玩意儿？"（西塞罗）

这样得来的荣誉是不荣誉。我们要学会没有能力赢得光荣也就不要贪图光荣。做了一件有用无谓的事神气活现，这是对这类事大惊小怪的人才会这样。这让他们付出代价，于是要提高它的身价。一件好事愈是叫得响，我愈是贬低其中的好意，会怀疑这是做了扬名而不是行善。抖落到大众面前，已算是一半被出卖了。这类行为若由做的人不经意间悄悄泄漏出来，然后有好事者核实后露出了水面，让它们自行不胫而走，这才有点意思。"我认为，不事声张、不忌讳人家怎么说的情景下做的事最值得赞扬。"（西塞罗）那位世上最神气的人是这么说的。

我只求事物的维持与存在，这都是无声无息、悄然进行的。革新引人注目，但是目前迫于形势，抗拒新兴事物，革新也就遭到了禁止。悠着做有时跟做一样高尚，但是悠着做就较少公开。我能贡献的绵薄之力也差不多在这方面。总之，选我上任的时机符合我的性情作风，我为此非常感激。

有谁为了看医治病而希望自己生病的呢？若有医生为了表现他的医术而让我们得上瘟疫，不是应该抽鞭子吗？我决没有这种不健康但颇为普遍的心理，希望这座城市动荡不安、百业凋敝，来显示我施政高明。我脚踏实地为市民安居乐业贡献力量。我工作时按部就班，冷清清，静悄悄，有人对此不以为然，但是他无法改变我有幸担任此职位奉行属于我的工作作风。

我生来是这样的人，喜欢自己既幸运又聪明，有所成就既归功于上帝的恩宠，也有赖于自己的工作参与。我也曾苦口婆心向大众说到我才疏学浅难以担任这项公职。比才疏学浅更糟的是我并不嫌弃才疏学浅，也不思改变才疏学浅，由于我已习惯于这样的生活。我对自己的政绩也不满意，但是当初对自己定下要做的事差不多都做了，对别人许愿要做的事还大大超过；因为我愿意答应的事要少于我能做的和希望完成的事。我要肯定自己没有留下冒犯和憎恨。至于留下对我的遗憾和希望，我至少知道自己并不十分在乎：

> 我能信任这奇妙的宁静吗？
> 我能忘记风平浪静的海水下
> 隐藏的是什么吗？
>
> ——维吉尔

论阅历

没有一种欲望比求知的欲望更自然。我们尝试一切可以达到求知的方法。当理智够不上时，我们就使用经验，

> 不同的实验积累经验，产生知识，
> 范例指引道路。

——马尼利乌斯

经验是一种较弱、较不受重视的方法；但是真理是这么一件大事，我们不应轻视任何指引我们通往真理的媒介。理智的形式五花八门，使我们不知道怎样取舍，经验的形式也不见得更少。看到事物的相似就从中得出结论是不可靠的，尤其因为事物总是不相似的。事物的面目中若说有什么普遍性的话，那就是它们各有差异，互不相同。

希腊人、拉丁人和我们，都拿鸡蛋形状作为最明显的相似性例子①。然而也有人，尤其那位德尔斐人②，辨别得出鸡蛋的不同之处，决不会把两只鸡蛋认错。他养了不少母鸡，还知道哪只蛋是哪个鸡生的。

我们的作品在形成过程中就产生了相异性，人工绝对达不到相同模样。扑克制造商贝罗泽和任何人都不可能把扑克牌的背面做到光洁无疵，让赌徒眼睛盯着发牌时认不出区别来。相像不会完全一样，相异则完全两样。大自然必然承诺过要创造就创造不一样的东西。

可能那位查士丁尼一世皇帝的看法我也不大欣赏，他的《国法大全》把法律化整为零，弄得复杂繁琐来限制法官的权柄。他没有看到法官按照自己的方法，还是有同样的自由与空间去解释法律的。那些人还在嘲笑呢，他们用《圣经》上说得明明白白的话提醒我们，来限制与终止辩论。尤其因为我们的思想在检验别人的意思与表达自己的意思时都有同样的广阔天地，曲解仿佛也没有胡说八道那么耸人听闻与恶劣。

我们看到他是大错特错了。因为在我们法国，法律条文要比世上其他各国的总和还多，解决伊壁鸠鲁的所有原子世界还绰绰

---

① 法国俗语："如两只鸡蛋那么像。"
② 据《七星文库·蒙田全集》，应是西塞罗著作中提到的德洛斯人，不是德尔斐人。

有余，"从前是丑闻，今日是法律，都是人间祸害。"（塔西佗）我们听任我们的法官来谈看法和做决定，以前还从来不存在这么强大与无所约束的自由。选择十万件不同的案例，用上十万条法律条例，我们的立法官这样做又得到了什么呢？

从人类行为无限的差异来说，这个数目实在微不足道。我们的法律再是成倍增加也跟不上案情的不断变化。就是把法律条例再乘以一百吧，以后发生的案子中也找不出一件，会在我们筛选归档的千万件案子中，遇见另一件跟它完全吻合无异的，这里面总有一些情境与过程的差别，需要对此作出不同的考虑与判决。

我们的行为处在永恒的变动中，与固定不变的法律不大能够联结配合。最令人期望的法律是条文最少、最简单、最笼统的那种法律；我还这样相信，像我们这里这么庞杂的法律还不如没有法律的好。

大自然给我们制订的法规，总比我们给自己制订的法规更叫人幸福。诗人对黄金时代的描述，我们看到那些没有其他法规的民族的生活状态，就是明证。有的民族审判案件，是请第一个沿他们的山岭走来的过路人当法官。还有的是在集市那天，选出一个赶集人，当即把一切案子都审完。让最贤明的人当场凭眼力，不援用先例，不考虑后果，把我们的案件都一次审完，这有什么危险吗？正是什么样的脚套什么样的鞋。

西班牙斐迪南国王向西印度群岛殖民地移民，作出英明的决定，不许带去学法律的学生，担心这个新世界自后诉讼不断，因为这门学科就其本质来说就是口角与分裂的源泉。柏拉图说得对，法学家和医生都是国家的祸害。

我们的日常语言用在其他方面都那么轻松，为什么一写上了合同与遗嘱就变得晦涩难懂？那个人不论口头与书写都表达清楚明白，为什么在法律上说个什么就没法不引起怀疑与反驳呢？要不就是精于此道的讼师小心翼翼，字斟句酌，用词谨严，笔法圆滑，每个音节都要掂量，每个组合都要剖析以致细缝密缕，话中有话，似有所指又无所指，对不上任何语言的规则和规定，叫人看了简直不知所云。"一切分裂成了尘土，也就难于分辨了。"（塞涅卡）

谁见过孩子想把一团水银挤成一大堆水银珠吗？他们把水银挤得愈凶，愈要按照自己的意愿要它就范，这个生性豪爽的金属愈向往自由，躲开他们的逼迫，缩小分散，数也数不清楚。同样道理，抠字眼儿，钻牛角尖，只会叫人加深怀疑；让大家增加和混淆困难，纷争不已。扩散问题又细分问题，这让世界上冲突层出不穷，充满不安定。就像泥土，翻得愈深愈细，愈会长庄稼。"知识制造困难。"（昆体良）我们以前怀疑罗马法学家乌尔皮恩，现在还怀疑巴尔道吕和巴尔杜斯。这些数不胜数的意见分歧的痕迹应该一笔抹去，不要舞文弄墨，装进后代人的脑袋。

我不知道对此该说些什么，但是凭经验觉得过多的说明反而冲淡和破坏实情。亚里士多德写文章是为了让人了解，他若做不到这一点，别人更做不到了，因为他在谈自己的想法，别人在这方面怎么会比他能干呢。我们打开物质，浸泡稀释；我们把一件事划分成一千件事，又增加又细分，跌入了伊壁鸠鲁的无限原子说中。

从来没有两个人对同一件事作出相同的判断，也不可能见到两个意见是一模一样的，不但在不同人身上，就是在不同时间的同一人身上也见不到。一般来说，评论家不屑谈论的事我会对之怀疑。我更容易在平地上跌交，就像我知道有些马在康庄大道上更会失前蹄。

谁不说注解增加疑问与无知，既然不论是关于人和神的任何哪部书，全世界都忙着在阐述，从没提出过解决难题的解释？第一百位注疏者把书交给下一位时，那部书比第一人读的时候更多疑点、更难懂。什么时候我们一致同意说这部书的注解已经够多，再也不用对它谈论什么了呢？

在诉讼中，这点看得更加清楚。我们把法律权威交给了无数博学之士，作出无数裁决，同样数目的阐释。我们是不是找到办法不再需要阐释了呢？是不是朝着太平时代有了些许进步和接近呢？是不是没有大批法律颁布初期那么需要律师与法官了呢？相反，我们模糊和掩盖了其中的真意，我们不去发现它，只是听任栅栏与障碍竖在面前。

人认识不到自己精神上的天然疾病，他一味东张西望，到处寻求，不停地在原地旋转，陷在工作中不得脱身，像我们的春蚕作茧自缚，窒息而死。"老鼠跌进了松脂堆。"（拉丁谚语）他以为远远看到了不知什么光明迹象与理想真理；但是当他往前跑去，许多困难一路上阻碍他去进行新的追求，致使他迷路和发昏。这跟伊索的狗也相差无几；它们看到海面上漂浮着像个尸体的东西，走近不了，企图喝干海水留出一条道来，把自己都咽死了。无独有偶，某位克拉特斯说到赫拉克利特的著作："读这样的作品要善于泅水"，这样他的学说的深度与广度才不致把他淹死在水底。

让我们对别人或自己猎取的知识感到满足，这只是个人的弱点使然；更有能耐的人是不会满足的。对于后来者总有空白要填补，是的，就是对于我们自己也可另辟蹊径。我们的追求是没有止境的，我们的目的完成于另一个世界。当一个人满足时，这是智力衰退的表现，颓废的标志。心胸宽阔的人从不停顿，他总是有所求，奋力勇往直前，有了成就再接再厉；他若不前进、不紧迫、不后退、不冲撞，他会半死不活的。他的追求没有期限也没有固定形式；他的养料是赞赏、追逐与朦胧向往。阿波罗就是持这样的主张，他对我们说的神谕总是一语双关、模糊不清、转弯抹角，使我们得不到要领，但是很感兴趣，忙个不停。这是一种不规则行动，永远不停歇，没有先例，没有目标。有所发现会相互鼓动，接连不断，层出不穷。

> 君不见一条流动的小溪，
> 水波滚滚没有边际，
> 沿着永恒的航道排成行，
> 后浪跟前浪，前浪让后浪。
> 此水推那水，
> 那水又追此水，
> 总是水流入水，总是
> 相同的小溪，总是不同的水。

——拉博埃西

注释注释比注释事物更多事儿，写书的书比写其他题材的书更多问世。我们只是在相互说来说去。

书里的注释都密密麻麻，创作者则寥寥无几。

我们这些世纪最主要、最著名的学问，不就是了解有学问人的学问吗？这不是一切学习的普遍与最终的目的吗？

我们的看法都相互嫁接。第一个看法作为第二个看法的植株，第二个又为第三个看法的植株。我们这样一株接一株，从而最高的一株经常荣誉最高，其实功绩并不最大。因为它只不过比最后的一株高一节而已。

我多少次，也轻易傻乎乎地写书离题而谈到了这部书？说傻乎乎地，只因是为了这个理由要我去记忆我对其他同样做的人说过些什么。"他们屡次三番对自己的作品送去秋波，这说明他们心里爱得打颤，对它轻蔑地厉声斥责，其实只是出于母爱的含情脉脉的嗔怪"。据亚里士多德说，自我爱怜与自我贬斥都缘于同样的盛气凌人。在这方面，我应该得到宽宥，比别人有更多的自由，因为此刻我恰好在写自己、我的著作以及我的其他活动。我的课题也是对自身的颠覆，不知大家是否会接受。

我在德国看到路德提出的看法引起怀疑，造成许多冲突和争执，还超过他在《圣经》问题上引起的轩然大波。

我们的争论是口头争论。我问什么是自然、享乐、圈子和更替。答案也是用语言，做到口头解决。一块石头是一个物体。但是谁再问："什么是物体?"——"物质。"——"物质是什么?"——这样问下去，逼得解答的人哑口无言。用一个词来解释一个词，往往更陌生。我知道什么是人，胜过我知道什么是动物，不论是有寿命的还是有理智的。为了解决一个疑点，他们给了我三个疑点：真是七头蛇妖许德拉，头砍了一个又会长出一个。

苏格拉底问梅诺什么是德操。梅诺回答说："有男人和女人的德操，有官员和公民的德操，有儿童与老人的德操。"苏格拉底大叫："这妙极了！我们以前只是追求德操，原来德操有一大堆。"

　　我们提出一个问题，人家回敬我们一大串问题。如同任何事物与任何形式不会跟另一个完全相像，也没有任何事物与任何形式跟另一个完全不像。神奇的自然融合。我们的面孔若不相像，就分不出人与兽了；我们的面孔若不是不相像，就分辨不出人与人了。

　　一切事物都靠某个相似性存在，一切例子都有偏差，从经验得出的事物关系总是靠不住和不完善的；我们总是从某一方面来做比较。法律就是这样为人服务，用迂回、勉强和旁敲侧击的解释凑合用到每个案件上。

　　道德规范，只涉及到各人本身的责任尚且那么难于制订，那么管理众人的法律更是难上加难，也就不足为奇了。不妨想一想管理我们的这套法律体制，那里面错误百出，充满矛盾，真是人性愚蠢的好样本。我们在审判中有从宽与从严，这样例子比比皆是，我不知道居于中间公正的又有多少。这是身体的病态器官与畸形肢体，却是法律的本质。

　　有几个农民刚才匆匆过来告诉我，他们把一个人留在了我的树林里，他伤得很重，挨了上百刀，还有气，他求他们可怜给些水喝，把他扶起来。他们说他们不敢走近他，都溜了。害怕法院的人会抓住他们跟这事牵连起来。就像以前有过这种事，有几个人被撞见在一个被杀的人身边，由于没有证据、没有钱打官司证明自己是无辜的，就要对这件事故负责，弄得倾家荡产为止。我能跟他们说什么呢？肯定的是这种人道援助会使他们陷入困境。

我们发现多少无辜的人受到了惩罚，我说这话还不包括法官的错判；又有多少这样的事我们没有发现的？这事就发生在我的时代。有几个人因杀人罪被判处死刑；判决书虽未宣布，至少作出了结论和决定。这时，法官们得到邻近下级法院的官员报告，说拘留了几名罪犯，他们直言不讳干了那件凶杀案，此案无可置疑地出现了转机。于是对于是否中止和延缓执行上述几个人的死刑判决进行了讨论。大家考虑这件案子重审，其后果会拖延判决；既然定罪已经法庭通过，法官也就无悔无愧。总之一句话，这些可怜虫成了法律官样文章的牺牲品。

腓力皇帝还是另一个人，也提供了一桩相似的冤案。他通过一项终审判决，罚一个人向另一个人支付大笔赔款。事后不久真相大白，是他判得极不公正。一方面要维护法律的公正，一方面要保持司法的程序。他于是维持原判，同时用自己的钱去补偿被判罚者的损失，这样使双方满意。然而他办的是一件可以弥补的意外；我说的那些人却是无可挽回地绞死了。我曾见过多少判决比罪恶还要罪恶？

这一切使我想起古人的这些见解：要做好整体不得不损害局部；要在大事上公正就会在小事上不公正。人类正义跟医药的道理是一样的，只要有效就是用对了的好药。斯多葛派认为，在许多创造物中大自然还是反对公正的。昔兰尼派认为无物本身是公正的，公正是由习俗与法律形成的；狄奥多洛斯派的看法是圣贤认为偷窃、亵渎、一切荒唐事对他有利就是公正的。

真是没治了。我采取的立场像亚西比得一样①，怎么也不能把自己交给一个决定我的脑袋的人，那时我的荣誉与生命取决于我的检察官的技巧与关心，而不是取决于我本人的无辜。我涉险进入这么一个司法机关，它可以说我做了好事，也可以说我做了坏事；我对它既可以期望也可以害怕。金钱赔偿对一个人是不够的，最好的办法是不要惹上官司。我们的司法只向我们伸出一只手，而且还是左手。不管是谁，从法庭出来，总是有所损失。

中国这个帝国的制度与人文习俗，跟我们未曾有过交往与借鉴，在许多方面则比我们的做法优越；它的历史也告诉我们世界是多么广阔，多姿多彩，不是古人也不是我们所能窥透的。那里的官员受皇帝委派，作为钦差大臣巡视各省，体察民情，惩罚渎职的官员，也重赏那些尽了本职工作义务以外再有良好政绩的官员。老百姓到他们面前不单是要求保护，也为了传达民情；不单是获酬，也为了受礼。

感谢上帝，还没有一位法官作为法官跟我谈话，不论是什么案件，我的还是他人的，刑事的还是民事的。我即使连散步也没

①　据普鲁塔克《亚西比得传》，他对人说，关系到他生命的事，他连自己的母亲也不信任。

去过任何监狱。一想到它即使从外表看也很不舒服。我那么酷爱自由，谁若禁止我前往西印度群岛的任何角落，我也会在生活中明显地开心不起来。只要觉得哪里天地宽阔，我就不会甘心待在我必须躲藏的地方。

那么多人就因为跟法律发生了冲突，限制在王国里的一块方寸之地内，不许进入大城市和庭院，不许使用公共道路，我的上帝！看到这种情况叫我如何忍受！我为之服务的法律只要伸出指头威胁我，我立即离开去寻找其他法律，不论在哪儿。我们处在内战时期，我煞费苦心谨小慎微，其目的就是不要失去四处走动的自由。

法律所以有威信，不是因为它是公正的，而是因为它是法律。这是它权威的神秘基础；没有其他基础。这已够了。法律经常是蠢人制订的，更经常是仇恨平等又缺乏公道的人制订的，但又总是人，那些无能的、优柔寡断的笔杆子起草的。

法律有错误比什么都要严重危害四方；法律有错误也比什么都要稀松平常。谁要是因为法律是公正的而服从，那正是说他不应该服从时是不服从的。我们法国法律缺乏一致性和不成系统，助长了在免除与执行时的混乱与腐败。法律的命令那么模糊与不连贯，在法律解释、行政管理和司法执行方面的违法乱纪都可以原谅。不管我们从经验中可以得到怎样的效果，只要我们不会好好利用自己的经验，从外国范例里学到的经验不会对我们的制度有多大帮助；因为我们自己的经验我们最熟悉，也就足够指导我们需要做的是什么了。

我研究自己比研究其他题目多。这是我的形而上学，我的物理学。

> 上帝用什么手法管理地球这个家；
>
> 月亮在哪里升起，在哪里消失；
>
> 怎样新月、半月，终成圆月；
>
> 为什么风由风神欧洛斯起自海面；
>
> 日夜形成云雾的水又来自哪里；
>
> 这个世界是不是有朝一日会毁灭？
>
> ——普罗佩提乌斯

> 你这个为此冥思苦想的人，寻求答案去吧。
>
> ——卢卡努

在茫茫人海中，我浑浑噩噩任着世界的普遍规律的摆布。当我感觉了，我就知道了。我的知识不会让它改变道路，它也不会为我而改弦易辙。抱着这样的希望是愚笨，为此费心是更大的愚笨，既然普遍规律必然是相像的、公有的、共同的。

地方长官的善意与能力应该让我们完全不用去为他的治理

操心。

哲学探索与沉思只是为我们的好奇心提供养料。哲学家极有道理让我们回到自然的规律上，自然的规律不需要有多么深奥的学问；而哲学家故弄玄虚，向我们介绍大自然时弄得繁复庞杂，迷人眼目。于是单纯统一的课题变得千头万绪。大自然赐给我们双脚走路，也赐给我们明智去走生活的道路。明智，不是哲学家空想的明智那么巧妙、四平八稳、夸张，但是相对地简单有用，只要谁照着大自然说的去做，像个愿意稍加努力天真地、规矩地，也即自然地去做的人，都可以做得好的。以最单纯的方式信任大自然，也是信任大自然的最聪明的方式。无知与无好奇心是个多么柔软舒服保健的长枕头，让脑袋放上去好好休息吧！

我宁愿通过自己，而不是通过西塞罗了解自己。凭自己的经验，若善于学习也足够使自己变得聪明。谁能回想起自己过去暴跳如雷、气昏了头的样子，那就比阅读亚里士多德更能看清这种情欲的丑恶，对它会更恰当地嫌弃。谁能记得他经历的苦难，受过的威胁，激起他情绪变化的小事情，那就可为今后的变化、自己的处境作出准备。

对我们来说，恺撒的一生不比自己的一生更多教益。皇帝也罢，小民也罢，人人都有磕磕碰碰的一生。不妨侧耳听一听，我们相互说的也无非是我们必需的东西。谁去回忆自己多少次作出了错误的判断，因而从此不再相信自己的判断，这不是个傻瓜吗？当我听了别人的说理而误信了一个错误的看法，我不会过多琢磨他告诉我什么新东西和个人对此的无知（这仅是小收获），而是琢磨自己的无能和理解力的背叛；从而改进我的总体修养。

我对待我的其他错误也是如此，觉得这是很有用的生活守则。我不把某件事、某个人看成是块让我绊脚的石头，我琢磨的是主要提防自己的步法，努力调整。明白人家说了一句蠢话，做了一件蠢事，这没有什么大不了，应该明白我们人无非是个傻瓜，这里面的学问可大着呢。我的记忆屡屡出错，即使最自以为是的时候也会错，但这些错也不是毫无用处的；至少它信誓旦旦要我相信它时，我会摇头。我记忆中的事一遇到有人反驳，就使我心头一惊，不敢在重大事件上相信记忆，也不敢在别人的事上为记忆保证。在我是记忆不佳而做的事，别人更经常是存心不良而去做，要不然我总是会接受从人家嘴里而不是从我嘴里说出来的事实。

假如每个人留心观察自己受情欲控制的实际情况与环境，就像我观察自己深陷的情欲，他就可看到它们是如何产生的，对它们迅猛的来势略加阻挡。情欲并不是一上来就掐住我们的喉咙；威胁都是一步一步走近的。

> 风初起形成白色波浪，
> 海水慢慢涌动升高，

从海底掀起冲天的怒涛。

——维吉尔

判断在我心里占据了宝座，至少它战战兢兢地往上坐。它放任我的种种欲望自行其是，还有憎恨与友谊，甚至我对自己的偏爱，但决不让自己受影响与腐蚀。它若不能按照本意去改进其他情感，至少不让其他情感来败坏它。判断完全是自主进行的。

提醒大家认识自己，这应该是意义重大的事，既然知识与光亮之神阿波罗把这句话刻在他的神庙的门楣上，好像包含了他对我们的一切忠告①。柏拉图也说智慧无非是去实现这条训诫。在色诺芬的作品中，苏格拉底对此详加说明。

每门知识的困难与晦涩之处，只有进入堂奥的人才能窥知。而且还要有一定的聪明，知道自己毕竟是无知的，要推门才知道门对我们是关闭的。于是产生这句柏拉图妙言：知者不用探索，因为他已知；不知者也不会探索，因为要探索必须知道探索什么。然而在认识自己这个问题上，人人都那么自信和洋洋得意，人人都自忖理解得足够深刻，这说明没有人真正懂得。在色诺芬的作品中，苏格拉底就是这样告诫欧提德莫斯的。

我这人不宣扬什么，只觉得学问深奥无比、变化无穷，我学习只学得了一个收获，那就是体会到学无止境。我软弱人所共

---

① 指希腊德尔斐阿波罗神庙门楣上的这句格言："认识你自己。"

知，也造成我性情谦卑，对规定我遵守的信仰唯命是从，表达意思始终冷静克制；憎恶这种令人讨厌、找人吵架的狂妄，自以为什么都对——这才是教育与真理的大敌。且听他们是怎样教育的，他们最初提出的馊主意就是给艺术风格订立清规戒律。"在感觉与认识以前先作出论断与决定，那是最见不得人的事。"（西塞罗）

希腊天文学家阿里斯塔克说，从前世界上仅有七位贤人，今天仅有七位愚人了。在这个时代我们不是比他更有理由说这样的话吗？断定与顽固是愚蠢的明显特征。愚人会跌在地上狗吃屎一天一百次，立刻又趾高气扬，跟以前一样坚决与自满；你可以说有人给他注入了新的灵魂与理解力，犹如那位大地之子安泰俄斯，倒在地上即可恢复精力重新强壮，

当他接触大地，
疲劳的四肢又获得新的力量。

——卢卡努

这个倔头倔脑的人不是精神焕发后再来吵上一架吗？

我凭自身经验强调人的无知，依我看来无知是人世教育中最可靠的学问。那些人不愿意凭我个人或他们自己的一个微不足道的例子得出这样的结论，让他们通过众师之师苏格拉底来认识

吧。因为哲学家安提西尼对他的弟子说："好啦，你们和我去听苏格拉底吧；在他那里我和你们一样是弟子。"他提倡他的斯多葛派教义，认为美德足够使人生美满，不需要其他东西，他又说："除非有苏格拉底的力量。"

我长期仔细观察自己，训练得对别人也可作出适当的判断。很少事情我能这么侃侃而谈，而且还中听。经常对朋友情况的观察和分析还比他们自己还确切。有一位听了我对他的事说得头头是道大为惊奇，我还要他多加注意。我从童年起就会把别人的生活结合自己的生活来看，在这方面养成了勤奋的性格。当我想到这样做时，周围凡有利于我达到这个目的的事，如举止、脾气、谈吐，很少能漏过我的注意力。我研究一切应该避免的事和应该追随的事。

因而，我从朋友的表情动作发现他们的思维情绪；不是把不可悉数、那么不同和缺乏连贯的动作，归纳在某些门类里，再把我的分门别类有区别地凑到公认的等级与部分里去，

> 到底有多少种类，叫什么名字？
>
> 人们从不知道……
>
> ——维吉尔

学者把他们的想法分门别类，更为细致特别。我看问题不会

超过我平时的学习习惯，没有规则可遵，提出看法也笼笼统统，摸索前进。比如这一条：我发表宏论，前后章节不连贯，仿佛不能一口气把事整段说出来似的。在我们这些平凡庸俗的心灵中不存在连贯与一致。智慧是一座坚固完整的建筑，各部构件占一定的位置，有自己的标志："唯有智慧是完全内敛而不外露的。"（西塞罗）

我把这项任务交给了艺术家，不知道他们能否把这么复杂、零星、偶然的小东西理出个头绪来，由他们把这些变化无穷的面目归类，克服我们的无序不定，把它整理得有条有理。我觉得不但行动与行动之间难以连接，而且每个行动本身也很难以根据什么主要品质给予一个适当的名称，因为那些行动都有两重性，色彩驳杂。

马其顿国王佩尔修斯，他的心思不会专注于一件事上，形形色色的生活都要过，作风放浪不羁，自己不理解、任何人也不理解他是怎么一个怪人，而我则觉得其实人人都是这个样。

况且，我还见过一位身份与他相等的人，相信这个结论用在他的身上还更合适[①]。他从不处在中间立场，总是从一个极端令人意想不到地跳到另一极端，怎么做总遇到奇妙的障碍与挫折，他的想法也从不直截了当，真是匪夷所思，后人有一天要勾勒他的面貌的话，最可能的是他有意做得不可捉摸而让人去捉摸。

---

① 据猜测指法国亨利四世国王。

我们必须有一对极硬的耳朵根才能倾听别人坦率的批评；因为很少人能够听了不感到像被咬了一口，谁大了胆子向我们提出是在对我们表现特殊的友谊；因为为了对方得益而不惜说重话伤感情，这是健康的友爱。我认为对一个缺点超过优点的人进行评价很不好办。柏拉图对于审查他人心灵的人提出三点要求：知识、善意与勇气。

有时我会听到这样的问题，若有人在我还能做事的年纪想到使用我，我认为自己什么最擅长：

> 我精力充沛，年富力壮，
> 暮年尚未在两鬓染上白霜。
>
> ——维吉尔

我说："什么都不擅长。"我很愿意抱歉，受制于人的事什么都不会做。但是我会对我的主人说真话，他若接受还规劝他的品行。不是笼统地用教条，那个我也不会（我也没见过用教条教育的人有过什么真正上进），而是利用一切场合亦步亦趋观察他，用肉眼一桩事一桩事评判他，简单自然，绝不同于对他溜须拍马的人。让他看到他在大家眼里是怎样一个人。

我们中间有人受到那些恶棍的日夜腐蚀，也就不会比那些君王优秀。不是么，像亚历山大这样伟大的国王与哲学家，也未能幸免！我须有足够的忠诚、判断力与自由才能做到这点。这将是一种没有名分的效劳，不然就失去效果和不够磊落。这个角色不是不加区别，谁都可以充当的。即使真理也没有特权在一切事物上随时随地都可使用的；使用真理不论出于多么崇高的目的，也有其区域与界限。世事就是这样，经常在君王的耳边说真话，不但不见效果，还有害，甚至还蒙冤。

别人也不会让我相信，一条好的谏言不会用到歪途上，实质的利益不应该向形式的利益屈服。我在这项工作上要安排一个乐天安命的人。

> 此人要做的就是他自己，
>
> 别无他求。
>
> ——马提雅尔

小康人家出身，一方面他有胆量狠狠打动一位君王的心，不怕仕途阻塞，另一方面由于是中产阶层，跟各行各业的人都容易沟通。我还要这个角色由一个人担任。因为把这种充分自由、工作通天的特权交给几个人，就会产生一种不利于工作的大不敬行为。是的，我对他的要求首先是对沉默的忠诚。

朋友直言相劝充其量也不过听了刺耳，有没有效果还是掌握在听者手里；如果国王为了自身利益与改进也不能从善如流，那么当他吹嘘自己随时等待跟敌人一战为国增光的话，也是不可信的。从人的处境来说，谁也没有比他们更需要真正与自由的诤谏。他们生活在众人面前，要按那么多旁观者的意见严格律己。对他们的倒行逆施大家历来不会向他们声张的，这样他们弄得天怒人怨还不自知，其实这种情况若有人及时提醒规劝是完全可以避免的，也决不影响他们骄奢淫逸的生活。

一般来说他们的宠臣关心自己更多于关心自己的主子。这样做于他们自己也有利，因为对国王真正做到赤胆忠心，那是严酷与充满杀机的考验；这不但需要大量的爱、坦诚，还需要非凡的勇气。

总之，我在这里东扯西拉的这份大杂烩，只是我一生经历的记录，若从反面来汲取教训，对于精神健康还是有告诫作用的。至于身体健康，更是谁都不能比我提供更有益的经验，我提出的经验是纯的，决不弄虚作假使它蜕化变质。至于医学，那里理智没有立足之地，我的经验完全来自自身的感受。

提比略说活到二十岁的人，有责任知道什么东西对他有益或有害，他应该学会了怎样不靠医药而生活。这可能学自苏格拉底的。苏格拉底劝他的弟子，要用心地把自己的健康作为一门主课来学习。他还说，一个善于领会的人注意锻炼、饮食，不难做到比医生更明白自己做什么好，做什么不好。医生还不就是以经验作为他行医的试金石么。

因此柏拉图说得很有道理，要做真正的医生，操此业的人必须自己体验过他要治愈的种种疾病，了解他作为诊断依据的各种情况与事件。医生若要会治梅毒，必须自己先生梅毒，这话不错。这样的医生我是真正信得过的。其他人给我们导航，就像那个人坐在一张桌子前，画出海洋、礁石和港口，万无一失地把一只船模移来移去。把他放到海里实干，他就束手无策了。他们详细分析我们的病情，就像城里的走卒吹着号子大喊走失了一匹马或一条狗：什么毛色、什么高度、什么样的耳朵；但是把它牵到面前，他就认不出来了。

上帝啊，让医生有朝一日给我手到病除，就可以看到我如何高声欢呼：

> 我向实用知识终于举起双手！
>
> ——贺拉斯

一切许诺我们保持身心健康的技艺，是作出了莫大的许诺；但是没有一种技艺像医药与哲学那样许愿多，还愿少的。当今这个时代，以行医为职业的人在我们中间取得的成效都不及其他人。对他们说得好听一些是卖药的，但是要说他们是医生，那就过誉了。

我一生的阅历足以把我沿用至今的方法作一总结。谁要试一试，我可以像个侍酒随从那样供他一尝。以下是我记忆所及的几件事。（我的每种方法，无不随着不同情况随时改变，但是我记录下那些最常用者，是至今依然在做的。）我的生活方式健康时与生病时都一样：同样的床、同样的作息时刻，上桌的是同样的肉与同样的饮料。我不添加什么别的，只是根据力量消耗与胃口加一点或减一点。健康对我来说，就是保持习惯做法不变。

我看到疾病使我失衡偏向一边；我若信任医生，他们会拨我偏向另一边；或是命里注定，或是医生诊疗，都叫我离开我的生活轨道。可是我那么长久养成的生活习惯决不会伤害我，这一点我是深信不疑的。

生活习惯形成我们的生活方式，方式必须符合习惯的需要，方式完全听命于习惯，这是女仙喀耳刻的药酒，完全随她的心意配制成分。有许多国家，还离我们不远，认为害怕夜晚的寒气很可笑，夜寒对我们危害是很明显的；而我们的船夫与农民也不以为然。让一个德国人躺在床垫上会生病。就像意大利人躺在羽绒上，法国人不拉帐子不生火也会生病。西班牙人的胃受不了我们的吃法，我们的胃也不能像瑞士人那么喝酒。

一位德国人在奥格斯堡跟我相处甚欢，他攻击我们的壁炉使用不方便，提出的论点跟我们臭骂他们的火炉如出一辙。（因为事实上，这种闷在炉里的热量，炉身材料燃烧后发出的气味，不习惯的人大多数用了都会头昏，而我则不。但是除此以外，热量均匀稳定散布全屋，看不见火焰，没有烟，也不像我们的壁炉的烟囱口有风，他们的火炉确可跟我们的壁炉媲美。我们为什么就不能模仿罗马建筑呢？因为据说从前都是在屋外生火的，热气从地基送进来，通过砌在取暖房间厚墙里的管道，传遍整个房舍。我不知在塞涅卡的哪部书里看到对此详尽的描写。）

那位德国人听到我赞美他的城市舒适美丽（确实值得赞美），开始对我即将离开而表示同情。他向我提出的最大不便之处，就是其他地方的壁炉会让我闻了头昏。他听到有人发过这样的牢骚，往我们身上套，他自己在家里习惯了也就不觉得。一切来自火的热量都使我身子软弱沉重，虽然欧努斯说生活中最美味的调料是火，我宁可用别的方法避寒取暖。

我们害怕留在桶底的葡萄酒，葡萄牙人非常喜欢这股味道，这是王爷的饮料。总之，每个民族都有不少风俗习惯，对于另一个民族来说不但闻所未闻，简直是野蛮，匪夷所思。

还有个这样的民族，他们只接受上了印刷品的见证，不相信书上没有提到的人和年代不够久远的真理，我们又该对他们做什么呢？蠢话被我们做成了铅模，就令人肃然起敬。对他说一声"我读过"，跟说一声"我听说过"，分量就不一样。但是我不相信人的嘴也不相信人的手，我知道书写的话也会与口说的话同样不谨慎，我对这个世纪跟对以往任何一个世纪同样尊重。我援引奥吕斯·吉里乌斯或马克罗比乌斯，同样乐意援引我的一位朋友；援引我读到的，也援引他们写到的。正如他们主张美德并不因更长久而更高尚，我同样主张真理并不因更古老而更智慧。

我常说，跟着外国经院的范例后面跑，那是纯然的愚蠢。当今这些范例跟荷马和柏拉图时代同样丰富。但是我们更引以为荣的岂不是到处引证，而不是阐发其中的真理？仿佛从瓦斯科桑或勃朗廷书坊里去借论证，要比在我们村子里看到的真事更为重要。

或者说是我们不够聪敏，没把发生在眼前的事分析提炼，迅速判断使之成为范例？因为，假如我们说我们缺乏权威性，无法给我们的证据立信，那就说得毫无道理。尤其从我的观点来看，最平常、最普通、最熟知的事，如果我们能从中找出其精华，就可以成为最伟大的人世奇迹、最佳的范例，尤其对人类活动这个大题目来说。

关于我的题目，且不说从书里看来的例子，亚里士多德谈到阿尔戈斯人安德鲁斯，说他穿越干旱的利比亚沙漠不喝一口水这件事。而说有一位贵族，曾出色完成多项任务，在我面前说他在盛夏季节从马德里到里斯本没有喝水。他这个年纪身体可算健康，生活中唯一与人不同之处就是——他对我这样说——可以两个月、三个月甚至一年不喝水。他感到口渴，但是他忍着让它过去，说这种口渴感很快自行消失。他喝东西是出于高兴，而不是需要或乐趣。

还有一个例子。不久前我遇到法国一位家道殷实的大学者之一，他在一间挂满壁毯的客厅角落里读书，周围仆人毫无顾忌地大声嚷嚷。他对我说——塞涅卡也差不多说过同样的话——这种喧嚣使他得益匪浅，仿佛吵闹声逼得他思想内敛，更好默想，声浪激发他的思潮在心中回荡。

他在帕多瓦念过书，他的书房大多数时间都受广场上人马喧嚣声的冲击，他训练自己不但不受其影响，还利用噪声更好地读书。

亚西比得奇怪苏格拉底怎么受得了妻子终日吵吵嚷嚷发脾气，苏格拉底对他说："就像大家已经听惯了打井水的辘轳声。"我恰巧相反，我的思想灵敏，很容易入定；当我冥思苦想时，轻微的苍蝇嗡嗡声就会扰乱我。

塞涅卡年轻时，紧紧咬住塞克斯都的例子不放，却坚决不张口吃杀死的东西，据他说开开心心地戒了一年时间。后来所以放弃，是因为被人怀疑他是在奉行哪个新宗教传播的戒律。同时他接受斯多葛派阿塔罗斯的一句箴言，不再睡往下陷的软床垫，直到晚年都挺直身体睡硬床垫。他那个时代让他觉得艰苦的习惯，我们这个时代还觉得温柔呢。

且看我的干粗活工人与我的生活差别。就是斯基泰人与印度人也不见得离我的强度与方式那么远。我领回来几个在乞讨的孩子给我干活，他们不久就抛下我的供养和号衣离开了，只是为了要过原来的生活。我发现其中一个后来就在路边寻找蜗牛当饭吃，我就是求他、威胁他，都无法叫他放弃贫苦生活的惬意舒适。

乞丐像富人有自己的豪华与享乐，据说，还有自己的尊严与政治等级。这是习惯使然。习惯不但可以把我们塑造成它喜欢的模式（可是贤人①说我们必须投入最好的模式，今后给自己带来方便），也要会适合变化与曲折，这是最崇高、最有用的学习。最佳的身体素质是柔软不僵硬，我的有些爱好比别人更率性、平凡和逍遥自在；但是我不用费力就可转过身，轻而易举地采用相反的方式。一个年轻人应该打乱自己的规则去激发自己的活力，防止衰退沉湎。靠规则与纪律约束的生活方式是最蠢、最脆弱的生活方式。

> 为了让人担到第一块里程碑前，
> 他要问书上说几点钟最好。眼睛碰上了
> 有点痛呢？先问相书！然后再上药膏。
>
> ——朱维纳利斯

他时常要走一走极端，听我这样劝告没错。不然稍一放纵，便会毁了他；跟人交往时格格不入，难以融洽。正直人最要不得的品

---

① 据《七星文库·蒙田全集》，指毕达哥拉斯派。

质就是娇气，在人前行为怪异。不灵活圆通就是怪异。由于无能而让别人做，或者不敢做同伴在做的事，都是可耻的。这样的人还是待在自己的厨房里吧！到哪儿都是不体面的。对于军人则是恶劣和不可容忍的，军人如菲洛皮门说的，应该习惯形形色色、变化无常的生活。

尽管我修身养性，尽量做到自由与不动心，但是步入暮年时也会有意无意地拘泥于某些做法（我的年纪已难于再教育，从此除了保持现状也没有其他考虑了），习惯也不知不觉地在我身上打下烙印，有些事若要摆脱，在我也可以称为是走极端。这不用试验；我白天睡不着觉；两餐之间不吃点心；不吃早饭；隔了很久才上床，比如晚饭后要整整三小时；总是在睡觉之前繁殖后代，也不站着做爱；有了汗就要擦；不喝纯水或纯酒；不能长时间不戴头巾；不在晚饭后理发；不戴手套就像不穿衬衣一样不舒服；饭后、起床后要盥洗；床上的帐顶与帐蓬，都像是生活必需品。

我用餐不铺桌布，但是不像德国人那样用白餐巾就很不舒适，我又比他们和意大利人更容易弄脏；很少用调羹和叉子①。我看到有人模仿王室的做法，吃一道菜换一块餐巾，就像换盘子一样，可惜我们没有跟上。我们还听说这位吃苦耐劳的军人马略

①　就餐使用叉子，在 16 世纪从意大利引入法国，只是在路易十三时代（1601—1643）才逐渐普遍。

年老时喝酒变得非常娇气，只用自己专用的杯子。我也渐渐用一只特定形式的玻璃杯；不愿用普通玻璃杯，也不愿从一个普通人手里接过酒喝。跟透明发亮的材料相比，我不喜欢一切金属。我让眼睛也得到充分享受。

我这许多弱点是娇生惯养而来的。大自然也带给我另一些弱点：一天中受不了吃两顿饱餐，不然就撑胃；也不能少了一顿不吃，不然肚子就胀气，嘴巴发干，胃口败坏；待在夜露中太久，身子会不适。因为几年以来在军队里服役，经常整夜忙碌，五六小时后胃开始难受，引起剧烈头痛，不到天明就要呕吐。别人去吃早饭时我去睡觉，过后我又像平时一样生龙活虎。

我一直听人说露水入夜才开始扩散；但是过去几年和一位贵族相从甚密，他满脑子这个想法，认为日落前一两小时阳光斜射时露水最凉最伤身体；他小心躲避这时的露水而不怕夜里的露水。他让我铭记在脑子里的是他的感觉，不是他的道理。

怎么，怀疑与探索也会冲击我们的想象，改变我们的心态？那些人突然顺着这些斜坡冲下去，都是在自我毁灭。我怜悯许多乡绅，他们由于医生的碌碌无庸，虽然年纪轻轻、身体健全，也把自己禁锢在家里。其实宁可患感冒也不要退席，从此放弃很风行的大伙儿灯下闲谈。这种学问要不得，向我们贬斥一天中最美妙的时刻。我们应该用尽一切方法扩大我们的占有。人经常在坚持中坚强，增进自己的体质，就像恺撒不断用蔑视与斗争来医治他的癫痫病。我们应该采纳最好的规则，但是不要被它们奴役，除非其中哪一条是绝对必要遵从的。

国王与哲学家要解手，夫人们也如此。公众生活应该举行仪式；我个人生活是私密行为，享受自然豁免权；军人与加斯科涅人在这两种品质上有欠谨慎。因而我对这个行为要说的是：还是把它挪到夜间某个特定的时间内，像我以前那样强迫它按照我的习惯做，而不是像我老来强迫自己按照它的习惯做，要有特殊的方便地点和便桶实行服务，防止时间一长气亏不畅。这毕竟是最肮脏的生活服务，要求多加小心做得干净利落难道不可原谅吗？"人天生是爱美爱清洁的动物。"（塞涅卡）在所有天然动作中，我最不能忍受中途停止的就是这个动作。我见到许多人在打仗时受不了肚子闹别扭。我的肚子和我若不遇上了急事与生病的麻烦，从不耽误跳下床去及时报到。

我以前说过，我不认为病人待在哪里会比待在他养育与成长的生活环境里更感觉安全。变化不论是什么样的，都使人惊慌受损。佩里高人或卢加人吃栗子有害，山里人喝牛奶无益，你相信么？你向他们宣布的不但是闻所未闻、还是相反的生活方式！这种变化连健康的人都忍受不了。命令一位布列塔尼七旬老人光喝水，把一名水手关进蒸气室，不许巴斯克仆人去闲逛；这是剥夺了他们的行动，也就是剥夺了空气与阳光。

活着就是一切吗？

——佚名

不许按照自己的习惯生活，

活着也是不活着……

得不到阳光照耀与空气呼吸，

这样的人还是活人吗？

——马克西米安

医生即使不做别的好事，至少也让病人早早作好准备去死，逐渐破坏和切除他们对生命的享用。

不论健康还是得病，食欲来了，我就高高兴兴吃。我把大权授予我的欲望与爱好。我不喜欢以病治病，讨厌比疾病还折磨人的药物。动辄拉肚子与动辄放弃吃牡蛎的乐趣，这两种痛苦其实是同一种。一方面生病教人难受，另一方面忌食教人难忍。既然失算不失算都要碰运气，还不如先快活后再去碰运气。这个世界的事都是相反的，要想到有用的东西没有不难的；不难的东西又是不可信的。

幸而我对许多东西的胃口都与我肠胃的健康协调一致。年轻时爱吃味浓性辣的东西；后来胃感到不适，味觉也跟着胃口走。葡萄酒对病体有害，这也是我的嘴巴嫌弃的第一件东西，嫌弃之情不可以克服。我不高兴接受的东西对我都有害，我如饥似渴快快活活接受的东西对我都有益。做我开心的事，从不让我感到损失了什么。因而我对医药的结论很大程度上以自己的兴趣为转移。我年轻时，

丘比特在我周围飞翔，
穿着红袍子光彩夺目。

——卡图鲁斯

我跟其他人一样，受欲望支配，落拓不羁。

我也曾战斗过，不无光荣。

——贺拉斯

是坚忍不拔，而不是猛攻猛打：

我很少记得超过六次。

——奥维德

说起来既是不幸也是奇迹，我小小年纪已第一次受到它的征服。这确是偶然发生的，因为离我懂事和有主见的年龄还很长。那么

久远的事我已记不清了。可以把我的命运跟卡尔蒂亚相比，她对自己的童贞一点没有记忆。

　　腋下长毛，嘴上长髭，
　　母亲很惊讶我的早熟。

——马提雅尔

　　病人突然有强烈的欲望，医生一般事前有效地布置对策；不可能把强烈的欲望想象得太离奇太邪恶，连自然规律也用不上。还有如何又能满足我们的幻想？依我的看法这玩意儿压倒一切，至少比其他一切重要。最痛苦与最常见的病都是幻想造成的。西班牙人这句话在好几层意义上让我觉得有趣："上帝不许我理睬自己。"

　　生病时我徒喊奈何，就是没有欲望让我兴高采烈去满足。医药也无法使我改变。健康时我也一样，看不到有什么可以盼望与期待的；连得欲望也疲惫不堪，是够可怜的了。

　　医学不是那么死板，让我们不论做什么都没有一点权威性。这事根据气候和月亮，根据法奈尔①和埃斯卡拉②而变化。要是你的医生觉得你睡觉、喝酒或吃某种肉不好，不要着急，我给你另找一位跟他意见不合的医生。医学理论与医疗方法莫衷一是，

---

① 法奈尔（1497—1558），亨利二世的御医。
② 埃斯卡拉（1484—1588），意大利医学教授。

关系到各个学科。我看到一个可怜的病人为了治病口渴得死去活来，后来遭到另一位医生的嘲笑，说那种疗法根本是有害的。他吃这个苦有道理吗？这个行业有一个人最近患结石病死去，他曾用极端禁食的方法来治这个病；他的朋友说禁食反而使他骨瘦如柴，把他肾脏里的结石熬得更硬了。

我还注意到，我受伤和生病时，说话给我造成的激动与危害跟我面临的病情一样大。因为我要用力气喊得响，说话使我体力消耗很大，以致我有重大事件要凑近大人物的耳边说时，时常会让他们不要介意提醒我压低声音。

有一则故事使我觉得很有趣。某所希腊学校里，有个人说话声音跟我一样很响；司仪派人关照他说得轻些，他说："让他给我定个调子我该怎么说。"另一位反驳他，他跟谁说话就以谁的耳朵定调子。

这话说得有道理，因为他的意思是："根据你与听者说什么而定。"因为如果这么说："说得他听得见你。"或者："根据他来作调整。"这我就觉得没有道理了。声音的调子与节奏也表达了我要说的意义；这由我自己去操纵才能明确表达。有的声音是教训人的，有的声音是阿谀人的，有的声音是训斥人的。我要我的声音不但让他听见，还要震撼他，穿透他。我责备仆人时声音严厉而刺耳，他最好过来跟我说："老爷可以说得轻些，您的话我全听得见。"

"一种声音适合一种情况，不表现在高低，表现在质量。"（昆体良）说话一半属于说的人，一半属于听的人。听的人应该根据声音的情绪作出怎样接受的准备。就像打网球，接球人要根据打球人打出球时的步法与球路而采取对策。

经验还告诉我这个，就是我们失之于急躁。疾病有它的寿命与极限，萎靡与发作。

疾病的结构是以动物的结构作为模式的。疾病初起时，其命运就是有限的，日子是可数的；谁欲在疾病发展过程中激烈地强制它缩短，这不但不会缓和，反而会延长、加重和干扰病情。我同意《理想国》里克兰托尔的意见，不要顽固地跟疾病顶牛，也不要在慌乱中软弱屈服，但是应该按照病情与自己的体质自然顺应。应该给疾病留出通道，让它们自然发展，这样留在体内的时间也短。有些被认为顽固难治的病，我让它们顺着自己的规律趋向缓和，不用干涉，不用任何措施和违背规则。

有的事应该让自然来完成：它对自己的事比我们更明白。——"某人生这个病死了。"——"你不死在这个病，也会死在另一个病上。"多少人背后跟了三位医生还是照死不误？例子是一面大镜子，把天下万物从各个方向都照在里面。这个药服了舒服就服；这总是眼见为实的好事。药服了味美胃口好，我就不管它叫什么名字什么颜色。乐趣属于最主要的利益。

感冒、风湿肿痛、腹泻、心搏、偏头痛和其他不适，我都让它们在我身上自生自灭，我作好准备半心半意认命时，它们却消失了。客客气气比冒冒失失除病更有效。人体规律还是应该温顺地忍受。不管医药如何，我们还是要衰老，要体弱，要生病。这是墨西哥人教孩子的第一堂课，出了娘肚子就这样欢迎他们："孩子，你到世界上是来忍受的；忍受，吃苦，别吭声。"

人人都会临到的事，临到了自己就叫苦连天，这是不公正的，"一条不公正的法律强加在你一人身上，那时你再喊冤吧。"（塞涅卡）且看有一位老人祈求上帝让他保持身心健全，这就是说恢复青春。

蠢啊，为什么许这样幼稚的愿？

——奥维德

这不是发疯吗？他的心态承受不了这个。痛风、肾结石、消化不良都是多年得病的症候，就像长途跋涉要经历冷热与风雨。柏拉图不相信医神埃斯科拉庇俄斯会费神用饮食制度去让一个心力交瘁的生命延续下去，这样的身体对国家无用，对他的工作无用，不能生出健壮的后代；他还不觉得这合乎公义与天意，神要万物各司其职。我的好人，你已尽职了。谁也无法让你重新起立，最多给你上石膏、钉夹板，让你苟延残喘几个小时。

为了加固一幢倾斜的房子，

必须在反方向加以支撑。

终有一天屋架倒下，

墙壁连同柱子一起坍塌。

　　　　　　　　　　　——马克西米安

　　不可避免的事应该学会去忍受。我们的生活犹如世界的和谐，都是由相反的事物、不同的色彩构成的，温和的与暴烈的，尖的与平的，柔弱的与严厉的。音乐家只喜欢一种音色，会表达出什么？他必须善于调配各种声音，合成交响。我们也是，善与恶在我们的生活中是共生共存的。我们的存在不能没有这样的融合。这一部分与另一部分相互都是同样必要的。试图跟天然需要闹别扭，这是重现忒息丰①的傻劲，他要跟他的毛驴比赛谁踢得过谁。

　　我感觉到病痛，很少去就医。因为这些医生使你取决于他们的慈悲时，就处于优越的地位，他们把自己的预测直往你的耳朵里灌。抓住我从前病后体弱，就对我大加侮慢，满口教条，满脸官气，蹙额皱眉，一会儿威胁我会有剧痛，一会儿又说我难逃一死。我没有垂头丧气，也没有坐立不安，但是我感到冒犯和震惊，我的判断力并没有改变和搅乱，至少大受影响；毕竟内心会

----

　　① 普鲁塔克《怎样压抑怒气》一书中的人物。

激动与抗争。

我对待自己的想象尽量温和，也尽量不让自己的想象为难和起争执。谁能就应该帮助它、笼络它，有时还哄着它。我的神志适合做这件事。做什么都不缺少理由；它说服能力若赶得上说教能力，那我幸而就有救了。

你还想听个例子吗？我的神志说我生结石对我还是有好处的，我这个年纪的身体结构自然要使用肢体托架（这是它们开始松动散架的时候；这是普遍规律，总不见得为我一个人产生奇迹吧？我这也属于老年偿还欠债，没法再占便宜的）；还说这位病友可以安慰我，这到底还只是我这个时代的人最常见的偶然事件（我到处遇见这类病人，还是上流社会的，因为这病最爱找上贵人；它的本质就是富贵病）；还说结石病患者中很少人像我这么顺利应付过去的，就是有也要遵守一种难受的饮食制度，天天服那些难下咽的苦药，这方面我全凭运气好，因为我在几位夫人的好意劝说下，只服了两三次普通的白头蓟汤和土耳其草药。我病不重，她们却百般殷勤，把自己的药分一半给我，我也就觉得很好喝，但疗效还是没有。

他们给医神埃斯科拉庇俄斯许了一千个愿，给医生付了一千埃居，才使大量结石顺利排出，而我经常受惠于大自然。与人交往时举止并不因而有失当之处，也和别人一样可以十小时不撒尿。

我的神志说，"从前你不了解这种病时，这种病使你非常害怕。有些人缺乏耐性又哭又失望，使病情加重，更让你感到恐惧。这种病只生在四肢上，你也是这部分最不方便；你还是个清醒的人。

只有不该生的病才令人叫屈。

——奥维德

且看这样的惩罚，跟其他相比还是温和的，像亲情那么温和。且看它来得也迟，只是占你一生中的一段时期。人生结构就是如此，先让你在青春时期花天酒地玩个够，到了这迟暮不长花草的季节给你带来一些不便。

"人家对这个病害怕和可怜，反而给你增添光荣。这种光荣你可以满不在乎，在言词中也不提及，你的朋友还可以在你的眉宇之间看出一二。这才叫坚强，这才叫耐性；听到人家这样说，自己还是开心的。

"难道让人家看到你出汗呻吟，脸色白一阵红一阵，身子发抖，呕吐得出血，痉挛抽搐怪怪的难受，有时大颗眼泪簌簌落下来，尿液浓浊发黑，令人可怕，或者被尿结石堵住，痛得大叫，阴茎颈皮也无情地擦破，可是还要在人前神色不变，谈笑自若，偶尔跟客人穿插几句玩笑，尽量保持说话不冷场，露出疼痛时用话表示歉意，舒解痛苦。

"你还记得吗，古代这些人一心要吃苦，表示自己在履行德操不坠？就这么说吧，是大自然领路把你送进了你自己决不会高兴进去的学校。如果你对我说这个疾病危险有生命之虞，那么哪些疾病不是的呢？要是说不是直线走向死亡的疾病，就不在此例，那是医学的诈术。若意外死亡，若曲曲折折，绕来绕去还是轻易地把我们引上这条路，那又怎么不一样呢？

"但是你不是由于你生病而会死亡，你是由于你活着而会死亡。死亡不需要疾病的帮助，就可以杀死你。对有的人疾病还帮助他们远离死亡，他们以为来日无多却活得比这更长久。况且有的病如同有的伤疤，像药物一样有益于健康。腹泻的生命力经常不亚于你；有些人从小就患腹泻，一直活到耄耋之年；他们若不弃它而去，它会伴他们走得更远。是你杀了它更多于是它杀了你。当它向你显示死亡离此不远时，岂不是对一个上了年纪的人提供良好的服务，促使他要思考后事了？

"更糟的是，你治好身体也不为了谁。无论如何，共同的命运从第一天起就在向你召唤。想一想它如何巧妙地、徐徐地让你厌倦生活，淡出人间，不是像暴君似的强制你，好比发生在老人身上的那些疾病，缠着不放；得不到喘息机会，逐渐衰弱和痛苦下去。而是隔一阵子给你发警告，告诉你怎么做，中间还有长时间的休息，好像让你有机会从容思考和复习你的功课，让你有机会清晰判断，痛下决心做个勇敢的人。它把你的情况全面摆在你的面前，有好有坏，在同一天生活有时轻松有时艰难。

"你若不拥抱死亡，至少每月一次可用手心接触它。同时你还可以期望它有朝一日不发出威胁就把你逮住了，由于屡次三番被领到港口，信念中你还是处在惯常的界限内平安无事，直到某天早晨你带着你的信念跨过了那条阴阳河还浑然不知。与健康光明正大地分享时间的疾病，是不必要埋怨的。"

我要感谢命运的是它经常用同样的武器攻击我，也就一而再、再而三地调教我，训练我，把我磨砺得再也不以为意了。我也大致知道以后如何了结。天生的记忆力下降，我就用纸张；病体再有新症状，我就记录下来。我已差不多经历过各种各样的症状，若有摸不清的事威胁我，翻阅这些活页小册子，犹如预言家写了神谕的叶子。在过去这些经验中，我再也不愁找不着令我欣慰的有效诊断。久病成医也使我对未来有更高的期望；因为这样的排泄习惯由来已久，可以相信大自然不会再予以改变，也就今后不会发生比我现在更糟糕的事。还有这病情跟我这个急性子也没什么不合拍。当它慢吞吞袭击我，我倒害怕了，因为这说明短时间内不会好。但是按照自然状态腹泻来势凶猛，最多把我折腾上一两天。

我的肾脏前四十年间没有损坏，后十四年有了变化。坏事与好事皆有定时；也许这个人生插曲也快结束了。胃的热量因年龄而减弱，也引起消化不良，有的物质未经溶解进入肾脏。为什么到了一定的年龄段，我的双肾的热量就不同样减弱呢？这样肾脏就不能让粘液变成结石，自然找其他排泄器官通过①。年龄显然已经让我的分泌物枯竭。为什么不能对这些产生结石的排泄物也起同样作用呢？

当结石排出后，剧痛顿时消失，这样突然的改变真是无比美妙，犹如借闪电恢复了健康的美丽光芒，那么自由，那么充沛，在急性腹泻之后也有这种感觉。在这类痛苦中，还有什么能与突然痊愈的欢乐相比呢？疾病愈后的健康在我看来格外鲜艳！原先这两者那么贴近一起，我简直可以认出一个对着一个气势汹汹，大有不决出个雌雄绝不罢手之势！

正如斯多葛派说的，罪恶存在的好处是凸显德操的价值与艰难，我们更有理由，也更少猜测地这样说，大自然让我们痛苦，是为了珍惜行乐与无病无痛的时光。苏格拉底被人卸去镣铐后，觉得铁器在两腿留下皮肤挠痒的滋味好不快活。他乐滋滋地考虑起疼痛与快活的亲密联姻，好像它们实在有必要成双配对似的，以致时而前后相随，时而我中有你你中有我。他还对好人伊索大声说，他应该从这个角度去构思，这太适合写出一篇美丽的寓言了。

我看到其他疾病最糟的是，发作时还不太难熬，遗留症则痛苦不堪。要整整一年恢复期，其间身体软弱，担心不止。病体康

①　据《七星文库·蒙田全集》，这是蒙田根据当时医学理论而作的说明。

复要通过那么多的风险和步骤，简直没有完似的。在他们让你先脱去头巾，然后又是暖帽以前，在让你享受新鲜空气、葡萄酒、你的女人和大甜瓜以前，你不惹上新的毛病已经上上大吉了。新病还有这个特权，只要旧病尚未痊愈，留下若干隐患使身体虚弱容易感染，新病发起来干脆利落，这时旧病新病就会携手合作。

这些病可以原谅的是，它们占有了我们也就满足了，既不思扩充地盘也不带来它们的同伙——后遗症；而是还有一些病温文尔雅，通过我们身上还留下一点好作用。自从患上了结石症，我觉得摆脱了其他疾病，身子也好像比从前好，再也没有发过烧。我的论断是一方面我常犯的剧烈呕吐使我体内得到清涤；另一方面，胃口不佳，奇异的节食制度也消解了我的毒体液，结石内的有害物质也得到自然清洗。这样的医疗代价过于昂贵，这话不说也罢。因为那些难闻的汤药、烧灼疗法、切开手术、盗汗、排脓、禁食，还有那么多的治疗方法，由于我们受不了它们的粗暴与肆扰，带给我们的往往不就是死亡吗？因而，当我得了病，我把它看成是一种治疗；当我治了病，我把它看成是一种长期完全的解放。

以下要说病对我的另一个特殊恩宠，那就是病可以在一边做它的事，我可以在另一边做我的事，这只取决于有没有勇气。有一次病发作得最厉害时，我在马背上骑了十个小时。你只是忍着痛，不用其他服药饮食制度；玩，吃饭，做这个，做那个，只要你行；你放纵自己对身体利大于弊。对天花病人、痛风病人、疝气病人都可以这么去说。

其他的疾病需要更广泛的注意，严重妨碍我们的行动，打乱我们的生活秩序，安排总体生活时都要考虑到病情。我的病只受些皮肉之苦，智力与意志还是听凭我的支配；舌头和手脚也是这样。它不叫你昏昏沉沉，而使你清醒。心灵会受高烧而冲昏，受癫痫而惊厥，受剧烈的偏头痛而错乱，总之伤及全身和主要器官的疾病都触动心灵。

我的心灵没有受打击，它若情况不妙，咎由自取。它在自我背叛，自我放弃，自我气馁。只有傻瓜才会轻信人家说，在我们肾脏里沉淀的硬结石会被汤药化解；因此，一旦结石松动了，只要给它一条通道，它就会循行而出。

我还注意到这个特别的好处，这个病不需要我们多思量。得了别的病让我们对原因、条件、进展把握不定，又苦又烦没有个完，而我这病完全不必为此操心。我们不用去求医诊断，感觉就告诉我们这是什么病，病灶在哪里。

我用这些好好坏坏的道理，试图麻痹和逗引我的想象，给想象的伤口敷油膏，就像西塞罗对待他的老年病。病情明天若有恶化，明天我们再考虑别的脱身之计。

事情果真如此，后来又复发了，轻微的运动就使我肾脏渗血。这又怎么样呢？我照旧像以前那样运动，怀着年轻冒失的劲头追着我的狗群狂奔。发现我竟战胜了那么一桩横祸，只是使我后来感到这部分有点隐痛沉重而已。这是一块大结石在挤压和破坏我的肾脏，我的生命也在渐渐逸出体外，颇感自然舒心，犹如在清除一种多余有害的排泄物。

我感到什么东西在崩溃吗？你别等着瞧我会起劲地去检查脉搏，化验尿液，作出让人心烦的预测。我会及时去面对病，但不会害怕病而去延长病。谁害怕吃苦，已经为害怕在吃苦了。

此外，那些参与解释大自然的动力与内部演变的人所表现出的疑惑与无知，运用他们的方法作出了那么多错误的预测，这些都应该让我们相信大自然的奥秘是永远认识不完的。它给我们的期望与威胁，都带有极大的不确定性、多义性与模糊性。老年是接近死亡和其他一切意外的不容置疑的信号，除此以外我还看到少数信号，我们可以用以对今后作出预测。

我对自己作出判断，凭的都是真实的感觉，不是论证。既然我主张的是等待和耐性，又怎么样呢？你要不要知道我这样做的效果如何？那么就看看那些不这样做的人，他们依靠各人提供的不同建议与看法，身体还无恙而思想已经在疑神疑鬼了！而我安安心心，撇开这些危险的预测，好几次很乐意把身上出现的情况告诉医生。我对他们作出的可怕结论安之若素，对上帝的恩惠更感谢，也对医学的虚实更有认识。

对青年的嘱咐，谆谆莫过于保持活动与警觉性。我们的生命在于运动。我启动困难，做一切缓慢：起身、卧睡、用餐；七点钟对我是清晨，我有公职时午餐不在十一点钟前，晚餐要在六点钟后。从前我发烧生病都归咎于睡眠时间过长，引起昏沉沉萎靡不振，总是后悔自己早晨再度入睡。

柏拉图认为，睡多了比喝多了还有害。我喜欢睡硬床，不跟妻子同枕共衾，完全国王作风，还戴好睡帽。不用炉子暖床，但是进入老年后，需要时让人用毯子盖在脚上和胃部。有人批评大西庇阿是瞌睡虫，依我看这里面另有原因，实在是他这人没有可以让人说的惹恼了他们。要说我有什么奇怪之处，那是表现在睡眠上而不是别的。但是像在其他事情上，我一般会根据需要作出让步和通融。

睡眠占去我一大部分生活，到了这个年纪还是这样，一口气可睡上八九个钟点。我从实用出发在摆脱这个懒惰的嗜好，取得显著效果，三天内就感到了变化。我没见过谁需要时可以对生活的要求更少，更持久地进行操练，对劳役更少叫苦。我的身体能够坚韧，但受不起突然的剧变。我从今避免激烈的锻炼，四肢还未发热已经发酸。我可以整天站立不坐，也从不讨厌散步。但是从小起我就只爱骑马上街；步行会溅得屁股上都是泥巴；小人物没有派头，哪能在路上不被人推推搡搡的。我一直喜欢休息，或坐或卧，两腿跷得跟座位一般高，或者还要高。

任何工作都不及军事工作令人兴奋，这是履行高贵的职责

（因为最激昂慷慨的美德是勇敢），从事高贵的事业；没有什么奉献比保卫国家的安宁与伟大更正确更深入人心。令人兴奋的还有与那么多出身名门、思想活跃的年轻人相处一起，悲壮的场面看在眼里习以为常，彼此说话直率随便，生性豪爽不尚虚饰，活动千变万化，雄壮嘹亮的战歌听在耳里热血沸腾，心潮澎湃，军功的这种光荣、艰辛与困难柏拉图并不欣赏，在他的理想国里只说是妇女与儿童份内的事。作为志愿兵，参加哪项任务，甘冒什么样的风险，可以根据你对它们的势态与重要性作出决定。你看到生命本身可以得到有益的使用时，

　　　在战火中死亡，我想是美丽的。

——维吉尔

害怕承担事关大众的共同风险，不敢做各行各业的人都敢做的事，那是过分卑劣软弱的心灵才会这样。即使孩子也是合群时感到放心。如果别人在学识、风度、力量和财富上超过你，你可以责怪这是外界的各种原因，若性格上不及他们坚强，你只有责怪你自己了。病恹恹艰难地死在床上没有死在战场上那么风光，发烧与重伤风跟中弹枪伤同样痛苦和致命。谁能够勇敢地忍受日常生活中的种种意外，不必要从军队中培养勇气。"亲爱的卢西里乌斯，生活就是战斗。"（塞涅卡）

我记不得自己有没有生过疥疮。然而挠痒痒确是大自然最美妙的礼物，而且还唾手可得。但是它也附带着类似的惩罚，叫人太难忍受了。我最多是挠耳朵，到了季节，里面就痒了起来。

　　我生来感觉器官长得几乎完美的程度。我的胃健康好使，还有脑袋，遇到我发烧绝大部分时间都保持状态。还有呼吸也好。我不久前度过了五十又六年；有些国家不无理由地规定五十岁是人生的合理终结，谁都不让超过这个期限。我虽还可明确地延期审理，虽然是不稳定和短期的，但也谈不上有我青春时期的健康和无痛无病了。我更不说精神充沛，心情活泼，没有理由要它们超过期限还跟着我：

　　　　在门槛上淋着雨等待，
　　　　已不是我力能所及。

　　　　　　　　　　　　　　　——贺拉斯

我的容貌，还有眼睛，立即暴露出我的真面目；我的一切变化都开始于此；还比实际上更加触目；经常让朋友动了恻隐之心，而我自己还不知道原因。镜子不会引起我的惊觉，因为就是年轻时，不止一次照见自己脸色灰暗，神态怪异，预兆不佳但也没什么大事；以致医生在我身上找不出原因说明这种外部变异，也就把原因归之于我的精神状态，在内心煎熬着什么秘密情欲。他们都错了。如果身体像心灵一样听命于我，我们走在一路上更为轻松。我那时候不但没有烦恼，而且还心满意足，这就是平时的状态，半是出自天性，半是得力于修养：

> 我的躯体不受心灵的骚扰。
>
> ——奥维德

我认为我的这种心灵调节，好几次扶持身体没有垮下。身体常受打击；心灵即使没有可喜的事，至少处于恬静安详的状态。我患四日疟长达四五个月，人都变了形；精神始终不但平静，还很乐观。疼痛打不到我身上，衰弱与疲乏也不会让我发愁。我看到许多肉体上的病痛，只是说起来令人心惊肉跳，其实生活中常见的千万种情欲与内心骚乱，更令我担心。我拿定主意不再奔跑，蹒跚走路已经不错；也不抱怨躲不过的自然衰退，

> 阿尔卑斯山上见到甲状腺肿病人谁会惊奇①?
>
> ——朱维纳利斯

我也不遗憾自己的一生没有橡树那么长寿强壮。

我也不抱怨自己的想象力。我一生中很少有心事让我半夜一

---

① 瑞士山区缺盐，导致居民易患甲状腺肿病。

觉醒来再也睡不着，除非是淫念闹醒我也不会伤心。我很少做梦，往往是开心的想法引起荒诞不经的怪事幻梦，好笑而不悲哀。梦是我们心思的忠实表达者，我相信这话是不错的。但是把它们贯串起来加以阐释，那就是异术了。

> 醒时惦念的事，吃惊的事，
>
> 做着的事，在睡梦中重新出现，
>
> 这没什么奇怪！
>
> ——阿克西乌斯

柏拉图还说，以解梦而能未卜先知，这是智慧的职能。我看不见得，除非是苏格拉底、色诺芬、亚里士多德提到的那些美妙的故事，他们都是无可挑剔的权威人士。据史书记载，阿特兰蒂斯人从来不做梦，也不吃杀死的东西，这里我要加一句，可能说明他们为什么不做梦的原因。因为毕达哥拉斯配制几份食谱，吃了会及时做梦。

我做的梦很温和，不会身子晃动，也不会怪声乱叫。我见过我同代许多人在梦中动作不可思议。哲学家提翁梦游，伯里克利的仆人会在房屋瓦顶上走来走去。

我在饭桌不挑食，吃放在最近的一道菜，也不太愿意换口味。盘子多、上菜快都使我不舒服，就像别的多与快也一样。我很满意少数几只菜。我讨厌法沃利努斯①的说法，他认为在宴席上，你对一盘肉刚吃出滋味就应该撤下，换上一盘新菜；如果不让客人吃够各种禽鸟的屁股就是一顿寒伧的晚餐；只有莺鸟才值得吃完整只。

我平时吃咸肉，因而更喜欢无盐面包。我家面包师在我的餐桌上从不放其他面包，这跟家乡的习惯不同。我童年时，其他儿童平时爱吃的东西如糖块、果酱、糕点，我都会拒绝，他们主要是纠正我的这个做法。我厌恶娇嫩的肉食，我的家庭教师就当作一种娇气来斥责。这样做其实就是挑食。一个孩子就是对麸皮面包、猪肉或大蒜有特殊的偏爱，谁剥夺他这些就是剥夺了他的糖果一样。有些人面对着山鹑美味，却为吃不到牛肉和火腿寻死觅活。他们过得高兴，是娇气中的娇气。因为对平时常用的东西感到无味，那是娇生惯养者的口味，"奢侈通过那些事逗弄富人的厌倦。"（塞涅卡）对人家的美味视之如草芥，自己则食不厌精，这是罪恶的本质所在，

　　　　如果你怕吃瓦盆中盛的素菜，

　　　　　　　　　　　　　　　　　　——贺拉斯

---

① 据《七星文库·蒙田全集》，其实蒙田引用奥吕斯·吉里乌斯的这部书里，法沃利努斯反对这样的做法。

若是真有这样的区别，宁可压制你的欲望去顺应容易到手的东西；什么事非此不可就是罪恶。从前我称一位亲戚娇气，他到了我们的苦刑船上就不知道用我们的床，也不会脱衣服睡觉。

我若有儿子，希望他们有我这样的命运。上帝给了我那位好爸爸（我没有什么可以报答他的，除了对他的慈爱那种真情实意的感激），他从摇篮里就把我送到亲戚的一个穷村子里，寄养在奶妈家的时期和后一阵子一直住在那里，让我习惯最朴实清苦的生活方式："大部分的自由时间是在调节肚子。"（塞涅卡）决不要由你自己，更不要由你们的妻子，负责他们的教育。让他们在民众与自然的规则下受命运的抚养，让他们随习俗的抚养，过节俭刻苦的生活。宁可让他们从艰苦中走过来，而不是向艰苦走过去。

父亲的意愿中还有另一个目的，让我跟老百姓结合，熟悉需要我们帮助的人的处境。认为我有责任关注向我伸出双臂的人，而不是对我背转身的人。也是这个原因，他让家境最贫困的人当我的教父，让我跟他们有感情上的联系。

他的意图没有完全落空，我乐意帮助小人物，或者是这里面有荣誉感，或者我天生无限的同情心。在我们的战争中，遭到我谴责的一方若能兴旺昌盛，还会遭到我更严厉的谴责。要是看到他们陷入困境焦头烂额，我或许会跟他们和解。我对切洛妮的高尚品格由衷钦佩，她是斯巴达两代国王的女儿与妻子。当她的丈夫克朗普图斯，趁城邦大乱之时占了她的父亲利奥尼达斯的上风；她做个好女儿，跟了父亲一起流放吃苦，反对胜利者。

命运起了变化怎么办？她也乐意跟着命运一起变。勇敢地站在丈夫一边，丈夫失魂落魄逃到哪儿，她跟到哪儿，好像没有其他选择，投入到最需要她出现、最能表现她仁慈之心的那一边。我按天性更倾向弗拉米尼的例子，他结交需要他的人，而不是可以帮助他的人；我不会学皮洛士，他在大人物面前低头哈腰，在小人物面前趾高气扬。

用餐时间长叫我发火，也对我有害。因为童年时不能很好控制养成习惯，我在桌旁坐多久就会吃上多久。可是在家里虽然时间短，我还是按照奥古斯都的方式稍后于别人入席；但是他也先于别人离席，这点我不学他了。相反，我却喜欢饭后多留一些时间，听人家说话，只是我自己不插嘴，因为吃饱了肚子说话使我累，有伤身体。就像我觉得饭前空腹练几声叫喊，非常有益健康，愉悦身心。

古代希腊和罗马人做得比我们有道理，他们认为饮食是人生中的一项主要活动，如果没有其他特殊大事来打扰他们，他们会花上好几个小时、夜里最好的时刻饮酒进食，不像我们做一切都匆匆忙忙，他们从容不迫地慢慢享受这个天然乐趣，中间穿插有趣的谈话，还处理各种各样事务。

照料我的人可以轻易让我不吃他们认为对我有害的东西；因

为这类东西我没看见，就不会想吃也不会提到；但是对于端上来的东西，劝我不吃也是白费时间。因而我要斋戒时，必须把我与其他用餐的人分开，给我端上一些限量仅够需要的点心就可以了。不然我一上桌，就会忘记决心。

当我要改变一盆肉的做法，下人就知道这就是说我食欲不振，不会去碰它的。一些很嫩的东西，我喜欢煮得半生不熟的；还有许多东西还喜欢风藏过头，甚至有异味。一般来说只有硬的东西叫我没办法（其他一切特性我像我认识的人一样马马虎虎无所谓），以致跟一般人的脾性不同，即使鱼我也觉得有的太新鲜，有的太硬。这不是牙齿的过错，它们一向健全好使，只是到了现在开始受到年龄的威胁。我从小就学会早晨、饭前、饭后用手巾擦牙。

谁的生命点点滴滴消逝，这是上帝对他的恩宠；也是老年的唯一好处。最后的死亡其实并不完整，伤害不大；只杀害人的一半或四分之一。我不久前掉了一颗牙，不痛也不费力，这是牙齿的天然寿命。我人的这部分与其他许多部分已经死亡，还有半死亡的，甚至还有我身强力壮时活跃在第一线的这部分也呈这个状态。我就是这样渐渐销声匿迹。生命的坠落已有一段时间，我还要觉得这次下跌才是完全的崩溃，这样的理解有多么愚蠢！我不希望如此。

事实上，想到死亡给我最大的安慰就是它是公正与自然的，从此以后再在这件事上要求和希望命运的恩赐，都不符合情理。人都要自己相信从前他们都身材更魁梧，寿命更长久。但是梭伦就是这些古老年代的人，充其量只活到七十岁。我在一切事物中都无比崇拜这句古训："中庸为上"，也把折中措施当作最完美的措施，如何妄想做个老而不死的怪物呢？一切违背自然进程的事物都可能令人不快，一切顺着自然进程的事物总是顺顺当当的。"符合自然规律的一切都应该视为好事。"（西塞罗）因此柏拉图这样说，伤害与疾病带来的死亡属于暴卒，但是老年带领我们走向的突然死亡，是最轻松也最美满的死亡。"年轻人丧失生命是早逝，老年人丧失生命是寿终。"（西塞罗）

死亡到处在纠缠我们的生命。衰退可以先期而至，甚至可以掺入到我们的成长过程中。我有自己二十五岁和三十五岁的肖像画，跟我此时的人相比：这哪儿还是我啊！我现在的模样离那时的模样比离死亡不知要远多少！我们对大自然的要求实在太过分，一路上麻烦它，逼得它只好离开我们，放弃给我们引路，让我们的眼睛、牙齿、腿脚和其余一切，听凭我们乞求来的外界帮助的摆布；它懒得再跟在我们后面，就由着我们在医生的手里忍气吞声吧。

除了甜瓜以外，我不特别爱吃蔬菜色拉和水果。父亲讨厌一切沙司，我则是沙司都喜欢。吃得太多使我烦恼，但是从食品性质说，我又不确切知道哪种肉我吃了有害；就像我既不注意月圆与月缺，也不注意春秋之分。我们体内还是有活动的，不稳定也不清楚；因为譬如说辣根菜，我最初觉得它好吃，后来又不好吃，现在又好吃了。

在许多东西上，我觉得自己的胃与口味是在变，从白葡萄酒换到红葡萄酒，然后又从红葡萄酒换到白葡萄酒。我爱吃鱼，在小斋日大吃大喝，在大斋日又成了我的宴庆日；我相信有些人说的话，鱼比肉更容易消化。犹如在食鱼日吃肉违背我的良心，把肉与鱼混做又违背我的口味；看来这其间的差别不可以道里计。

从青年时代起，我有时就少吃一顿，为了第二天胃口大开，因为伊壁鸠鲁禁食或吃素是禁欲去养成箪食瓢饮的习惯，而我相反是嗜欲，可以对着美味佳肴大快朵颐；或者我节食是保持精力去做某个体力或脑力工作，因为胃部充血残酷地让我做什么都懒洋洋的。我尤其讨厌这种愚蠢的结合，一边是动人活泼的小仙女，一边是撑饱打嗝、满身酒气的小矮神。或许是为了治愈我的病胃，或许是由于没有合适的伙伴，因为我又像这位伊壁鸠鲁说的，要多加注意的不是吃什么，而是跟谁一起吃。我欣赏七贤之一开伦的做法，他不知道跟谁同桌以前不愿意答应出席伯利安得的宴会。对我来说，什么样好吃的菜，什么样开胃的沙司，都不及跟人来往那么美妙。

我相信细嚼慢咽、少吃多餐更有益于健康。但是还愿意强调胃口与饥饿，一天规定三四顿苦饭，像服药似的，这给不了我一点乐趣。我早晨胃口大开，谁能向我保证吃晚餐时还是如此？我们要趁着胃口一来就吃，尤其是老人。让编历书的人，还有医生，去编写每日宜吃什么的医学星相历书吧。

健康的最终成果是享受快乐，一有熟悉的快乐事出现让我们抓住不放。我在节食戒律上避免长期不变。谁要一种习惯对他有用，就不要继续不断使用。我们会墨守成规，机能也会僵化；六个月后，你的胃肠功能衰退，就会失去进食自由，吃别的都会引起不良反应。

我的大腿与小腿，在冬天不比在夏天穿得更多，一双简单的丝袜。我保持头部和腹部的温暖，防治感冒和缓解结石的疼痛。没几天病痛习惯了，就可以放弃平时的防御措施。我脱下便帽戴头巾，脱下软帽戴夹帽。锁帷子棉袄的内衬对我已成了装饰，这没关系，我只要加一张野兔皮或秃鹫皮，头戴一顶无边圆帽就可。这样循序前进，你就会过得挺好。这类事我是不会做了，我若有胆量，也很乐意否定我起初做的事。那么你遇上什么新的麻烦呢？这种改变对你已无好处，因为你已经习惯了；再另找一个吧。那些人就是这样毁了自己，他们陷入强制性饮食制度，盲目迷信而不能自拔。他们需要提出新的，新的以后再有新的，永远没完。

对于我们的工作与娱乐，像古人那么做要简便得多，不吃午餐，回家休息时再美餐一顿，不中断白天的时间。从前我就是这样做的。后来我从经验感到对于健康来说，恰恰相反，吃午餐还是好的，醒着时还是更容易消化。

不论健康和生病，我都不容易口渴。生病时会嘴干，但不想喝；一般来说，只有在吃的时候才有喝的欲望，而且还会边吃边喝。作为一个普通人，我喝得不算少，夏天享用佳肴时，我不但超过奥古斯都不多不少只喝三杯的限量；还会自然而然地加量喝上五杯，这是为了不违背德谟克利特的规则，他不许喝了四杯叫停，因为四是个不吉利的数字。

我喜欢喝小杯子，还高兴干杯，别人认为这是失礼，不这样做。我在酒里经常搀上一半水，有时三分之一。我在家时，他们在酒室里先搀上水，两三小时后再端上桌子，这是按照医生给我父亲和他自己订的老习惯来做的。

他们说雅典国王克拉诺斯是这种水搀酒的发明者，不管有用还是没用，我真见过为此进行辩论的。我认为孩子过了十六、十八岁以后再喝为宜，对健康有益。最实用、最普通的生活方式是最好的生活方式，我觉得这里面避免了一切与众不同的做法，不然对德国人在酒中搀水，法国人干喝，都一样会不喜欢。这一类事都是以大众习惯说了算。

我害怕空气隔绝，烟雾一起，死命往外逃（我奔回家第一桩要修理的就是壁炉与小间，老房子都有这个令人难以忍受的毛病），在战争引起的诸多困难中就有这些浓密的灰尘，有一个夏日把人整天活埋在里面。我呼吸顺畅，感冒过去后经常不影响肺部，也不引起咳嗽。

夏季的酷热比冬季的严寒更使我如临大敌。因为炎热比寒冷更不易抗御，阳光晒得人容易中暑以外，我的眼睛也受不了强光的刺激。现在我无法坐着面对熊熊炉火吃饭。从前我更经常读书，在书籍上盖一块玻璃减弱白纸的反光，感到舒适多了。直到目前我还不用戴眼镜，看得像从前、像其他人一样远。薄暮时刻，开始感到看书有点模糊不清，那时，尤其是晚上，阅读确实很伤眼力。

这是后退了一步，不算太明显。我还会往后退，从第二步到第三步，从第三步到第四步，悄悄然，非得变成了全盲才感到视力的衰弱与老化。命运三女神有意搅乱我们的生命之线。我若怀疑我的耳朵逐渐变得重听，你会看到我即使听力失去一半，还是会怪跟我说话的人声音不对头。我们必须聚精会神才使心灵感到它正在消逝。

我的步履还是轻快而坚实，我不知道精神与身体两者中哪个更难保持原状。布道师是我的朋友，讲道时间要我集中思想。仪式举行时，人人都神情肃穆，我看见那些女士都目不斜视，我总是做不到身上有的部位一动不动；我虽坐着，但不闲着。就像哲学家克里西波斯的女仆说她的主人只有两条腿是醉的（因为他不论什么坐姿都有抖腿的习惯，女仆说这话时是其他人都醉了，而主人却毫无反应），从我童年起，有人也说我有一双疯脚或者水银脚，我不管把它们放在什么地方总是动个不停。

像我这样吃东西狼吞虎咽的，除了有损健康，影响乐趣以外，还不礼貌。我经常咬到舌头，偶尔慌张时还咬到手指。第欧根尼遇到一个孩子有这样的吃相，让他的家庭教师搧了一记耳光。在罗马有人教走路也教嚼东西，都要做得雅观。我因此失去说话的乐趣，这其实是餐桌上非常开胃的佐料，只是语言也要简短有趣。

我们的各种乐趣之间也有嫉妒和羡慕，相互冲突，相互阻挡。亚西比得当然是位美食家，他设宴时不安排音乐，由于音乐干扰悠闲的谈话，他根据柏拉图提供的理由，认为招乐师与歌手来宴会助兴，这是俗人的习惯，他们语言无趣，缺少愉快交谈，而风雅之士妙语如珠，说得满座皆欢。

瓦罗对宴席提出这样的要求：赴宴的客人俱仪表堂堂，谈吐儒雅，既不是一声不出，也不是口若悬河，菜肴与地点清淡精致，天气晴朗。宴席办得好，是一个精心策划、灯红酒绿的盛会，那些军界与哲学界大人物从不拒绝讨教这方面的学问。有三场宴会在我的记忆中永志不忘，那是在我风华正茂的不同时期，命运让我领会了什么是雍容大雅。因为每位宾客都各有风采，体魄与气度不同凡俗。以我目前的境况再也无缘与此相遇了。

我只是操办世俗之事，憎恨这种非人性化的聪明之说，要我们轻视和敌视肉体的教育。违心接受和纵情享受天然乐趣，我认为同样都是不恰当的。泽尔士是个狂人，他享尽人间欢乐，还悬赏征集有什么其他享受。另一种同样的狂人，那是他舍弃大自然赐予的乐趣。这些乐趣不应该沉湎，不应该逃避，但应该接受。我接受过更为放肆、也较为文雅的乐趣，更多是随心所欲。我们不必夸大这些事的无益性，它本身会让人感觉到这点，让自己显得如此。多亏我们病态的精神挺扫人兴，自然而然会对这些事产生厌烦。我们的精神对待自己与自己接受的东西，不论过去与未来，都是一贯的摇摆，不感到知足，想到哪儿就是哪儿。

坛子不干净，倒进什么东西都会变酸。

——贺拉斯

我自吹利用生活之赐有独到之秘，若对各物仔细审察，发现几乎一切都只是一阵风。不是么，我们在哪里都是一阵风。说起风，还比我们更聪明，它喜欢发出响声，喜欢来回飘忽，满足于自己的功能，不思固定不动——固定不动，这不是风的品质。

出自想象的至乐，出自想象的不乐，据有些人说这是最牵动人心的，像克里托拉乌斯的天平表示的那样①。这不奇怪，想象

---

① 据西塞罗《图斯库伦辩论集》，雅典逍遥派哲学家克里托拉乌斯在天平两端盘子上秤精神财富与世俗财富，精神财富永远重于世俗财富。

按照个人喜爱拼凑欢乐，大小可以任意剪裁。这些明显、有时还令人神往的例子天天可见。我这人性格复杂，趣味粗俗，不会紧紧钉住这个单一的目标不放，而不去狠狠享受现成的乐趣；这些乐趣符合人的一般规律，肉欲中含有精神，精神中含有肉欲。昔兰尼派哲学家认为肉体的欢乐如同肉体的痛苦都更强烈，像加倍强烈，也像更有道理。

亚里士多德说，有人粗野愚蠢，厌恶肉体的欢乐。我认识一些人这样做还挺神气。他们为何不把呼吸也放弃了呢？为什么不靠自己本身生活，拒绝这个不用出钱、不用他们发明和花力气的阳光呢？文艺神维纳斯、谷神刻瑞斯、酒神巴克科斯都不需要，只让战神玛斯、科学神帕拉斯、商业神墨丘利陪伴着他们试试。他们不会趴在自己老婆身上做白日梦吧！

我讨厌我们身体坐在餐桌前，有人要我们精神上升到云端里。我不求心思沉溺在这里，死守在这里，但是我求心思放在这里，是坐着不是躺着。亚里斯提卜保护的只是肉体，仿佛我们没有心灵；芝诺只拥护心灵，仿佛我们没有肉体。这两人都有缺陷。有人说，毕达哥拉斯追求的是静修哲学，苏格拉底关注的是风俗与行为。柏拉图在两者之间找到了折中。但是他们这样说完全是瞎编，真正的折中是在苏格拉底的学说中，柏拉图学说中苏格拉底多于毕达哥拉斯，这对他也更合适。

我跳舞时跳舞；睡觉时睡觉；在美丽的果园里独自散步时，

即使有一阵子会浮想联翩，大部分时间思想还是会回到散步、果园、这时独处的好处和我自己。大自然慈爱地安排了这一切，赐给我们满足需要的活动也同样充满欢乐，不但让我们从理智上也从肉欲上去接受。破坏这些规则是不公正的。

恺撒与亚历山大，在日理万机之际，也充分享受自然赐予的、也就是必要和合乎情理的乐趣；当我看到他们这样，我不说这是在松懈斗志，反而会说这是在加强斗志，以巨大的气魄把铁马金戈、运筹帷幄的大事情作为日常生活来过。他们若相信前者是他们的日常工作，后者才是了不起的大业，这才是聪明人。

我们是大傻子。我们说：

"他游手好闲过了一辈子。我今天什么也没干。"

"怎么，你没有生活过吗？这恰是你生活中最基本、也是最光辉的工作。"

"要是让我有机会做大事，我就会展现自己会做什么。"

"你知道沉思与掌握自己的人生吗？那你已完成了一切事物中的最伟大的事物。"

大自然为了让人看清和利用它的资源，不需要转弯抹角，它显露自己每个层次，前前后后像没有帘子一样。我们的任务是树立我们的风俗习惯，不是编写书本；建立我们的行为秩序与促成和睦相处，不是攻城掠地打胜仗。我们最伟大与光辉的业绩，是生活谐和。其他一切事情如统治、攒积财富、盖房子，最多只算是附属物与辅助品。

我饶有兴趣地读到一位将军站在他即将攻击的一个突破口下，全身暴露在敌前，跟朋友吃饭谈天。布鲁图斯在天地共谋反对他与罗马的自由之际，还在巡夜之余偷闲几小时，安心阅读和批注波里比阿的著作。只有卑微的心灵才会埋在事务堆里不能干净脱出身来，凡事要拿得起放得下：

> 同甘苦、共患难的好战友，
> 今天让酒消除一切忧愁，
> 明天去大海上遨游。
>
> ——贺拉斯

或是出于玩笑，或是确有此事，索邦神学院里举行的修士酒宴遐迩闻名。他们在学院里认真严肃地晨修，然后舒舒服服、高高兴兴吃顿午餐，我认为这是有道理的。想到光阴没有虚度，也是餐桌上应有的美味调料。

贤人就是这样生活的。大加图与小加图专心修身养性，令人钦佩无法摹仿；然而其严峻得近乎苛刻的态度遇到人的自然规律、爱神维纳斯和酒神巴克科斯也都软化下来，曲意遵照学派的戒律，做一个完美的贤人，既要履行人生职责，也要精于天然逸乐之道。"心地贤良的人，也要善于品味。"（西塞罗）

心胸豁达的大人物，我觉得尤因洒脱随和而受人尊敬。伊巴密浓达跟他的城邦中的青年一起跳舞、唱歌、演奏乐器，玩得全神贯注，他不认为这有损于他的彪炳战功和完美人格道德。大西庇阿①在公众眼中简直是位天人，在他值得称道的为人中，令人最爱戴的是看到他童心未泯，悠悠然沿着海滩捡贝壳，跟列里乌斯玩奔跑拾物比赛；遇上天气不佳，就兴致勃勃地把最粗俗的民间轶事写成喜剧形式。他满脑子都是在非洲跟汉尼拔对阵的战役，参观西西里岛的学校②，学习哲学书籍，直至去罗马口齿伶俐地驳斥他的政敌的盲目野心。苏格拉底最引人注目的事，是晚年还抽出时间延请人教他跳舞和演奏乐器，认为时间用得值得。

这个人在希腊大军面前，一天一夜站着精神恍惚，突然想到了什么深刻的问题出了神。人家看到他在那么多武士中间第一个冲过去救援被敌人压着打的亚西比得，用身子掩护他，把他从众多的兵器下拉了出来。当三十僭主命卫队押了忒拉米尼上刑场，雅典人与他都被这可耻的一幕激怒，苏格拉底也是中间第一人去救他，虽然身后只有两三人跟着他，只是在忒拉米尼本人予以责备后才放弃这次大胆行动。他钟情的一位美人找上门来，他还按照情况保持严格的克制。在提洛岛战役中，他把滚下马背的色诺

---

① 据《七星文库·蒙田全集》，这里应指伊米利埃纳斯·西庇阿（即小西庇阿）。

② 据《七星文库·蒙田全集》，蒙田在此混淆大西庇阿与小西庇阿的事迹，这才是大西庇阿所做过的事。

芬扶起来，救了他一命。

他还不断地奔赴战场，赤脚踩在冰块上，冬夏都穿同一件长袍，工作毅力超过他的同伴，无论宴席与日常用餐都吃同样的食物。他二十七年如一日，同样坦然忍受饥饿、贫穷、孩子的忤逆、妻子的恶意中伤；还有诽谤、暴政、牢狱、铁镣和毒药。这个人赴宴饮酒是出于公民的礼仪，履行军人职责也表现不凡。他不会拒绝跟孩子玩榛子戏，骑在木马背上与他们追逐，玩得还很开心。因为哲学的论点是任何活动对于贤人都是合适的，都是光荣的。

这位人物的睿智让人说个没完，大家也永远会把他的形象看作为完美与理想的楷模。丰满纯正的人生本来就寥若晨星，又加上我们教育的弊端，天天向我们介绍那些孤陋寡闻的笨蛋与庸才，只会拉我们往后退，成事不足败事有余。

认为从两端开始比从中间开始容易，因为一端的终点可以作为界线和指示，而中间的道路又宽又看不见尽头，有人这样想就错了。按照规则也比按照自然方便，但是这也就没那么高尚，没那么值得称道了。心灵的伟大不是往上与往前，而是知道自立与自律。心灵认为合适就是伟大，喜爱中庸胜过卓越显出它的高超。最美最合理的事莫过于正正当当做人，最深刻的学问是知道自然地过好这一生；最险恶的疾病是漠视自身的存在。

当肉体患病时，为了不让心灵受感染，谁愿意把两者隔离的话，要做得及时与勇敢；其他时间，则反其道而行之，让心灵去推波助澜，随同肉体参加这些天然乐趣，共同沉迷其中，若更为明智的话，可以稍加节制，以防稍不留神灵与肉俱会陷入痛苦。

纵欲是享乐的瘟疫，节制不会给享乐造成灾难，反而使它有滋有味。欧多克修斯宣扬享乐至高无上，他的朋友也把享乐看得极端重要，通过节制更把这个乐趣提高到无比美妙，这在他们身上表现得极为突出与典型。

我命令我的心灵对待痛苦与享乐要同样节制，"心灵在欢乐中张扬与在痛苦中颓唐，同样应该谴责。"（西塞罗）以同样坚定的目光，但是一个开心地，一个严厉地；还是依照心灵的能力，同样花心思去缩小痛苦，扩大享乐。健康地看待好事也会做到健康地看待坏事。痛苦缓慢初起时带有某种不可避免的东西，而享乐过度结束时带有某种可以避免的东西。

柏拉图把这两者结合，认为与痛苦斗争，与沉湎其中不知自拔的享乐斗争，皆为勇敢的举动。这是两口井，不论是谁在适当时间从适当的那口汲取适当数量的水，对城市、对人、对牲畜都是幸运的。第一口井从医学需要出发，要予以精确计算，另一口井从干渴出发，要在陶醉前停止。痛苦、欢乐、爱、恨都是一个孩子的最初感觉；产生了理智，以理智为准绳，这就是美德。

我有自己的独特词汇：当天雨不便时，我"消磨"时间；天气晴朗时，我不愿"消磨"，而是享受时间，留恋时间。坏时间要匆匆打发，好时间要悠然闲坐。"消遣"与"消磨时间"这类普通词句，表现出谨小慎微者的用法，他们绝不去想一想还可更好利用自己的人生，只是让它流逝、消失、消磨、回避，只要他们还有时间，也是忽视与躲闪，仿佛这是什么讨厌鄙弃之物似的。

但是我对人生还有另一种认识，觉得它可贵可亲，甚至在暮年还是非常执著于人生。大自然把生命交到我们手中，配有各种各样的花絮装饰，充满机遇，它若让我们感到紧迫，一无收获地溜了过去，这只能怪我们自己。"丧失理性的人生是徒劳的，它碌碌无为，一心向往着未来。"（塞涅卡）

然而我还是做到面对失去而不遗憾，不是因为它带来烦恼与麻烦，而是它原本是要失去的。所以这样说来，只有乐于生活的人才不惮于死亡。享受生活需要技巧，我享受生活是别人的两倍，因为享受的程度取决于我们对生活的关注多与少。尤其此刻，我发觉自己来日无多，必须寸阴寸金地过。时间流逝得快，我出手抓得也快；过得也卖力气，抵消日月如梭的匆忙；占有人生的时间愈短，我也愈要活得更深更充实。

其他人感觉到满足与兴旺的甜蜜，我跟他们同样感受，但是不应有过眼烟云的感慨。应该细细品，慢慢嚼，反复回味，还对恩赐我们的上帝表示应有的感激。他们享受其他乐趣就像享受睡眠的乐趣，并不领会。以前我被人惊扰了好梦还觉得不错，以便我不让睡眠糊里糊涂地过去，窥知睡眠是怎么一回事。我有意默想高兴的事，不一掠而过。我探索它，敦促我那变得多愁善感的理智去接受它。我是不是心态平静呢？有什么欲念使我心里痒痒的呢？我不让它去欺骗感官。我用心灵去跟它联系，不是承担责任，而是予以认可；不是迷失其中，而是寻找自我。我动用心灵是让它在这兴奋状态中认清自己，掂量、估算和扩大幸福。心灵会明白良心无愧与其他牵肠挂肚的情欲趋于平静，身体正常与有分寸地享受甜蜜温情的功能，这要多么感谢上帝。

上帝伸张正义要我们受苦，又好心用感官享受来进行补偿。心灵多么重视要居于这样的位置，目光所到之处，四周的天空一片宁静。没有欲望、恐惧或疑虑会改变心境，也没有困难——不论过去、现在和未来——通过意念而不烟消云散的。

这样的思考通过困难条件的比较而愈益明显。我在千万张面孔中挑选出那些受命运和自身错误之累而风雨飘零的人，还有那些生活在我身边对自己的好运漫不经心、无精打采接受的人。他们这些人是真正在消磨时间；他们漠视现在与已有的东西，而去充当希望的奴隶，追求幻想摆在他们眼前的海市蜃楼，

> 如同死后飘荡的鬼魂，
> 或者感官入睡产生的幻觉。

——维吉尔

愈有人追逐，跑得愈快愈远。他们追逐的果实与目标就是追逐，如像亚历山大说他工作的目的就是工作，

　　相信只要有事情做，就是事情没做过。

——卢卡努

　　我这人爱生活，上帝赐给我怎样的生活我就怎样过。我不希望生活中不去谈吃喝的需要，要是希望生活中有加倍的需要在我看来也情有可原。"贤人追求自然财富十分贪婪。"（塞涅卡）我也不希望我们只要在嘴里放些药片就可活着，埃比米尼德就是服药败坏胃口维持生命；也不希望大家用手指和阳物笨手笨脚地生后代，恰巧相反——恕我冒昧——用手指与阳物还是可以做得快快活活，也不希望身体没有欲望，没有冲动。

　　这些是无情无义无公道的牢骚。我开心地感激地接受大自然给我做的一切，我衷心赞美。拒绝这位伟大万能的施予者的礼物，否定它，歪曲它，这是大错特错。他的一切是善良的，做的一切也都善良。"符合自然的一切都值得尊敬。"（西塞罗）

　　我乐意采纳的哲学思想是最坚实的，也就是说最人性化、最符合我们的哲学思想。我的言论符合我的为人，平庸谦让。哲学有时在我看来像个孩子，张牙舞爪向我们说教，说把神圣与世俗、理性与非理性、严厉与宽大、诚意与无诚意凑合一起是在搞

野蛮婚姻，说肉欲本质上是粗野的，贤人不该津津乐道。唯一的性趣，他只能从年轻美貌的妻子身上去享受，这才是心安理得的乐趣，合乎事物道理的行为，就像骑马疾驰就要穿上马靴子。但是这个哲学的追随者在给他们的老婆破身时，也没有这个学说那么刚直、有劲头和多精华！

　　苏格拉底，我们大家的哲学先师，不是这样说的。他实事求是地高度评价肉体乐趣，但是他更喜爱精神乐趣，因为它更有力量、更稳定、更方便、更丰富、更有尊严。这个乐趣不是唯一的（他才不是个爱幻想的人），但是只是首位的。对他来说，节制是调节器，不是享乐的敌人。

　　大自然是温和的引路人，但是不因温和而不谨慎与不公正。"必须深入事物的自然状态，才确知它需要什么。"（西塞罗）我到处搜罗自然踪迹。我们把自然踪迹与人工做作混淆不清。逍遥派哲学"按自然状态生活"的至善学说，由于这个原因变得很难界定与阐释。斯多葛派"服从自然"的至善学说与它相近。那么重视不那么绝对需要的行为就错了吗？他们永远不会从我的头脑清除这个思想，即乐趣与实用相结合是门当户对的婚姻，一位古人也说天上的神一直在为实用这件事暗中商量。两心相悦、两情缱绻的好事我们非要拆开有什么好呢？相反，我们应该双方从中撮合。让精神唤醒和激活笨重的肉体，肉体又防止精神轻率，保持精神稳定。"谁赞扬心灵为至善，谴责肉体为恶，其实是以肉

体的观点来拥抱与赞美心灵，也以肉体的观点来逃避肉欲，因为他还是以人的真理，不是以神的真理来判断的。"（圣奥古斯丁）

上帝赐给我们的礼物中，没有一件东西不值得我们关心，甚至一根毫发也应该重视。按人的条件来指导人不是人可以敷衍了事的差使。这是明确的、老老实实去做的最基本任务，创造主把它交给我们时非常严肃认真。唯有权威使普通人领会，用不同的语言来传达也更有分量。让我们在这里再提一提。"谁不认为，愚蠢其实就是该做的事不好好做，还发牢骚，使身与心相违，各执一词，分别走向相反的方向。"（塞涅卡）

不妨看一看，你要人谈一谈哪天他脑袋里在胡思乱想些什么，他还为此不去享受美餐，埋怨把时间都用在吃上面了；你会觉得你桌子上哪一道菜都没那人心灵中的美丽对白那样乏味（大多数时间，闷头睡大觉要比照应着我们在照应着的事更加值得），你会觉得他的言论与意图还及不上你的炖肉。

即使阿基米得发现定理时的狂喜，又算得什么呢？我在这里不谈这问题，也不把可敬的心灵跟我们这些芸芸众生，跟我们消遣解闷的无聊空想混为一谈。他们思想高尚，信仰虔诚，长年认真默思天上的事。这些心灵热烈期望提前尝到永久的食粮，这是基督徒心目中最终目标和最后栖息地，唯一常存不朽的欢乐；不屑于关切我们的日常需要，飘忽而又模糊，让肉体去沉浸在声色犬马之中。这是一种特权学问。让我们私下说一句，天意与人情，这两类事在我看来有一种离奇的巧合。

伊索这位大人物，看见他的老师边走边撒尿，说："这么看来，我们应该边跑边拉屎啦。"我们要爱惜时间。我们还是会有许多时间闲着和使用不当。我们的精神总是爱这样去想，它只需要甚少的时间，若不跟肉体分离，就没有足够的时间去做它要做的事。

他们要摆脱精神与肉体，逃出人体。这是疯狂，他们不但变不成天使，而会变成牲畜。不但不会升到天上，而会跌在地上。这类要振翅高飞的念头令我害怕，就像面对高不可攀的绝顶。苏格拉底的生平中就是他的出神与灵迹叫我无法接受，柏拉图被大家称为神性的一面却充满了人性。

在我们的学问中提升到最高最伟大的，我觉得也是最低最通俗的。亚历山大一生中，我认为他对自己长生不死的种种幻想是最平凡最世俗的。菲洛特斯在回答中对他进行了尖刻的嘲弄。他带了朱庇特·阿蒙的神谕跟他共享欢庆，神谕中亚历山大与他同列诸神班子："对你的高升我甚感欣慰，但是也对那些人有一颗怜悯之心，他们不得不跟一位不以人自居、高高在上的人一起生活，并对他唯命是从。""因为你服从神就可统治天下。"（贺拉斯）

为了纪念庞培的入城仪式，雅典人献上一句亲切的铭文，其意义跟我说的倒也符合：

正因为你成了神，

更应该认清自己是人。

——普鲁塔克

知道光明正大地享受自己的存在，这是神圣一般的绝对完美。我们寻求其他的处境，是因为不会利用自身的处境。我们要走出自己，是因为不知道自身的潜能。我们踩在高跷上也是徒然，因为高跷也要依靠我们的腿脚去走路的。即使世上最高的宝座，我们也是只坐在自己的屁股上。

依我看，最美丽的人生是以平凡的人性作为楷模，有条有理，不求奇迹，不思荒诞。现在老年人需要更体贴的对待。让我们向这位神讨教，健康与智慧之神①，但是快乐与合群：

拉托那之子啊，允许我享受

我的财富和机能健康的身体，

让我老当益壮，

还有精力弹奏我的里拉琴！

——贺拉斯

---

① 据《七星文库·蒙田全集》，指阿波罗。

《国民阅读经典》（平装）书目

论语译注　杨伯峻译注

诗经译注　周振甫译注

楚辞译注　李山译注

孟子译注　杨伯峻译注

庄子浅注　曹础基译注

周易译注　周振甫译注

山海经译注　韩高年译注

大学中庸译注　王文锦译注

战国策译注　王延栋译注

道德经讲义　王孺童讲解

金刚经·心经释义　王孺童译注

人间词话（附手稿）　王国维著　徐调孚校注

唐诗三百首　蘅塘退士编选　张忠纲评注

宋词三百首　上彊村民编选　刘乃昌评注

元曲三百首　吕玉华评注

诗词格律　王力著

经典常谈　朱自清著

毛泽东诗词欣赏（插图本）　周振甫著

中国通史　吕思勉著

三国史话　吕思勉著

中国史纲　张荫麟著

中国近百年政治史　李剑农著

中国近代史（增订本）　蒋廷黻著　徐卫东编

乡土中国　费孝通著

中国哲学史大纲　胡适著

中国哲学简史　冯友兰著

东西文化及其哲学　梁漱溟著

世界美术名作二十讲（插图本）　傅雷著

谈修养　朱光潜著

谈美书简　给青年的十二封信　朱光潜著

朝花夕拾　鲁迅原著　周作人解说　止庵编订

查拉图斯特拉如是说　［德］尼采著　黄敬甫、李柳明译

蒙田随笔　［法］蒙田著　马振聘译

宽容　［美］房龙著　刘成勇译

希腊神话 〔俄〕尼·库恩著 荣洁、赵为译

物种起源 〔英〕达尔文著 谢蕴贞译

圣经的故事 〔美〕房龙著 张稷译

人类群星闪耀时 〔奥地利〕茨威格著 梁锡江、段小梅译

菊与刀 〔美〕鲁思·本尼迪克特著 胡新梅译

沉思录 〔古罗马〕马可·奥勒留著 何怀宏译

理想国 〔古希腊〕柏拉图著 刘国伟译

国富论 〔英〕亚当·斯密著 谢祖钧译

名人传（新译新注彩插本） 〔法〕罗曼·罗兰著 孙凯译

拿破仑传 〔德〕埃米尔·路德维希著 梁锡江、石见穿、龚艳译

君主论 〔意〕马基雅维利著 吕健忠译

新月集 飞鸟集 〔印度〕泰戈尔著 郑振铎译

论美国的民主 〔法〕托克维尔著 周明圣译

旧制度与大革命 〔法〕托克维尔著 高望译